ロバート・ウォーカー/著
瓜生知寿子/訳

洋上の殺意(上)

Darkest Instinct

扶桑社ミステリー
0834

シカゴに住むわたしのよき理解者、
ジョージーン&リチャード・ウォーカー夫妻と
その息子のリッキー・ウォーカー・ジュニアに、
愛をこめて本書を捧げます。

謝辞

筆跡鑑定の専門書 *Handwriting Analysis : Putting It to Work for You* の著者アンドレア・マクニコルとジェフリー・A・ネルソン、ありがとう。フォーダーのマイアミ・ガイドブックと、一九九三年五月二十九日―六月一日までマイアミで開催されたアメリカ書店協会全国大会にも感謝します。仕事と遊びを兼ねて参加した大会では、マイアミの町についていっそうの知識を深めることができました。e・j・ヘラリングの詩に関しては、e・e・カミングズの着想に感化されるとともに、みずからの狂気に助けられました。ヘラリングはわたしの想像の産物であり、ほこりにまみれてイギリスの古城の書庫に眠っている蔵書の中には存在しません。くれぐれも、彼の作品探しで時間を無駄になさいませんように。

洋上の殺意（上）

登場人物

ジェシカ・コラン――――――――FBIの検死官

エリック・サンティバ―――――――FBI行動科学部部長

パトリック・アラン
(ウォーレン・タウマン)――――――闇の徘徊者(ナイト・クローラー)

タミー・スー・シェパード――――――殺人の犠牲者

ジュディ・テンプラー―――――――タミーの親友

マリリー・ロベット――――――――殺人犯から逃れた少女

アンドリュー・クードリエ―――――マイアミの検死官

チャールズ・クインシー
マーク・セイマナウ――――――――マイアミ市警刑事

C・デイビッド・エディングズ―――新聞の死亡告示欄担当編集者

ナイジェル・モイラー――――――――ロンドン警視庁警部

ドナ・レモンテ―――――――――――精神科医

キム・デジナー―――――――――――FBIの心霊捜査官

ジェームズ・パリー―――――――――FBIハワイ支局長

ケン・ストーリングズ――――――――フロリダ海洋巡視隊員

ゴードン・バックナー――――――――剝製店の店主

エリオット・アンダーソン―――――チャーター船の船長

ドン・ランシング――――――――――パイロット

ジェイ・オキンレイ―――――――――ケイマン諸島自治体警察署長

プロローグ

彼女はクモの巣をあとにして、薄暗闇から出た
彼女は三歩部屋に入った
彼女はスイレンが咲いているのを見た
彼女は兜《かぶと》と羽飾りを見た
彼女はキャメロットを見おろした
クモの巣が飛んできて、ぱっと広がり
鏡が端から端までひび割れた

——アルフレッド・ロード・テニスン

フロリダ州ビスケーン湾、キー・ビスケーン沖
一九九六年四月二日

フロリダ岬灯台から強烈な光線が海を渡ってくる。かつて船員たちに危険を知らせた航行標識灯も、今や観光客相手の演出にすぎない。が、そのおかげでタミーには、自分たちがビスケーン湾の出口から外海《そとうみ》に向かおうとしているのがわかる。タミー・スー・シェパードはまるで夜空にまたたく星を見るかのように、灯台の明かりをながめていた。実際には、明かりは点《つ》いては消え、消えては点きしながらゆっくりと回転しているのだが、彼の腕に抱かれると頭がくらくらして、光が胸の鼓動と同じ速さで駆けめぐっているかのように思える。

穏やかな潮風の中、パトリックのアフターシェーブローションのいい匂いがつんと鼻をつく。さっきまでずっとタミーのご機嫌をとっていた彼が、今度は優しい愛撫《あいぶ》で彼女をじらしにかかった。立派な大型セールボートの甲板でまた踊るふたり。タミーの耳の裏側を、彼の舌がそっとまさぐる。こんないい思いのできる女子高生はどこを捜してもいないにちがいない。

彼はもう少し待ってほしいと言い残して操舵席《そうだせき》に戻ると、ビスケーン国立公園の北側に沿って航行し、ビスケーン湾の南端でいったん止まった。ビスケーン国立公園は、珊瑚礁《さんごしょう》と沈没船に誘われて毎年何千人というダイバーが訪れることで有名だ。しかし、夜になっても観光客でにぎわうのはずっと南のほうで、フロリダ岬灯台あたりにはもう人影はない。ときたま行き交うほかの船がみずからの前照灯で海面にその姿を映し出す。そして、そのたびにタミーは、相手の船からパトリックと自分はどう見えているのだろうかと、心に思い描く。

見かけるのは鳥を思わせるような船ばかりだったが、中に一隻《せき》だけ、帆《ほ》のついていない大きな船があった。少し距離をおいたところを、その船はまるで犀《さい》のようにものすごい勢いで通り過ぎていった。大きな船が立てた波は、停泊中のふたりのボートめがけて押し寄せた。セールボートはそうとうな大きさだったが、それでも激しく揺れ、大きく左右に傾《かし》いで、ふたりのロマンチックなひとときをかき乱した。パトリックは長いあいだじっと、その巡視船の後ろ姿をにらみつけていた。暗闇に目をこらして、なんとか沿岸警備隊の巡視船のナンバーを読み取ろうとしているかのようだった。通報しようというのだろうか。タミーはそんな彼をなだめるように、そばに戻ってきてくれるよう求めた。

　彼はタミーのほうに向きなおると、満面に笑みをうかべた。ひとからそんなに嬉しそうな笑顔を向けられるのは、タミーには初めてのことだった。

　なごやかな雰囲気が戻ってくると、パトリック・アランは行為を再開した。タミーは彼の手で女になってきらきらと輝き、燃えあがった。彼はタミーにキスと愛撫をしはじめた。タミーはそれまで経験したこともないような快感に身を震わせた。期待が大きくふくらんだ。セールボートがレンタルであろうが自家用であろうが、その時点ではタミーにはどうでもよかった。

　その日の夕方、親友のジュディ・テンプラーはウイスキーのにおいをぷんぷんさせながら、タミーの耳もとでそっと警告した。タミーがパトリックと一緒に姿を消す前のことである。彼の言うことなんて、ひとことも信用しちゃだめよ……だいたい、あのボートだって、自分のものなんだかどうか。今こうして彼の腕に抱かれ、すっかりのぼせあがってしまっているタミーは、ジュディの言葉に憎しみすらおぼえるのだった。ジュディもシンもやきもちをやいているだけ。理由は、一緒にいた三人の中からパトリックに選ばれたのが自分だから。

タミーはパトリックを信じたかった。彼自身について、このボートについて、これからの予定について、そして、彼の気持ちについて。彼が語ったことすべてを、信じたかった。彼の言うことはみな、とてもすてきに思えた。実際、今夜は飲みすぎて、何もかもがすてきで、どんなことが――とりわけ恋が――始まっても不思議ではない気がする。

タミーにはもう、すべてが自分の意のままになるように思えるのだった。こんなにハンサムな男が、こうして目の前にひざまずき、靴を脱がせ、足をもみほぐし、爪先を舌でまさぐったりくすぐったりして自分をじらしにかかっているのだから、もうなんでもおこりそうな気がする。どこまでも広がる入り海のまっただ中。遠くで点滅するマイアミの街の明かりが、キャンプファイヤーのようにきれいだ。みんな、街の灯《ひ》とは無縁の月明かりと闇の中に入ってくるのを恐れて、対岸で肩を寄せあっているのだろうか。暗闇を背景に船上のタミーはパトリックの腕に抱かれ、そっと揺さぶられて、安心しきっていた。船体にぶつかるリズミカルな波の音。大きなゆりかごにすっぽりおさまって、ゆらゆら揺れている心地よさ。修復された灯台の美しさ。あるかなしかの潮風とハーモニーをかなでるほのぼのとした静かな音楽。生命《いのち》をはぐくむ恵みの海。それに加えて、歓喜の予感と、胸が締めつけられるほどの情欲をかきたてるパトリックの優しい愛撫。そして、深みのある響き渡るような声。

彼は両手でタミーの体の曲線をなぞりながらもう一度身をおこすと、仁王立ちになってタミーを抱きしめ、唇を重ねて舌をまさぐった。彼の体温が伝わってくる。もう今という時間《とき》しかない。神経の先の先までがこのときに集中していくのがわかる。タミーは今おこっていることに全身全霊を傾けた。

彼はその熱い舌を、今度はタミーの耳に向けた。官能的な前戯の快感に、タミーはぞくぞくしっぱなしだった。

このひとは、わたしがもう芯《しん》までとろけているのを知っているのかしら？　タミーは内心首をかしげた。

とそのとき、彼の優しい手が乱暴になった。あっというまのことだった。タミーは彼を見あげた。がそこには別人の目しかなかった。狂気をたたえて挑発的に見開かれた藍色《あいいろ》の目は、悪意と獣欲に満ちていた。

彼はタミーの服につかみかかり、身を引き離そうとする彼女のブラウスを引きちぎった。そして、タミーを甲板にたたきつけた。湾内の心なごむ物音が、恐怖にかき消される。数回額を床に打ちつけられて、タミーは抵抗する気力を失い、失神した。

正気づいた——ほんの数分後のことに思えた——のは、自分の咳《せき》と吐き気と息苦しさからだった。喉笛に痛みを感じる。身ぐるみはがれてもうだいぶ時間がたつようだ。素っ裸にされ、レイプされて、甲板に放り出されているのはわかるが、闇の中に彼の姿は見えない。ボートは不気味な霧に包まれている。もう灯台はどこにも見あたらない。海岸の気配もない。つまり、ボートは停泊してはいないのだ。それどころか、海岸から遠く離れたところに来てしまっている。タミーは痛みと寒さと恥辱にわなわなと震えはじめた。自分の血のいやな味とにおい。甲板にたたきつけられたときに、額だけではなく唇まで切れたのだろう。喉全体に激しい痛みを感じる。呼吸が苦しい。船体に水が打ちつける音以外、聞こえるのは自分のあえぐ音だけだ。

タミー・スー、しっかりして。なんとか逃げ出す方法をみつけるのよ。彼女は無言で自分を叱りつけた。そして、どの程度の傷を負っているのか、見当をつけてみた。どうやら痛みは喉と陰部に集中しているようだ。絞め殺されかけたことはまちがいない。おそらく、彼はそういう手荒なセックスを楽しんだのだろう。彼との出会いについては、いまだに何がなんだかわけがわからない。どうやら彼は強奪することでしかセックスを楽しめないようだ。荒っぽければ荒っぽいほどいいのだろうが、それではこっちは痛い思いをするだけではないか。

「いいかげんにしてよね」タミーはうめいた。

鏡の裏側に身を隠しているかのように、霧の向こうから声が聞こえた。が、その声もがらりと変わっている。「海賊がハリウッド映画が描くようなロマンチックな人間だったことは、一度もないんだよ、かあさん」今やタミーには、彼のなまりまでが耳障りだ。それに、いったいなぜ彼は自分のことを母親呼ばわりするのか。

タミーは泣き出した。そして、自分の母親と妹と父親と家のことを考えた。もう一度家に――狭いアパートにではなく、子どものころ住んでいた家に――帰りたいと、心の底から思った。そして、考えた。生家を再び目にすることがあるのだろうか。パトリックは自分を殺すつもりなのだろうか。

喉仏のあたりの痛みのあるところに、タミーは手をあててみた。ふにゃふにゃしていて、とても触れる状態ではなかった。ほんとうに、もう少しで絞め殺されるところだったようだ。

「元気を出せよ」霧の向こうに立ったまま、彼は邪険に言った。タミーには体の輪郭すら見て取ることができない。「無名だった君を、これからおれが有名人にしてやろうっていうんだから」

「いや、いや……おねがい、パトリック。わたし、家に帰れたらそれでいいの……おねがいだから帰して、ね？」

彼はタミーの口まねをしてから、声高にあざ笑った。タミーに見えるところまで進み出た彼は、巨大でぶかっこうな化け物みたいに見えた。「おまえの友だちは――」彼は遠くを指さして、まるで舞台に立って暗記した台本を読んでいるかのように言った。「――なんていう名前だったかな。ジュリーとシンシア？　あの子たちは君のことを新聞で読むことになるんだ、タミー。すてきだと思わないか？　嬉しいだろう？」

「やめて……ひどいことしないで、おねがい……。おねがい、帰して。わたし、誰にも言わないから。なんにも言わない……約束するわ……わたし……約束を破ったりしない。そそのかしたのはわたしのほうだってことは、わかってる。悪いのはあなたじゃないのよ、パトリック。おねがい。おねがいだから、帰して」哀願するタミーの声がしだいにか細く、動物の鳴き声のようになってくると、彼はますます興奮して裸の太ももを指でなぞり、タミーを震えあがらせた。

「帰してやるよ……すんだらね」

この狂人はどこから現れたの？　いったい何が目あてなの？　どうして自分にこんなことを

するの？　愛しあえると思っていたパトリックは、今ここにいるのに、もういない。あるのは彼の気配だけで、自分は彼の双子の悪魔の手中から逃れることができないでいる。

「パトリック！」タミーは絶叫した。

彼は両手でタミーの喉を押さえつけて、その悲鳴を消した。屈服させられ、やはり殺されるのだと確信したタミーは、恐怖に目を大きく見開いてまた黙りこんだ。何より、ここで気絶するのが怖かった。もう一度気を失ってしまったら、意識は戻らないかもしれない。不意に彼が首を絞めるのをやめて、荒々しく髪をつかんだ。そして、ボートの後方に引きずっていった。タミーは足をばたつかせ、大声をあげた。ボートがかなり沖合まで来てしまっていることははっきりわかっていた。悲鳴をあげても、もう誰にも聞こえない。

「いいもの見せてやろうか」彼はタミーを押しのけて、ぴんと張った状態で船尾から垂れさがっている黒くて太いナイロンロープをたぐり寄せはじめた。何か重そうなものを引きあげようとしている。いっときタミーは、何がもう一方の先についているのかは知らないが、引きあげるのは無理ではないかと思った。だが、やがてロープとその先の宝物は引きあげられてきた。

タミーは最初、大きな魚があがってくるくらいに思っていた。が、気がつくと、死んですっかり水浸しになった少女の目をまじまじと見つめていた。自分と同じくらいの年齢《とし》だ。背かっこうもよく似ている。髪は海草のようにふやけ、皮膚にはまったく血の気はなくて、残っているのはひとの抜け殻だけだ。タミーが悲鳴をあげると、パトリックはますます嬉しそうに笑い声をあげ、死んだ少女のぶよぶよした顔にタミーの頭を押しつけた。はがれかかっていた皮膚がタミーの額と頬に張りついた。

「先が見えたか。鏡で自分の行く末を見ているような気がするだろう、え、タミー？　おれはもうこれ以上おまえにうそをつきたくなかったんだ」

　彼はタミーを押さえつけた。タミーはへなへなとくずおれて、彼の脚にすがりついた。

「これでわかっただろう。ちょっと……変わってるってことが。これからここで何がおこるかは、君も知っといたほうがいいと思ってね」

　タミーが泣き声でくどくどと命乞いをするのをよそに、彼はナイロンロープの先にくくりつけた死んだ少女の目を凝視している。「名前はアリスン。この子はもう長いあいだ水の中にいるんだ。ほら、見てごらん」

　彼は死んだ少女の右腕をつかみあげてみせた。肘から下が切れ落ちていた。「ときどき、サメに餌《えさ》をやるんだ。こうやって、少しずつ……」

　タミーの悲鳴が大西洋の大海原を遠ざかっていく。彼はアリスンの死体を海に戻して、船尾に垂らしたもう二本のロープを順に引っぱりあげた。「メアリー・エレンとキャリー・ベスだ」彼はそれぞれの名前を口にした。それから、四本目のロープを引きあげ、軽々とあがってきたそのロープを、両手で巻き取った。「これがタミー用」

「ああーっ！　いやだ、やめて、おねがい！」

「うるさい！」彼はタミーの顔を思いっ切り平手打ちした。タミーは甲板に倒れた。

「どうして？　どうしてなの？」タミーはすがるように言った。「わたしがいったい何をしたっていうの？」

「何も。そして、何もかも。おまえはおれのものになるために生まれてきた。理想的な餌食《えじき》なんだよ」彼はまた両手の親指をタミーの喉に食いこませ、心臓から送られてくる血液の脈動を感じ取った。そして、いともたやすくタミーの首を絞めつけて窒息させながら、その快感にひたり、再び彼女から失われようとしている生気を吸いあげた。

眼球が飛び出し、彼女はまた意識を失って倒れた。それでも彼は絞め続けた。指先から手に、手から腕に、心臓から頭に、じわじわと彼女の命が尽きていくのが伝わってくる。このとき、彼は信じられないほどの威力が自分の中にわいてくるのを感じる。自分という人間の存在意義が明らかになり、俗世間から解き放たれたような感覚だ。

「ありがとう、タミー。おれはもう退屈してないよ」彼は気絶した女に話しかけた。

意識が戻る前に、彼はタミーの喉に太いナイロンロープを巻きつけ、水夫の用いるセーラーズノットで固く結んで、両手を革ひもで縛りつけた。

「意識が戻ったらな、タウト」彼は自分と宇宙に語りかける。「海に入れてやる。そしたら、あとはおまえの好きにしていい。どうだ、え？」

それから、死んだも同然の餌食を相手に、彼は倒錯した性の欲望を満たしにかかった。月に向かって吠えながらの行為。その夜は二度目だった。

1

わたしたちは子供時代にクモの巣を作った
陽気なクモの巣を
——シャーロット・ブロンテ

バージニア州クワンティコからマイアミまでのフライトは、エリック・サンティバ部長と旅行者たちにとってはさながら生き地獄だったが、無邪気な子どもたちとジェシカ・コランは大喜びしていた。乗り物で荒波を乗り切るのは、とにかく楽しい。荒波といっても、空の上ではエアポケットのことだ。高度一万メートルの上空を飛んでいると、気流に変化が生じるたびに四方八方から大波が押し寄せてくるような衝撃に襲われる。わざとなのか、腕が悪いのか、パイロットは乱気流の上方《うえ》にも下方《した》にも抜け出せないようだ。しかし、そのおかげでジェシカは何かを感じ取れるようになっていた。そして、それが快感だった。実はここしばらく、喜怒哀楽の感情を失っていたのだ。飛行機で空を飛ぶことで、長いあいだ忘れていた高揚感が一気に戻ってきた。少なくともジェシカの場合は、そのことが、何も感じないよりは恐怖でも感じたほうがいいということの証《あか》しになっていた。まわりでは、ジェシカが友だちだと思っているひとびとまでが——誰も口には出さなかったし、どんな言葉をあてはめればいいのかがわからなかったということもあるが——最近の彼女は日常的な、感じてあたりまえの恐怖心と不安を超越してしまったのではないかと心配していた。たしかにそうなのかもしれない。ことによるとそれは、ジェシカが追跡し、死に追いこんだ狂人マット・マティサックをはじめとする極悪人どもが遺《のこ》していった、心の傷なのだろうか。

実際、自分の乗っている飛行機が墜《お》ちても、ジェシカはさほど怖いと思わない。なにせ一年前には、ニューオーリンズのハートのクイーン連続殺人鬼に立ち向かった身である。あんな怪物の餌食になって死ぬことを思えば、飛行機が墜落するのは喜ばしい最期だと言っても過言ではないだろう。

眼下に広がる東部の沿岸地域は、おどろおどろしいほどに厚く盛りあがった氷河を思わせるような灰色の雲に覆い尽くされている。そして、その下の陸地には雷と稲妻、霙《みぞれ》と雪と雹《ひょう》が襲来し、大地は情け容赦《ようしゃ》なく猛威をふるう嵐に打ちのめされている。しかし、情け容赦なく、というのは的確な言葉とは思えない。ひとの力のおよばない自然現象にどんな感覚があるというのか。ジェシカはニュースキャスターが嵐を無情だとか冷酷だとかかたちが悪いとか言うのはおかしいと思っている。人間の性格を言い表す言葉でその特徴を述べたり、彼女という女性代名詞を使ったりするのも然《しか》りだ。もともと人間の感情などさらさらないものではないか。放任状態にある社会病質《ソシオパス》の犯罪者のように、嵐は生命を破壊する。海や宇宙空間が何も感じないのと同じで、そこには感情などない。自然災害や天災が、人間が苦しむのを見て何かを感じることはないのだ。それなのに、愚かなニュース放送者の中にはしつこく、近年まれに見る惨《むご》い嵐、十年ぶりの悪《ワル》などと呼び、彼女は数日にわたって中部大西洋岸と東部の各州をいためつけ、力尽きるまで大暴れするだろうと、その傍若無人ぶりを伝える。さらに腹立たしいのは、嵐が常に感情をあらわにして怒り狂う女性にたとえられることだ。今どきの天気情報に耳を傾けるくらいなら、ハーレクイン・ロマンスでも読んでいたほうがましだと、ジェシカは思っている。

今回の嵐をコンピューターで映し出すとどうなるのか、ジェシカはチャンネル2のニュースで見ていた。気象予報士の地図とスクリーン映像では、嵐は作りものか漫画のような様相を呈していた。ホイップクリームが渦を巻いて山盛りになっているといった感じで、とても害があるようには見えない。広大な陸地の上空に綿菓子の妖怪が出現したようでもある。

だが現実には、空を覆い尽くすこの白い雲は破壊的な力を持っていて、アメリカ全土をジグザグ状に横断し、百人を超える死者を出している。ウィチタからカンザス、ピッツバーグに至る各地では、氷点下の気温と積雪による犠牲者の数はさらに増えそうだ。カナダ北部で発生した嵐はロッキー山脈の南端にまで広がる大平原グレートプレーンズを南下し、再び進路を北にとると、中西部のシカゴとバッファローを直撃、そこからインディアナ州、ミシガン州、ニューヨーク州、ペンシルベニア州、ウエストバージニア州を駆けめぐって多大な被害と死者を出した。そして今度は、猛スピードで旋回しながら大西洋に向かっている。飛行機はその暴風雨の中心を飛んでいるのだから悲惨だ。この恐ろしさは心臓に悪い。

ほかの大勢の乗客にはもうしわけないと思いながらも、長いあいだなんの反応も示さなかった心臓がまたどきどき鳴っているのを感じて、ジェシカはほっとしていた。感覚が麻痺《まひ》したのは一九九五年十二月二日、ジェームズ・パリーと別れて二度目のハワイをあとにした日のことだった。それまで、ふたりは似合いのカップルだった。出産のためにマウイの暖かい内海《うちうみ》に戻ってくるクジラを見せてもらったことを、ジェシカは一生忘れないだろう。彼とふたりきりで過ごしたひとときの思い出も大切に胸にしまってある。しかし、十一月の末には、ふたりとも周囲の状況が切迫しているのを悟っていた。ふたりにはそれぞれ、専念しなければならない仕事があった。幸せな日々の前にキャリアという壁が立ちはだかったのである。

それでも、ジェシカは本土に戻るとすぐ、FBI本部にハワイ常勤を希望する転勤願いを出した。が、政府にはジムとジェシカの縁結びに加担しようという意向などなく、板ばさみ状態から抜け出すすべはなさそうに思えた。そんな折も折、事態は大きく急変した。

アメリカン航空三一二便の機中、またしてもジムのことを夢想していたジェシカは、エリック・サンティバのものすごいうめき声に、ぎくりとして我に返った。そして、左隣にいるサンティバをじっと見つめた。彼はもうふらふらだ。もともと飛行機が怖いうえに、腹痛と世の中がぐるぐるまわるほどのめまいに襲われて、すっかり参ってしまっている。搭乗直前に食べたダブルバーガーも災いのもとだった。

今回の特異な事件をジェシカの担当にというのはエリック・サンティバの希望で、ハワイという土地はまったくからんでいない。それどころか、ことによるとマイアミからキー・ウエストを経て、ハワイとは正反対の方角、ロンドンに行き着くかもしれないという話である。

キー・ウエストとマイアミのあいだの内陸大水路沿岸一帯で相次いでおこっている残忍な殺人事件に、地元の捜査関係者は犯人の見当もつかないまま立ち往生していた。幻の殺人者はほとんど誰にも見られることなく、熱帯の風に乗って去来しているかに思えた。それればかりではない。実に巧みに被害者を消し去る方法を心得ているようだ。被害にあった女性たちは、まるでどこからともなく飛んできた異星人にさらわれ、魔法の粉をふりかけられたとたんにぱっと消えてしまったかのように、いなくなってしまう。そして、わずかな残骸だけが、二、三十日たって波打ち際に流れ着く。

その間《かん》殺人者が死体をどうしていたかは、誰にもわからない。ジェシカも現時点では、謎の部分を見たいとは言い切れない。だが、早晩のぞき見ることになるのはわかっている。

犯行のあと。手がかりになるもの。自分の痕跡。犯行現場。殺人者は何ひとつ残していかない。被害者は平均して月にひとりの割合で出ている。その数はニューオーリンズでおこった心臓泥棒よりはるかに多く、遺体の一部はいつも、人気《ひとけ》のないフロリダの海辺付近を漂流している。ときにはそこが超高級ホテルのプライベート・ビーチだったりということもあって、浅瀬で遊んでいた客がふと、そばに浮かんでいるのが何かに気づく。たいていの場合、通りかかったサメに食いちぎられた不気味な肉片である。

中のひとつは、海辺のレストランの展望窓の向こうに漂着した。店の常連客が、地元でとれたカサゴその他の海の幸に舌鼓をうっている最中のことだった。もっとも新しい漂流片は、サウス・マイアミ・ビーチの民家の裏手に打ちあげられた。事のあらましはおとぎ話とは正反対の、暗い、倒錯のにおいを感じさせるものだった。よく晴れたその日の朝、妻はカーテンを開けて目の前に広がる砂浜をながめやった。目に飛びこんできたのは、まばゆい日の出と、見たこともないほど大きな死んだクラゲ。が、実はそれはクラゲではなく、行方不明になっていたアリスン・ノリスという名前の十七歳の少女の、肉を魚に食い尽くされてつるつるになった胴部だった……

法医学班の見方によると、その少女が水中をさまよっていた日数は行方がわからなくなっていた日数とほぼ同じで、ひと月を過ぎたところではないかということだった。死体はおよそ人間のものには見えなかったが、へばりついているゼラチン質の組織の下部には骨格がそのまま残っていた。

医学の専門家と警察関係者はみな一様に、漂流物――水死体――が打ちあげられるのになぜひと月もかかったのかと首をかしげた。地元の検死官の判断では死後二十五日から三十日経過しているというから、死体はなんらかの方法で水中に固定されていたとしか考えられなかった。そこでうかびあがったのが、死体が海面下で何かにつなぎとめられていて、たまたま結び目がほどけたのではないかという説である。が、少女の体に鎖やロープはついていなかった。ただ、ロープか手錠、あるいはその両方でできたと思われるすり傷のあとが手首に残ってはいた。さらに、喉には手で首を絞められたあととはべつに、検死官の所見によれば〝ロープで首を吊るされていたような〝激しくすりむけた形跡があった。

死因の欄には窒息死・溺死《できし》と記載されている。妙なことに、ふたつのできごとが同時におこったらしいのだ。

ジェシカと並んで通路側に座っているエリック・サンティバは、まだ朝食が消化不良気味でやたら苦しんでいる。通路の床に座りこんでいるのは、長身で脚のひょろ長いスチュワーデスだ。彼女はさっきから黒い瞳のサンティバにべたべたとすり寄っていた。もともと美形のサンティバは、ジョージ・クルーニーのラテン版といった感じがしないでもない。三つ目の乱気流に突入したとき、ぺたんとその場に尻もちをついてしまったスチュワーデスは、優雅に立ちあがって席に戻ることも、シートベルトを締めることもできなくなっていたのである。そのときの揺れかたはいちだんと激しく、ジェシカがそのスチュワーデスにだんだん嫌気がさしてきたのとタイミングを合わせたように、彼女は床にへたりこんだのだった。

三度目のシートベルト着用のサインが点灯したのは、アメリカン航空が〝コンチネンタル・ブレックファスト〟と呼ぶ食事をスチュワーデスが出し終え、トレーとカップを回収しようとしていた矢先のことだった。曲線美が自慢のスチュワーデスは、バランスをとって激しい揺れに抵抗するのを最初からあきらめてしまっていた。

「だいじょうぶ、部長《チーフ》?」ジェシカは黙っていては悪いような気がして、苦しんでいる上司に声をかけた。

サンティバはもう一度濡れタオルで顔をぬぐった。さっきスチュワーデスに頼んで持ってきてもらったタオルである。スチュワーデスのほうはそれを皮切りに、〝お気のどく〟なサンティバに甘い言葉ですり寄っていた。ただし、そこはサンティバも賢明で、コーヒーやデニッシュパンは勧められても断っていた。それもそのはず、彼はジェシカがデニッシュの皮を一枚一枚はがすようにして食べているのを見ているだけで、胸が悪くなっていたのだ。

苦しそうに息をついで、サンティバは言った。「昔から飛行機は苦手だったが、こんなえらい目にあったのは初めてだ」

ジェシカは彼の手をなでた。「弁解なんかしなくていいのよ、チーフ」

「この座席《シート》、まるで回転する台の上に腰かけているみたいだよ」

「まあ、見ててごらんなさい」機体がいきなり上昇して、ジェシカは息が止まりそうになるのをけんめいにこらえた。「終わってみたら」目に見えない強い力で引っぱられて、飛行機が大きく傾く。ジェシカは座席の肘かけをぎゅっとつかんだ。「案外快適な空の旅だったってことになるかもしれないから」

「乱気流さえおさまったらね」

「そのうちおさまるわよ」

「そんなこと言ってもらっても気休めにもならんよ、ドクター・コラン」

「じゃ、ちょっと事件の詳細を見直してみましょうか。ほかのことを考えてたほうがいいんじゃない？」

サンティバは濃い茶色の鋭い目とブロンズ色の肌をした男で、吐き気で苦しんでいないときには笑顔がさわやかだ。就任以来彼はクワンティコに多くの変化をもたらした。そのひとつが、ポール・ゼイネックをもっと信頼のおける自分の部下と交代させるという人事である。プロファイリングの技術と筆跡鑑定が用いられる重大事件には、みずからひと役買う用意があることも、彼は明言していた。そして、筆跡鑑定によって事件を解決に導くことで信望を集めた。

それればかりではない。彼は行動科学部が超能力を用いて事件の推理をすることを容認し、新しい任地に向かうポール・ゼイネックが初めて導入した心霊捜査を、ＦＢＩの正式捜査手段にまで引きあげた。楽園の島で仕事をしたいという長年の夢がようやくかなって、ゼイネックはプエルトリコ支局長として異動していった。この大改革には反対意見も多く、サンティバ自身も公私共に大きな犠牲を払うことになった。とりわけ、かつてのＦＢＩ長官フーバーを信奉するフーバリットと呼ばれている超保守的で頭の古いお偉方たちの信用はがた落ちだった。しかし、前の年に彼がニューオーリンズであげた成績には、誰も異議を唱えることはできなかった。その事件で、ドクター・キム・フェイス・デジナーは心霊捜査の有効性を実証してみせた。ニューオーリンズのフレンチ・クォーターを根城《ねじろ》にしている若い服装倒錯者の心臓を、悪名高きハートのクイーン殺人鬼が文字どおり〝踊り〟で食うという世にもおぞましい事件だった。ドクター・デジナーは以前マイアミ＝デイド警察で仕事をしていたことがあるので、今回の事件には直接関わることはできない。ただし、必要が生じたときにはいつでも要請に応じて、物的証拠に手を触れ、何が感じ取れるかを報告することになっている。

キム・デジナーは今もまだニューオーリンズ市警のアレックス・シンスボウと連絡をとりあ

っている。そして、ジェシカはふたりの恋愛関係を陰で応援している。シンスボウはその後ニューオーリンズを離れ、キムの近くにいられるようにとボルチモアで探偵の仕事をみつけた。ジェシカは内心、同じことをしてくれなかったジム・パリーをのろいたい気持ちでいる。もし彼が近くに来てくれていたら、何もかもがちがっていただろう。だが、彼は行動をおこしてくれなかった。そんなわけでジェシカはこのところ、天涯孤独を身にしみて感じることが多い。

パリーのことを考えていたジェシカは、またしてもサンティバ部長の声で現実に引き戻された。彼はＦＢＩのリアジェット機に乗りそこねたことについて何やら悪態をついている。せめてクワンティコの海軍基地から出る軍用機が手配できていたらとぼやく彼に、ジェシカはまた、この嵐ではどんな飛行機で飛んでも快適な旅は無理だと言って聞かせた。今も時間の許すかぎり飛行訓練を受け続けているからわかるのだが、どんなに物好きでスリル狂のパイロットでも、こんな荒天の最中《さなか》を飛びたいとは思わない。

窓の外に稲光が走った。ジェシカは気をきかせて窓の日除《ひよ》けをおろした。サンティバはジェシカよりほんの少し背が高く、無骨な感じのするベネチア人風のあごひげをはやしている。イタリアを舞台にしたシェークスピアの劇を連想させるような風貌だ。あまりの礼儀正しさと行儀のよさゆえ、ジェシカには彼のことをどう評価すればいいのかが今ひとつよくわからない。聡明で機敏で、鋭さと勤勉さを兼ねそなえた彼は、何ごとにも全力で立ち向かうタイプで、リップサービスや政治工作よりも結果を出すことのほうに強い関心を持っている。こういった性格はみな、ジェシカに共通する。ジェシカの好きなタイプの男の共通点でもある。サンティバはポール・ゼイネックとは対照的だ。めったに電話のそばを離れることのなかったゼイネックは駆け引きの名人で、根っからの政治屋だった。

サンティバはジェシカに渡されたファイルに目を通して、乱気流から気をそらすことにした。ノリスという名前の少女のファイルで、ほとんどがマイアミ＝デイド警察からファックスで送られてきた資料である。飛行機が激しく揺れるたびにひざの上のファイルが躍るのもかまわず、彼はその中身に目を通した。

「死体がこんなに長いあいだ水につかっていたというのも妙な話だ。そう思わんかね、ドクター・コラン？」

「ジェシカって呼んでくださいな。長旅をご一緒するんですから、ずっとドクターじゃ……」

「それならこっちもエリックだ」彼は即座にそう言って応じた。

「さっきさしあげた貼り薬ね、ちゃんと耳の裏に貼った？　それとも食べちゃった？」

「うん……いや、ドクターに言われたとおりにした」

「で、効き目のほうは？」

「まずまず……お気づかい、ありがとう」

そんなやりとりをしながらも、ジェシカは彼に尋ねられたことについて思いをめぐらしていた。アリスン・ノリスの死体が長期間水につかったままだったのはおかしいのではないかという彼の質問に、ジェシカはこたえかけた。「死体にはおかしなことがおこるの、どんな死体でも、チーフ……エリック」

「ほう。どんなことだね?」

ジェシカはすぐにはこたえなかった。サンティバの向こう側にいる客室乗務員が身を乗り出して聞いているのに気づいたからである。武器を所持していることでよけいな不安をいだかせてはいけないということから、パイロットも乗務員もふたりがFBI関係者だということはあらかじめ知らされていた。

ちょうどいいタイミングだから、野次馬根性丸出しの客室乗務員をこれで追い払ってしまおう。ジェシカは犯行現場の写真のうちの一枚をちらつかせてこうつけ加えた。「死体はね……人目につくところに出たがっているの。見てほしい、助けてほしい、身元を明かしたいと思っているのよ。ときには悲鳴をあげることもあるわ」

「悲鳴?」スチュワーデスは言った。名札にはトーニーという名前が書いてある。

サンティバが眉根を寄せた。「出たがっている……見てほしい?　悲鳴?」

「たとえばニューヨーク・シティにあるみたいな、広大な市のごみ集積場で死体が発見された、なんていう話、よく聞かない?」

「しょっちゅう耳にするね、嘆かわしいことだが」

「わたしが言ってるのはそういうことなの。悪人は絶対にかぎつけられないところに死体を埋める。そうでしょ?」

「うん、そこまではわかる」

「くさいのはあたりまえのニューヨーク・シティのごみ集積場で、いったい誰が死体に気づいたりする？」

サンティバは朝食を目の前においたまま、ふくれあがった死体がごみに交じっている場面を思いうかべた。

ジェシカは続けた。「ごみ集積場にかぎったことじゃないのよ、そういう現象って」みんなが耳を傾けているのに気をよくして、ジェシカは調子づいた。

「ほう？」

「殺人者って、悪知恵だけはよくはたらくのよね。死体をコンクリート詰めにして地中に埋めたりするんだけど、それでも、死体は情報をもらす。行方不明になったままのジミー・ホッファ事件みたいな展開になることは、実際にはめったにない」

「情報をもらす、というと？　周辺一帯を悪臭で満たすってことか？」

「やりかたはいろいろだけど、とにかく死体は悲鳴をあげるの。『早くここから出して！』って。トランクに詰めて海に沈めちゃったら、一丁あがりって思うでしょ？　ところが、死体はまるで奇術師《マジシャン》みたいに巧《うま》くトランクから抜け出すのよ。トランクが沖に流されないで浜に打ちあげられることもあるわ。たまたま通りかかったひとは当然、宝物が入っているんじゃないかと思って開けてみる」

サンティバは声をあげて笑った。それで一時的にでも気はまぎれていた。「死体に潮の流れに影響を与える力が備わっているってことか。君、本気でそんなこと思ってるの？　フロリダであがったノリスの死体も、そうだった？」

ジェシカは謎めいた微笑をうかべると、首を振って軽く笑い声をあげ、たった今自分が口にしたことを頭の中で反芻《はんすう》してから返事をした。「わたしにわかっているのは、たとえ死体が酸性の薬品づけになっていようと、そのミイラはなんとか人前に出る手段をみつけるってことだけよ」

気持ちの乱れをごまかすように、サンティバがまた笑い声をあげた。トーニーが一緒になってぎこちなく笑うのをよそに、ジェシカはしゃべり続けた。「ひとを殺して海に沈めてごらんなさい。死体は波の上に出てこようとするわ。穴を掘って埋めたら地上に出ようとするし、五十に切断したら、ばらばらにされた断片が互いにほかの断片をみつけようとする。切断したものを配水管に流したら、みんなおんなじ場所か近くに集まって現れる。死体を消却したら、おきあがってにやりと笑って手を振る。死体は最後まで自分の身元を明かそうとするのよ。犯人が絞首刑になるまでね。死んだひとの血を飲んだら、逃げた道筋に必ず少しこぼれている。小さく切り刻んでサメの餌にしたら、何百キロも離れたところにある研究所で誰かがサメを解剖して、その断片を発見する。つまり、復讐を図って犯人を名指しする方法を、死者はちゃんと心得ているってことなの」

サンティバはなるほどという顔でうなずいた。「さすがだね、ドク——ジェシカ」

「わたしはこの国で検死官をやってる人間なら当然知っていることを話したまでよ。絶対に自力で動くことのないもの、つまり死体は、どうすれば表に出られるかを知っている。文字どおり表に出てきて犯人を指し示すこともあれば、血液や体液、毛髪、繊維片のサンプルというかたちで出てくることもあるんだけどね。においを追って獲物を掘り出すのが得意な猟犬の鋭い嗅覚に頼らなくちゃいけないこともあるし、漁師の釣り糸に引っかかってきたり、根気強い検死官や異常なまでにしつこい探偵の助けを借りたりすることもある。だけど、生きものと同じように、死体は常に進化してるし、成長もしているの。成長とまではいかなくても、死体には変化したいという強い思いがあってね、その変化の過程でいろんな信号を送ってよこすのよ。係留場所やその周辺にしがみついていたり、膨張《ぼうちょう》して漂流したりして、あげくの果てに捜しているわたしたちのところにたどり着くの、エリック」

「つまり、アリスン・ノリスはわたしたちを捜していた？」

「そう考える以外にないでしょ」

サンティバとスチュワーデスは顔を見あわせた。立ち聞きしていたことに気後《きおく》れを感じているのか、聞かなければよかったと思っているのか、スチュワーデスのほうはそのまま視線を落とした。サンティバはアリスン・ノリスのファイルを見直しにかかった。どうやらたった今ジェシカが言ったことを念頭において、殺人者と被害者が初めて言葉を交わしたときを皮切りに、ほんとうにそんな宿命論的なことがおこったのかどうか思いをめぐらしているようだ。

ジェシカはまたハワイにいるジェームズ・パリーのことを想った。たいした準備をしていたわけではないが、ジェシカの三度目のハワイ行きについて、ふたりはひととおりの予定を立てていた。ジェシカは身のまわりのものを処分し、ＦＢＩが転勤の希望を聞き入れてくれないのなら仕事を辞めてでも、ハワイでパリーと一緒に暮らすつもりだった。たとえ転勤させてもらえても、州レベルの現地課報部員に降格になることはわかっていた。事件の捜査にあたることはあたるのだが、業務はハワイ州内に限定される。迷うジェシカに、「最悪だとつっぱねるほどの障害じゃない」とパリーは繰り返した。

生活と仕事が大きく変わるとあって、ジェシカとパリーは行動に移す前にじっくり考えなければならなかった。それでも、大人になって以来最良のときを過ごせたマウイ島での貴重な日々が、ジェシカには忘れられなかった。パリーは快活で優しくて思いやりにあふれていた。パリーとハワイのおかげでジェシカは若さと心身の健康を取り戻せたのだ。ハワイにいると、気の滅入るような悪事ばかりが世の中を支配しているわけではないという気持ちにもなった。

結局ジェシカはある時点で、もう一度だけワシントンDCに帰って必要な手続きをすませたら楽園《パラダイス》に永住すると、相談に乗ってくれた友人たちとパリーに宣言した。ジェシカとパリーは次の段階に駒《こま》を進めることについて話しあった。そして、ジェシカは気持ちを固めた。パリーと一緒にいられるようFBIに配置替えをしてもらおう。それが無理なら、FBI以外の民間の仕事を探すまでだ。なんなら、病理学者としてオアフ島にある病院に勤めてもいい。

ジェシカとパリーは結婚の話をしていた。家庭を持って安定した暮らしを築き、いつか——そこに至るまでにはさまざまなできごとが待ち受けているだろうが——いつか子どもを、と考えていた。ドナ・レモンテもキム・デジナーもJ・Tも、ポール・ゼイネックまでもが、めでたいことだと喜んだ。それからのジェシカには、いかにしてワシントンDCをあとにしてパリーのところへ戻るのがベストかということが最大の課題となった。ジェシカはハワイでは使うこともなさそうなぶあつい冬物のコートや帽子、手袋、ウールの毛布、レインコート、長靴などを処分しにかかった。ハワイでは雨がふるとみんな裸足《はだし》で歩いている。

仕事のことから家賃その他の金銭取引に至るまで、すませておかなければならない手続きにも着手した。お金は電信でオアフ島の銀行に送金できるかどうか、調べてみた。早めにすませておこうと方々《ほうぼう》に別れのあいさつをしている最中のある朝、ジェシカはジェームズ・パリーからの電話でおこされた。ジェシカのほうは生活のすべてを犠牲にしようとしていたが、実際のところパリーには、ふたりの関係のために何かを譲る気は全然なかった。彼には失うものは何もないというのに、自分は彼の生活に合わせて何もかも変えようとしている。こっちはすでに崖を飛びおりたのに、相手はまだ絶壁にとどまっているわけだ。なんの保障もなしに、自分は考えもおよばないほど大きな変化を受け入れかけている。これではあまりに不公平ではないか。ジェシカははたと考えこんだ。ちょうど同じころ、友人でもある精神科医のドナ・レモンテに好意的かつ明快な言葉で自明の理を説かれて、ジェシカの心は千々に乱れた。パリーの側に犠牲を払う意志がないように感じられるのは、努力して手に入れた地位をみずから放棄することになったために さらされる猛烈なストレスと、それと同じくらい重くのしかかってくる責任と束縛とが怖くてしかたがないからで、ジェシカは最初から無意識のうちに逃げる口実と根本的な理由を待っていたというのだ。

最良の関係でも確実にうまくいくという保証はないのだと、ドナ・レモンテはジェシカに念を押した。だが、パリーはその約束すらしていない。ジェシカにとっては、新しい生活の土台が突然がらがらと音をたてて崩れ去ったも同然だった。自分がどんな愚か者になっていたかを、ジェシカはいやおうなしに思い知らされたのである。次にジェシカは自分とパリーの動機について疑問をいだきはじめた。はたしてジム・パリーは、人生をなげうつに足る相手だろうか。それはそうかもしれない。しかし彼にも、愛する女のために大好きなニューオーリンズを棄《す》てたアレックス・シンスボウのように、いいところを見せるくらいのことはできたのではないか。いずれにせよ、ジェシカは最後の最後になって、相手がパリーだからとか場所がハワイだからというだけの理由で自分を窮地に追いつめることはするまいと心に決めたのだった。

新たな不安をかかえることになったジェシカは、なんとかしてその心情をパリーに説明しようとした。が、彼の反応は世の男性の典型とも言うべきものだった。ジェシカは憤慨した。さらに彼は身勝手な態度で問題をますますややこしくした。なんと、現在住んでいる家はもう売りに出して、ふたりで暮らすために海辺の家を探している最中なのにと不満をぶつけたのである。最後に彼が口にした冗談がまた、的外れもいいところだった。この先ジェシカにはそうとう足を引っぱられることになりそうだ、というのだ。ジェシカはその言葉を、自分は彼にとって迷惑だったのだと受け取った。

「勘違いでしょ」ジェシカはそう言うなり電話を切ってしまった。

それから数日たっても、彼からはなんの連絡もなかった。

すっかり落ちこんでしまったジェシカは自分の殻に閉じこもり、ブラインドをおろして光をさえぎるかのように感情を封じこめた。そして、ふたりの将来が幻想と化したことを嘆き悲しんでいる暇などないとばかりに、仕事に全身全霊を傾けた。ほかにも道はあるとドナ・レモンテが説得しても、意に介さなかった。当面は職務に専念することしか考えていないような顔をして、ジェシカは仕事を与えてほしいと申し出た。どんな仕事でもよかった。その結果が今回のエリック・サンティバ部長とのマイアミ行きである。出発の前日、サンティバはフロリダ・キーズにあるサメの調査研究施設からかかってきた電話をジェシカに取り次いだ。ジョエル・ウエインライト博士という人物によると、調査のためにサメを解剖してみたら興味深いもの――女性の体の一部――が出てきたということだった。付近の地図を見てみると、サメが捕獲されるキー・ラーゴとグレーター・マイアミのあいだはそれほどの距離ではなかった。

そして今、ジェシカ・コランとエリック・サンティバは力を合わせて、文字どおり職務上の予備調査《フィッシング・エクスペディション》に乗り出そうとしているのだ。複雑な手がかりを追っていけば、無力な若い女性に性的暴行を加え、次々に溺死させている狂人に行きあたるかもしれない。

「殺人者にとっては水が何か大きな深い意味を持っている。そう思わない？」

「それはまちがいないね。子宮の中の羊水から聖書に出てくる地の塩に至るまで、水といってもいろいろ考えられるが。やつが『マイアミ・ヘラルド』に書き送った手紙をちょっと見てくれるか」

彼は資料の中から、報道関係者が闇の徘徊者《ナイト・クローラー》と呼んでいる犯人のものだとされる手紙のファックスコピーを取り出した。

サンティバ部長はもうすでに何度か、闇の徘徊者《ナイト・クローラー》の走り書きを入念に調べていた。そして今もまた、彼の根気強い目は、殺人者が書きなぐった文字の輪になったところや曲がったところの特徴を、しきりに探っている。

当然ながら、サンティバはなんとしても届いた手紙の現物がほしいとがんばった。が、現地の警察はどうしてもそれには応じられないと言ってきたのだった。警察関係者のあいだで〝檻《ケージ》〟と呼ばれている証拠物件室から消えたらしいといううわさまでが伝わってきたことを思えば、たとえファックスででも紛失する前に送られてきたのは幸いだったと言えるだろう。

一方、ロンドン警視庁《スコットランド・ヤード》のナイジェル・モイラー警部がFBIに転送してきた国際刑事警察機構《インターポール》の広報は、前の年にロンドンのテムズ川で同様の殺人事件が続発し、いまだに解決していないと伝えていた。サンティバが興味を示すと、モイラー警部はテムズ川の殺人者が書いた手紙も数通転送してきた。ふたつの事件には多少の類似点が見受けられた。そして、サンティバはひと目で筆跡にも似たところがあることに気づいた。が、相違点もあった。もっとも顕著な相違点の多くは神経症の進行によるものだというのがサンティバの説で、海の向こうから送られてきた手紙にはそのことがはっきりと表れているということだった。

確約したわけではないが、大西洋の向こう側でモイラーが同じような捜査にあたっているのだから、どのような共同態勢が組めるかを話しあうために自分かジェシカがロンドンに出向くことになるかもしれないと、サンティバは話していた。ロンドン出張。有名なロンドン警視庁訪問。このチャンスにジェシカがとびつかないはずはない。そうにらんだ彼は、「協力という名目でね、ふたりの殺人者の筆跡が一致することだってあるだろう」と言ってジェシカをじらしていた。

　サンティバはファックス資料を凝視し続けた。ジェシカが冗談半分で聖書地帯の獣《バイブル・ベルト・ビースト》と呼んでいる男の手紙文は、もう二十回も繰り返し読んでいる。ジェシカもそうだが、サンティバはその陰気で不吉な内容をすっかりおぼえてしまった。手紙は実際には詩のかたちをとっていて、そこには女に対して底知れぬ怨念《おんねん》をいだいている精神《こころ》を病んだ人間の姿が見え隠れしていた。読み終えるたびに、サンティバには何か新しいことがわかったように思えた。乱雑な文の前後のつながりから推測するに、これは狂人の恨《うら》み節で、飛来する石や矢に耐えに耐え、身につけていた鎧《よろい》もぼろぼろになったことをほのめかしているらしい。

　飛行機の揺れが少しおさまって、好奇心の強いスチュワーデスは姿が見えなくなっている。

「この殺人マニア、ところどころやけに雄弁だな」サンティバが言った。

　初めて読んだときジェシカの頭に思いうかんだ言葉は、雄弁というのではなかった。実際、自分が犯人を評するとしたら、雄弁という言葉は最後まで使わないだろうとジェシカは思っている。ただし、サンティバにも一理はある。切り裂きジャックが書き送った文書と同じで、この手紙も簡単明瞭で心情を率直に表している。ビジネスの世界なら、要領を得た文と言えるだろう。「わたしも一点だけは認めるわ」ジェシカは言った。

　サンティバは横目でジェシカを見た。「何を？」

「犯人は純正英語《キングズイングリッシュ》を熟知している。そう思わない？」

　サンティバは思惑ありげな薄笑いをうかべてうなずいた。「ああ、たしかに文法の正確さと構文に関しては、きちょうめんだ。ヒギンズ先生もやつにだけはAをやるだろうな」

「何先生?」

「小学校のとき国語をおそわった、小うるさいおばあちゃん先生。代名詞のアイとミーを混同しただけで頭をごつん。所有代名詞の使いかたをまちがえようもんなら、みんなの笑い物にするんだから、たまったもんじゃなかった」いやな先生を思い出しているのではなく、好きだった先生をなつかしむような表情《かお》で、サンティバはほんのしばらく口をつぐんだ。それから、ジェシカに問いかけた。「犯人がどういうたぐいの人間かは、君もわかっているだろう、ジェシカ?」彼は殺人者の手紙のコピーをひらひらさせた。

「ええ、まあね。いちばん危険なたぐい——教育程度の高い狂人でしょ」

「イギリス式のスペリングにも気がついた? 最後がerになる単語の」

eとrの順序が逆になっていることには気づいていなかったと、ジェシカはこたえた。そして、もっと慎重に分析してみなければと自分に言い聞かせた。とんだうっかりミスだ。ヒギンズ先生だったら、なんとおっしゃるだろうか。

気流の乱れはいくぶんおさまって、機内もだいぶ落ちついてきたが、乗客はまだ警戒心を解いてはいなかった。また息の止まるような思いをすることになるのではないかとみなが予測していた矢先、機が激しく揺れた。小康状態のあとの揺れは倍にも感じられて、嘔吐《おうと》用の袋を口に持っていく乗客が続出した。そして、その光景と音がサンティバの飛行機酔いに拍車をかけることになった。いきなりシートベルトをはずす彼を見て、ようすを見に戻ってきたさっきのスチュワーデスはあわてて通路をあけた。彼はそのまま手洗いに駆けこんでいった。嘔吐する場面を見せるのは失礼だと思ったのだろう。ジェシカはそんな彼に好感をおぼえた。

2

芸術は私自身、科学は私たち自身である。

——クロード・ベルナール

一九九六年四月十三日、フロリダ州イスラモラダ・キー

オン／オフの切り替えができる冷凍庫を装備したライダー社の黄色い改造トラックは、運送業界の運転手が大型冷蔵車《リーファー》と呼んでいるものほど大きくはないが、機能だけは十分に備わっている。二千二百キロの積み荷の重みで地面に腹をこすりつけるようにして走ってきたトラックは、イスラモラダ・キーにあるフロリダ大学アボット海洋研究所のコンクリートのスロープにバックで入ろうとしていた。傾斜路の先に見えるのは巨大な二枚の扉とベルトコンベヤー。その脇で、奇妙なかっこうのふたりの科学者が待ち受けている。腰までの丈のゴム長靴に保護服という姿を見るかぎりでは、研究所より魚河岸《がし》にいたほうが似つかわしい。

ぶあつい作業服姿で身構えているリネット・ハリスとアーロン・ポーターは、ここから先の力仕事を一手に受け持つことになっている。トラックの後ろから乗りこみ、ゴム長に保護服、厚手のゴム手袋、ゴーグルに身を固めての作業だ。アーロンのほうは不平を言いながらではあったが、ともかく、最新の設備を誇る海洋研究所の実習生ふたりはトラックによじのぼり、運ばれてきた動物と格闘しはじめた。まだ死んでまもない、種類も大きさもさまざまなサメの数は、全部で二十五頭ほどだろうか。

完全武装しているのはけがをしないためでもあるが、サメの持っている伝染性のウイルスに感染しないための防御策でもある。キー・ラーゴから戻ってきた直後に与えられた大仕事にすっかり閉口しているアーロンを、リネットがせっついた。「さっさとやっつけちゃいましょ。じっと突っ立ってながめていたんじゃ、仕事はいつまでたっても終わらないわ。ほら、アーロン……」

疲れているうえに腹も減っていて、アーロンはだらだらと動きがにぶい。

リネットのほうは、いつもはつらつとしている。この日も彼女は、早く仕事を終わらせたくてうずうずしていた。スロープに入ってきたトラックの荷おろしはこれで三度目。今回の作業が完了すれば、生理食塩水を満たして常時三十二度Cを維持するよう管理された保存用の水槽には、四千五百キロを超えるサメが運びこまれたことになる。缶詰にしたり地元の飲食店で販売したりするためのサメではない。すべて、種《しゅ》の繁殖の周期を調査するために利用される。フロリダ沿岸海域における漁業権の制限にアメリカ政府――とくに環境保護庁《EPA》――が積極的に関わらなくてはいけないかどうかを判断するのが、その目的である。

実習生たちはここでの仕事が重要だということを知っている。ドクター・インスリーの予測では、サメの乱獲は食物連鎖に致命的な影響を与えるというのだ。サメを獲《と》りすぎると食物連鎖に不均衡が生じ、その餌になっていた魚の数が爆発的に増えて、すべての魚が絶滅の危機にさらされることになるかもしれない。しかし、ドクター・ウエインライトによると、調査用のサメをイスラモラダに集めているのには、もっと重大な理由《わけ》がある。実用化が進められているサメ撃退薬の開発はもちろんのこと、がんの研究、エイズ治療への応用も視野に入れた免疫学の研究、角膜移植、やけどのあとの皮膚移植をおこなっているアメリカ全土の研究機関が、実験用サンプルを求めているというのだ。

しかし、ドクター・ロイス・インスリーの最大の懸念は、フロリダ・キーズとフロリダ半島沿いの海域で自由にサメの捕獲ができるということが、特定の種の絶滅を招く結果になりはしないかという点である。

皮肉なことだが、研究所はここ数年、サメの捕獲大会のスポンサーを務めている。インスリーの絶滅説に関する実験を継続するためには、調査に必要なだけのサメを集めなくてはならない。大会の評判は上々で、今年は共同スポンサーがつくことになった。サン・フィン・ボート社を口説《くど》き落として、協賛を得ることができたのだ。研究所の母体であるフロリダ大学は、このことを非常に喜んでいる。

そして、三日間にわたる大会は幕をおろした。前夜、アーロンとリネットは一頭ずつサメの体重を測定し、それぞれに個体識別番号をつけた。当然ながら、物見高い観光客が三十数人の漁師と居並ぶ科学者に目を奪われている前で、各クラスの優勝者が獲物と一緒に写真におさまるというお決まりのシーンもあった。グランプリを獲得した体重百四十三キロという超特大シュモクザメは今、イスラモラダの研究所では冷凍車ということで通っているトラックの後部に横たわっている。

大会が終了し、トラックの運転手も研究所の研究員も、生臭い積み荷をキー・ラーゴからここまで運んでくるというきつい仕事が終わるのを、心待ちにしていた。

黄色い覆面トラックの役目も、今年はこれでおしまいだ。キー・ラーゴの最南端から走ってきた古いぽんこつトラックはもう見るからにがたがたで、後部は冷凍庫なのに、まるで食肉処理場のようなにおいを放つようになっていた。そのひどい臭気も、骨の折れる任務も、リネットとアーロンはしかたがないものとあきらめている。もうしばらくしたら、肝心の作業にとりかかれる。信じられないほどの賞品・賞金と引き替えに手に入れたサメを解剖し、体のしくみを調べることができるのだ。捕獲大会では、二等入賞者は賞金一万五千ドルを、優勝者は全長二十九フィートのサン・フィン社製フライブリッジ・ボートを手にした。ぴかぴかのスポーツフィッシング用高速モーターボートで、受賞者はガソリンエンジン、ディーゼルエンジンのどちらかを選べる。エンジンはツイン・クルセーダー350かボルボの200馬力。これも受賞者が好きなほうを選べることになっていた。

フォート・ローダーデールのひとびとは大会を盛りあげるすべを心得ていた。サン・フィン社をかかえこむという案の仕掛人はドクター・ジョエル・ウエインライトだったが、結果的にそれは巧妙な手だということが判明した。

おかげで研究所にはさまざまなサメの見本が集まった。これだけの数があれば、向こう一年半は研究が続けられるだろう。ことによると二年もつかもしれない。当然ながら、各器官は全米の研究所に売れるから、そこからの利益も期待できる。

巨大な研究施設は周辺に生育する大小さまざまなヤシの木との調和を考えて設計されていて、煉瓦《れんが》までがフロリダ・キーズの砂浜とマッチするよう、砂と同じ色合いでまとめられている。その中で常時おこなわれているのは、人類のよき友、フロリダ沿岸の肉食ザメの研究だ。こういうたぐいの調査研究にはおびただしい数のサメの死骸が必要になる。

ともあれ、ずっしりと重いサメの死骸は、順にベルトコンベヤーにのせられていく。その光景に、リネット・ハリスは空港の手荷物を連想する。ただし、この荷物には目がついている。ガラス玉みたいに生気がないのに、まるで生きているかのようにひとを引きつける目。死んで横たわる動物の白濁した角膜には、生と死が映っていて、リネットは科学の必要性と生命の必要性を同時に感じた。が、これまで何十回となくやってきたように、そのときも思いうかんだことは頭の片隅に押しやって、当面の仕事を続行した。ちょっとやそっとで終わる仕事ではない。インスリーとウエインライトにも手伝ってもらえたらありがたいのだが、ドクターともなるとまだこの段階では手を汚すことはしない。

小型種でも、サメは手ごわい。体重は平均して百十キロ前後。冷え切った状態でトラックの荷台にくくりつけられているのをベルトコンベヤーまで運ぶには、そうとうの筋力と努力がいる。冷たい、きつい、割に合わない仕事である。

「背びれと尾びれをつかんで！　こっちから押すから、思いっ切り引っぱれ」とびぬけて大きなサメの頭側に立って、アーロンがリネットに指図した。

「逆さまじゃないの、アーロン？　頭をこっちに向けてから、あなたが背びれと尾びれをつかんでくれない？　で、そっちから押してちょうだい。わたしは口にフックを引っかけて引っぱるから」リネットは大きな食肉用のフックを持ちあげてみせた。保護服姿の彼女は、どことなく『遊星からの物体X』という、古典SF映画のリメークに登場する生物を思わせる。

「おまえ、前世は沖仲仕《おきなかし》だったんじゃないのか？」

リネットは笑いを押し殺した。「いいから、わたしの言うとおりにして。いい？　このやりかたが、あなたにもわたしにもいちばん負担が少ないの」

「ふたりとも、くだらないことでもめない！」トラックの前のほうから声が飛んできた。研究所長のドクター・ロイス・インスリーだ。所内のすべてを牛耳《ぎゅうじ》っている彼女は、まわりに絶対服従を強要し、横暴をほしいままにしている。彼女は最初、ドクター・ウエインライトがサン・フィン社をスポンサーにしたことにまで憤っていた。理由は、自分がそのことを思いつかなかったからだと、アーロンはリネットに話したのをおぼえている。

「ねえ、あなたたち、ドクター・ウエインライトを見かけない？」ドクター・インスリーは尋ねた。神経がたかぶっているのか、片方の目がひくひくひきつっている。

「研究室だと思いますよ、ドクター」リネットが返事をした。死んだ魚からしみ出した体液で、彼女の手袋はもうぬるぬるだ。手足の指先はすっかりこごえている。

「あんなに腹の立つ男はいないわ」ドクター・インスリーは声を大にした。

「どうしたんですか?」アーロンが聞いた。「今年の大会はすごかったじゃないですか、ドクター・ウエインライトのおかげで」

リネットは即座に同調して、ゴーグルの奥からにっこり笑った。「これで必要な研究材料はそろったし、研究所にも大学にもお金はいっさいかからなかったんですから、ドクター・Wは……天才だと思いますよ」自分がドクター・ウエインライトのことをどう思っているのか。年配のドクターをどれほど熱烈に恋いこがれているか。アーロンもドクター・インスリーも知っているはずだと、リネットは思った。

「サン・フィン社に賞品を提供してもらうなんて、天才的なマーケティングの手腕ですよね」アーロンがあわててつけ加えた。女帝気取りのドクター・インスリーに、彼女だけが天才ではないのだということを思い知らせたい一心だった。ドクター・Wの才能に〝マーケティングの〟という言葉を用いたのは、それでドクター・インスリーの動揺を抑えることができたらという気持ちからである。

「あの大ばか先生ったら、部外者を呼んじゃったのよ……これまでわたしたちが見てきたことに関して」

「人間の体の一部のことですか?」リネットが言わずもがなの質問をした。数日前のできごとが、なまなましくよみがえった。新しい研究材料の第一陣が到着したときのこと、リネットとドクター・インスリーの見ている前で、ドクター・ウエインライトはまたしても、通常の胃の内容物にまぎれて未消化の人体の一部と骨が残っているのを発見したのだ。両手、両足の指先までそっくりそのまま元の形をとどめているという、胸の悪くなるような断片もあった。今までにこういうことが一度もなかったというのではない。ただ、最初の一体を解剖したときから、出てくる量には研究員に不気味な恐怖心を感じさせるものがあった。

「荷おろし、続けて。途中で休憩なんかしないのよ。運転手には時間給で払ってるんだから。もうあと一往復して、あしたのこの時間までにはここに戻ってきてもらわないと困るのよ。さあ、仕事、仕事、仕事！」

「でも、ドクター・インスリー、これで三度目だから、もうおしまいですよ」アーロンができるだけ刺激しないように言った。しかし、ドクター・インスリーはぷりぷりしながら、よたよたとした足どりでドクター・ウエインライトを捜しに行ってしまった。

リネットとアーロンはしばらくのあいだ、ゴーグルごしにじっと見つめあっていた。やっとのことでアーロンが肩をすくめると、リネットが言った。「彼女、データと統計と自分のコンピューター・プログラムの扱いかたは知ってるかもしれないけど、実社会のことはなんにも知らないのよ」

「むかつくよな」

「何が、アーロン？」リネットはしゃべりながら作業をしているが、アーロンのほうはひとこと何かを言うたびに手が止まる。

「そもそも、彼女、どうやってここを仕切るようになったんだろう」

「研究助成金をもらったのよ。学者の世界では助成金が大きくものをいうから。真相はわからないけど、とにかく、ここを仕切っているのは彼女だってこと」

「仕切ってる……でも、指揮はしてない……」

しっかりとした足どりですたすたと建物の中に入っていく、ひっつめ髪の熟女。ドクター・インスリーの後ろ姿を見ながら、リネットは内心首をかしげた。遊びに、気晴らしに……セックス。あのひとはいったい、どんなことをしているのだろう。

広々とした研究施設の中で、ドクター・ウエインライトがホオジロザメの内臓から出てきたばかりの人体の一部を調べているのをみつけた。

「どうしてわたしの指示に従わないの、ドクター？」ドクター・インスリーはドクター・ウエインライトに食ってかかった。「わたしになんの相談もなしに理事にかけあって、FBIを呼ぶなんて。あれだけ言ったじゃないですか、その必要はないって。ここでは研究の過程で人体の一部が出てくることなんかあたりまえで――」

「だから、理由は説明したでしょう、ドクター・インスリー」ドクター・ウエインライトは穏やかな口調でこたえた。相手はいわゆる上司。頭から無視してかかるわけにいかないという気持ちがあるから、身を固くしてはいるが、目は強力な拡大鏡に張りついたままだ。人間の骨と組織の検体を調べていた彼が拡大鏡のワイドレンズの向きを変えると、自在アームに支えられたレンズが傾いて、ドクター・インスリーにぶつかりかけた。

白衣姿でじっとそばに立っているドクター・インスリーをそれ以上無視し続けることができなくなったドクター・ウエインライトは、彼女と目を合わせた。「断片は非常に新しい。量的に見ても異常だ。そこまでは先生も認めないわけにいかんでしょう。読んでないんですか？」

「何を？」

「新聞」

「専門分野の文献だけでも、ものすごい量を読まなくちゃいけないのに」

「『マイアミ・ヘラルド』だとか、フロリダ・キーズのローカル紙までが、このところ行方不明事件の記事で埋まっている。当局に女を憎悪する内容の手紙を書いて、自分がやったと主張している異常者もいる。おまけに、出てくる人体の断片はみな、小柄な……女性の体。いいですか、ドクター？　いやでも認めてもらわないことには——」

「認める？　わたしに何を認めろっていうの、ドクター・ウエインライト。なんなら、今すぐ荷物をまとめてここから出ていっていただいてもいいのよ。いいかげんな仕事しかできないひとは、要らないんだから」

「その点については、異議ありだな、ロイス」

「何言ってるの、ジョエル。わたしを蹴落とせるとでも思ってるの？　わたしには立派な経歴があるのよ。実績も経験年数もあなたなんかより上なの」

「黙って辞めろと言ってるんなら、そうはいきませんよ」

ドクター・インスリーは冷ややかな目でウエインライトを見つめた。長身で若白髪の、威風堂々とした男だ。目だけで相手を殺せたら。そんな期待をいだいているかのように、彼女はウエインライトをにらみ続けた。

ジョエル・ウエインライトは、ドクター・インスリーの肉づきのいいあごとピンクの肌を見つめ返しながら、こんな場違いな人物がどうしていつまでも権力を握っているのだろうかと考えていた。彼女がなぜここで、これほどの権限を与えられてきたのか。ウエインライトには知るよしもないが、明らかに今度のことでは彼女を激怒させてしまったようだ。研究用サメ捕獲大会が大成功をおさめたにもかかわらず、である。大会の成功はほとんど彼の手柄だったのだが、ドクター・インスリーは前年の倍もの研究材料が集まったという現実を直視するのがいやなのだ。そればかりではない。まるでステーキ肉のようにラップに包まれた人体の断片が、奥の冷凍庫に山積みになっていることにも、彼女は対処できないでいる。手、腕、脚、肩の骨。サメの消化液はゆっくりとはたらくため、未消化の肉片はまだ生のままだ。人体のどの部分かも、イスラモラダの科学者の手ではきちんと整理がついていない。この研究所の職員はみなサメの専門家で、人体組織については詳しくないのだ。

ウエインライトも最初は、たまに見かける人体片を〝サメに襲われたと思われる人間の残骸〟ということで片づけていたのだが、まもなく、出てきた人体の各部を収集するようになった。実際、フロリダ半島沿岸では毎年ひとがサメに襲われる。傷あとは一生残るが、ほとんどの被害者はそのできごとを忘れて生きているのだと、ドクター・インスリーは非常識きわまりないことを自信たっぷりに言った。しかし、その後も人体片の数は増える一方で、サイズもあまりに大きすぎることから、事態はもうこれ以上は無視できないということになった。ほうっておけばそのうち解決するというのがロイス・インスリーの流儀らしく、彼女は何もしなかった。そんな折も折、一匹のサメの腹からひとの骨盤がそっくりそのまま出てきた。それからもサメの数は二十五匹増え、全部で四十七匹になった。全部で四千五百キロにもなる。この先、人体の断片はいくつくらい出てくるのか。ウエインライトには考えただけで空恐ろしい。

　ＦＢＩに電話をしたというが、ほかに相談するところなどないではないか。環境保護局《ＥＰＡ》？前日彼がかけた電話は、ＦＢＩの法医学研究所にまわされた。電話の向こうの魅惑的な声の主はドクター・ジェシカ・コランだった。こちらで何がみつかったかを話すと、彼女は即座に興味を示した。

「ドクター・インスリー」ウエインライトはじっくり言葉を選んで、ゆっくりと話した。「捕獲大会にこういう残虐で気持ちの悪い側面があるのに気づかないふりをきめこもうというんなら、それはそれで結構。サメは研究に使い切れないくらいどっさり手に入った。先生はフロリダ大学アボット海洋・大気科学研究所に運びこまれた研究材料のことだけを考えていられるかもしれない。だが、あいにくわたしは倫理意識の強い人間でね。明白な事実に目をつむっていられない――少なくとも今回は」

「何が明白なのか、見せてちょうだい、ドクター！」

　彼はインスリーの腕をつかんで、冷凍室のほうにうながした。ドアを開けると、一瞬ふたりを包んだ霧がすーっと研究室のほうに流れ出ていった。

冷凍室の中で、ウエインライトは人体の一部と人骨が積みあげられた棚を指さした。「ほら、よーく見てください、ドクター・インスリー。あんたにはこれでも問題が見えないというんですか？　異様な現象じゃないか。比較的狭い範囲内の限られた数のサメから、これだけ大量の人体片が出てくるのはおかしい。偶然なんかじゃない。何か恐ろしいことがおこっているんだ。ほっとくわけにはいかない。隠してもおけない。わたしは今度理事会に出す報告書に、このことも書いておこうと思っています」ウエインライトの口調は露骨なほど脅迫めいていた。

凍てついた腕時計に目をやって、彼はつけ加えた。

「まあ、FBIのドクター・コランがみえたらなんとかしてもらえるでしょう。もうそろそろ着くころじゃないかな」

「信じられないわ、この施設にFBIを連れてくるなんて」

「恐れていたことが現実になった。そういうことですか、ドクター？　ここはアメリカ、FBIはアメリカの警察組織のひとつ。来て当然だ」

「わたしはなんにも恐れてなんかいないわよ。ただ……軍隊だとか、軍隊に類似したものはたまらなく嫌いなの」

「われわれがここで発見したものと行方不明になっている若い女性を結びつけるものがあるかどうかを、調べに来るだけですよ」

「記録の提出を求められるかしら？　ここでの調査活動の記録のコピーやなんか」

「何か身におぼえでもあるんですか、ドクター」

インスリーは歯ぎしりをしてウエインライトをにらみあげた。「ここでやっている仕事はあくまでも極秘なのよ。わたしたちの研究の結果を喉から手が出るほどほしがっている人間がどれだけいるか、知ってるの？」彼女はかみつかんばかりの剣幕で言った。冷凍室から飛び出していく彼女の後ろ姿を見ていて、ウエインライトは寒々とした陰気くささの中にふっと温もりを感じたような気がした。そして、それもそのはず、あの女が出ていったのだからと思った。自分自身にとっても研究所にとっても厄介者の彼女を、どうすれば追い出せるだろう。そんな思いがふと胸をよぎった。彼女が感じている脅威は外からの脅威ではないのだ。

ヘリコプターの、ドーム型をしたぶあついガラス窓ごしに、ジェシカ・コランはワシントンDCから――そして、身近な文明からも――遠く離れた下界のようすに目をこらしていた。宇宙空間を一気に飛びこえるというタイムワープのわざで、原始時代の行楽地がぱっと眼下に現れたような光景だった。ヘリコプターはおおむね海上ハイウエーをたどるかたちで飛んでいる。フロリダ・キーズの島々を結ぶために造られたこの道路は、片側にメキシコ湾を、もう一方の側に大西洋を望みながら、曲がりくねって最先端の島に至る。橋と車道とおぼしきスチールとコンクリートがかすかにきらめく白い砂浜の帯は、上空から見ると一本のスパゲティのようだ。ヤシの木が立ち並ぶこれらの隠れ家的な列島には、ディスカウントストアもスーパーマーケットもない。ガソリンスタンド〈テキサコ〉の看板の並びにたまにあるのは、フロリダにしかない珍しい貝殻を売るコレクター相手の店くらいのものである。沿道には商店街もあるが、どこもがらんとしていて、必要最小限のもの――釣り用の餌と釣り道具とバケツ、ビールとパンとボローニャソーセージ――しか買えない。

しかし、南北に走る一車線道路の交通量は少なくない。ジェシカがそれまで見たこともないような緑色をした澄みきった海と、その海をまたぐ橋がどこまでも続いている光景は、ただそれだけで驚異だ。容赦なく照りつける太陽でじりじりと焼けつく細長い島と島をつなぐ橋が、細い人体結合組織のように見える。

見渡すかぎり、緑の鏡のような海に浮かぶマングローブの島また島。その上方《うえ》でも、周辺でも、古代さながらの大空をカモメやシラサギ、ペリカン、シロトキが自由自在に舞い交わしている。ここでは大昔からずっと同じ鳥が飛んでいるのだろう。果てしない青緑色の眺望《パノラマ》に、騒音をまきちらすヘリコプターとひっきりなしにハイウエーを行き交う車というのは、ジェシカには逆の意味で時代錯誤ではないかという気がした。

奇跡的に、キー・ラーゴとキー・ウエストのあいだにある陸地は開発戦争から取り残され、ほとんど手つかずのままになっている。〈ヒルトン〉、〈マリオット〉、〈ホリデー・イン〉といったリゾートホテルのたぐいは一軒もない。ところどころに民家や掘っ立て小屋、マリーナ、ダイビング・ショップはあっても、派手な建造物はどこにも見あたらない。ヘリコプターのパイロットに言わせると、このあたりは〝未開の地〟、〝ど田舎〟、〝住宅には向かない〟、〝女房のおふくろさんみたいにでかい蚊の増殖地〟、〝酔っぱらい漁師を捨てに来るところ〟らしい。

「地図では自然保護区域となっているわね」ジェシカはヘッドフォンを通じて返事をした。

「ええ。釣りとバードウオッチングにはもってこいの場所です。でも、素人はボートを出すなんて危ないことはしませんね。どこもやたら浅いし、ヘブンズ・ゲートでは水路が狭くなってますから。安全に航行できるのは地元の人間だけですよ」

「しかし、釣り場としてはいいんだな?」エリック・サンティバが問いかけた。ジェシカと向かいあって座っている彼は、眼下にはほんのときたましか目をやらない。

「最高です。ただし、絶対に声も音も出せません。まわりがしんと静まりかえっているから、魚には三メートル離れたところにいる人間が息をするのが聞こえるんです」

自然の美しさを肉眼で見ようと、ジェシカは偏光レンズのサングラスをはずした。「恐竜が歩きまわっている場面が目に見えるみたい」

「ええ、専門家の話だとほんとうに恐竜がいたらしいですよ。今は絶滅してしまった巨大な地上性ナマケモノみたいなもんですけどね。今も少しは生き残っているんじゃないかな。まあとにかく、このあたり一帯は沼地だらけで、準軍隊的な施設すら作れないというのが実状です」

ヘリコプターのパイロットのジェイク・スローンはなかなかおもしろいキャラクターである。フロリダ生まれは、本人の弁によるとこのあたりでは〝希少価値〟なのだそうだ。土地の人間だから、この一帯を走りまわるのも、ほかの土地っ子をみつけるのも得意らしい。

ヘリコプターが高度をさげ、陸地にどんどん接近すると、泥道が途切れたところにある茂みの下にオイスターバーが隠れているのがわかった。その脇には壊れたスキマーが数隻。スキマーというのは地元の漁師が使う、モーターがむき出しになった軽量ボートのことである。「ここじゃ、歌手のジミー・バフェットがキリストを名乗っても通用しそうだわ」とジェシカがつぶやくと、サンティバもスローンも声をあげて笑った。パイロットのスローンは本名よりスパイダー・スローンという呼び名のほうを気に入っている。マイアミ警察はFBIに、スパイダーはプロのチャーター機パイロットとして一、二の腕を持っているばかりではなく、湾岸戦争の〝砂漠の嵐〟作戦で飛んだこともあるのだと言っていた。

「おっ、見えてきた！　ほら、へんてこりんでしょう？　このへんじゃみんな、フランケンシュタインのお城って呼んでるんですがね」あごひげに包まれた口もとに含み笑いをうかべて、スパイダーが言った。彼はヘリコプターだけでなく小型ジェット機も操縦して、フロリダ・キーズからバハマ諸島にまで飛んでいる。そのうち、思い切ってバーミューダ・トライアングルにまで、ということになるかもしれない。

ジェシカ・コランは窓にへばりついて、巧みにカムフラージュされたフロリダ大学所有の建物を食い入るように見おろした。どの角度からも周囲の植物群と白い砂にとけこんでいるので、施設の全貌をつかむのは容易ではないし、広さもそう簡単には把握できない。周辺の自然の一部のように設計されていて、ともすれば見逃してしまう。そして、それがまたべつの錯覚をおこさせる。この世のものとは思えないような不可思議なその外観は、さながらマングローブの群生の中の宇宙ステーション――現代的作風の写真家ジェリー・ユルズマンの一風変わった作品のようだ。

構内には植木や草花が植えられ、すみずみまで手入れが行き届いている。建物は先端技術を駆使し、環境保護に配慮したハイテクビル。そんな中にずんぐりしたライダー社の黄色い改造トラックが駐《と》まっているさまは、黄色いペンキを塗られた象が赤ちゃんコンクールの会場でうずくまっているようで、いかにもぶかっこうだ。

ジェシカの横では、着陸が待ち遠しくてしかたのないエリック・サンティバ部長が身を乗り出して、あとのふたりがじっと見つめているのが何かをたしかめようとしている。彼は飛行機が苦手だ。そのことは、血の気が引いて黄色っぽくなった顔からもありありと見て取れる。

「ヘリポートがあるんですよ、大学からの定期配達便用の」パイロットのスパイダーがヘッドフォンを通じて説明した。

ジェシカはヘリポートを指さしてサンティバに言った。「ほら、あそこ、見える？　もうすぐよ」

スパイダーがあいづちをうった。「ええ、あと二、三分で着陸ですから、気持ちを落ちつけていてください、いいですか、ミスター・サンタバ？」

「サンタバじゃない。サンティバだ」エリック・サンティバは、白髪交じりのあごひげをはやした、パパ・ヘミングウェイの代役になりそうな風体《ふうてい》のパイロットの誤りを正した。

「もうしわけありません」

ジェシカは笑いをかみ殺した。

ヘリコプターが研究所上空を旋回しているのに気づいて、トラックのそばにいたひとが手を振った。ジェシカは下を指さしたが、見るとサンティバは気分を悪くしていてそれどころではない。ごくりと息をのんで、吐きたいのをけんめいにこらえている。マイアミまでの飛行機がどんなにひどいものだったかを思い出しているのだろう。これが今回の旅の最後の行程である。

「評判どおりでなかったら承知せんぞ、このドクター・ウエインという――」

「ウエインライト」ジェシカは訂正した。

「――ウエインライトか、うん……とにかく、評判どおりの人物なんだろうな。ほんとうに、魚以外のことに関係があるんだろうな」

「もうすぐわかるわよ。それからね、チーフ……」

「なんだ？」

「サメはふつうの魚じゃないの」

「見た目は魚。泳ぎかたも魚。おまけに味もにおいも魚だがね」とっさに彼は、においをひきあいに出したのはまずかったと思った。ジェシカはサンティバが気の毒になった。実際のところ、彼はさんざんな目にあいながらここまでたどり着いたのである。

ヘリコプターが白い雨のように砂塵《さじん》をまきちらして着陸した。もうもうとたちこめる砂煙で、研究所の建物がぼんやりとかすみがかかったように見える。

ジェシカは黄色いトラックの後方のふたつの人影に目をやった。ふたりとも防護服に身を包んでいるが、ひとりはふっくら体型の若い女性で、もうひとりは肩幅が広くて長身の若い男性だ。ふたりがベルトコンベヤーにのせているのがなんなのかが見て取れるまでには、少し時間がかかった。トラックに積まれてきたサメの死骸は、どこか地下の貯蔵室に運びこまれていくらしい。猛烈な暑さの中、若いふたりは汗だくで作業をしている。たばこをふかしながら退屈そうにそばに立っている運転手も暑そうだ。三人のいるところからヘリコプターまではだいぶ距離があるので、ヘリコプターの回転翼が巻きおこすせっかくの風もほとんど届かない。やがてトラックの三人は手を止め、まるでそれが今年イスラモラダ・キーでおこったいちばん大きなできごとであるかのように、ヘリコプターがおりてくるのをじっと見つめた。たしかに、いつもの年ならそれくらいのことしかおこらない。

サンティバがまず最初にヘリコプターをおりた。ジェシカは彼がそのまま地面に突っ伏してしまうのではないかと思った。が、彼はよろよろと研究施設の表玄関のほうに向かって歩き出した。中に手洗いがあればと思っているようだ。ジェシカは黒いドクターバッグをつかむと、身をかがめて頭上で回転しているヘリコプターの回転翼の下をくぐり、彼のあとを追った。

ヘリコプターのパイロットはもうエンジンを切っていたが、回転翼は言うことをきかない子どものようになかなか止まらず、ジェシカが建物の前にたどり着くまでまわり続けていた。サンティバとジェシカを出迎えたのは、険しい目をした女性と、彼女よりは若く、笑うと歯が目立つが感じのいい男性だった。ふたりとも白衣を着ていた。男性のほうの白衣は血と分泌液《ぶんぴつ》にまみれて、一見食肉解体業者と見まがうほどだ。女性の白衣にはしみひとつついていない。男性はさっとサンティバに手を差し出し、自己紹介をした。

「ドクター・コランとサンティバ部長ですね？　ジョエル・ウエインライトです。みなさんに電話をしたのは、わたしなんですよ」

　彼はいかにも男っぽい身のこなしでサンティバの手を握って大きく振り、次にジェシカの手を取って、これまたものすごい迫力で上下に振った。

「ロイス、お客さんにあいさつはしないんですか」彼は同僚の女性に言った。が、彼女は子どもに腹を立てている母親のように顔をしかめるばかりだった。

「おふたりの荷物についてはアーロンにまかせてありますから。でも、あいにくここにはゲスト用の施設は何もありませんのよ」冷たくよそよそしい声で、彼女は言った。

　動作からも目つきからも、ジェシカにあいさつをしようという意思は伝わってこない。それどころか、彼女は無言のまま、ウエインライトの口からむしり取ったたばこと一緒にジェシカの存在まで白い砂の上で踏み消し、まわれ右をするなりさっさと建物の中に入っていく――まるで、ひとに見られる前に自分の研究室を片づけておこうとでも考えているような足どりだ。

ウエインライトは力なく肩をすくめて奥を指さし、ふたりの部外者を建物の中にうながした。

「ずばり、ここではどういうことをしているんですか？」ジェシカはウエインライトに尋ねた。

「サメを切ってます――切り開いて、詳しく調べている。まあ、そんなところですね」

「つまり、サメの研究施設ってこと？」

「スタートしたときはそうじゃなかったんですけど、ええ……長年のあいだにそういうことになってしまいました。ですが、表向きはほかの分野の研究もやってることにしてあります」中に入るとウエインライトは、ここではウナギその他の海洋生物を使った口では言えないような実験をしているので、『X－ファイル』の撮影にはうってつけだと、冗談めかして言った。建物内の明かりはほとんどが、頭上の大きな天窓から入ってくる自然光である。それ以外はどこをどう見ても、広い工場か格納庫のようなたたずまいだ。

　ドクター・インスリーは天窓のひとつからふりそそぐ陽光のまっただ中に立って言った。

「ドクター・ウエインライトはたまにおもしろいことを言って遊ぶんですよ」そこで初めて、彼女は自己紹介をした。「わたくし、研究所長のドクター・ロイス・インスリーともうします」

「では先生がた、問題のものをお見せいただきましょうか」サンティバが言った。「その前にちょっと失礼して……手洗いをお借りできますかな？」

　ウエインライトが近くの男子用トイレにサンティバを案内しているあいだ、ジェシカは氷《フロスト》の・女《レディー》とふたり、その場に取り残された。さっきからずっとあふれんばかりの光を浴びているのに、彼女はまだ解けない。

　気まずい沈黙を破ったのはインスリーだった。「ドクター・ウエインライトのせいでこんなところまでお呼びだてすることになりましたけど、なんでもないんじゃないかしらね」どうも彼女は、顔の筋肉を動かさずにしゃべっているようだ。

「最近こちらでおこなわれたサメの解剖で、通常では考えられないほど大量に人体の断片がみつかったと聞いてきたんですが、それはまちがいないんですか、ドクター・インスリー？」

「ドクター・ウエインライトは『グッド・モーニング・アメリカ』みたいなワイドショーに出

たいだけですわ」そう言って彼女は神経質そうな笑い声をあげた。

「彼は事態をおおげさに考えすぎている。何が目的なのかもはっきりしない。そうおっしゃってるんですか？」ジェシカはうろうろと壁にかかった写真をながめてまわった。ここはまだ廊下だから、自分たちは進路をふさがれているも同然だ。「わたしたち、わくわくしながら遠路はるばるやってきたんですよ、ドクター・インスリー」

「それはご自分で判断なされればいいわ。たしかに、出てくる人体の断片の数は不思議なくらい増えています。でも、そのことじたいは異常でもなんでもないんです。統計的に見て、この先何カ月も連続で人体の断片が全然出ないということもありますしね。今年は実験用サンプルの数が多すぎるんですよ。捕獲大会が大成功でしたから」

「ドクター・インスリー、今こちらにあるものをぜひ見せていただきたいんですけど、よろしいですか？」見せてもらえるだろうか。そんな疑問が胸をかすめる。ジェシカはサンティバがこのやりとりを聞いていなくてよかったと思った。

「ええ、もちろんです。ごらんいただくものはドクター・ウエインライトが用意しています」

「サンティバ部長とわたしは連続殺人犯を追跡しているんです。被害者がいっとき海中に沈められていて、部分的に海の生物に食われているという事件でして」

「難題ですね、それは……さぞかしたいへんでしょう、ドクター・コラン？　ですが、わたしの……わたしたちの興味の対象はかなり特殊なもので……ご存じかと思いますが、ここではサメの消化管内にどんなものが残っているかを調査しています。決して……殺人事件の捜査のための、決定的証拠を探しているわけではないんです」

「それはわかっています」まず相手の気持ちをほぐさなくてはいけないことは、ジェシカにもわかっていた。しかし、かたくなな態度にはそれなりの理由がある。こんなかたちでFBIが自分たちの領域に入りこんできたことで、明らかに彼女は平静を失っているのだ。「とにかく、わたしたち、しばらくは出たり入ったりしますよ、ドクター・インスリー。仕事はできるだけ目立たないよう、できるだけ手早くすませますけどね。外にヘリコプターを待たせていますから。実は、この半年ほどのあいだにフロリダの沿岸に流れ着いたいくつかの死体に、どう見てもサメに食われたとしか思えない傷あとが残っていたんです。サメの地理分布を正確につかめれば、それを頼りに犯罪の地理分布も把握できるかもしれません」

「犯罪の地理分布。まあ……聞いたことないわ、そんな言葉。でも、もしサメがひとを襲って殺したんだとしたら、同じ群れのサメが全部食べてしまってるはずでしょう」

「被害者はサメに食いちぎられる前に死んでいたというのが、わたしたちの見解です」

「つまり、血が流れ出なかったから、食い荒らされなかったと推測してらっしゃるの？」

「その点ははっきりしています、傷の周辺に血はついてませんでしたし、器官も全然――」

「それ以上お聞きする必要はありません。わかります。でも、サメは群れで餌を食べるんですよ。一頭が漂流している死体を襲えば、ほかのサメがどっとそこに集まってきます。食べ残しが海岸に打ちあげられるなんてことは、まずありません」

ジェシカはむずかしい顔になった。「まあ、そういう細かい謎については、もう少し詳しい情報が入るのを待つしかないでしょうね。でも、今わたしたちが関心を寄せているのは、断片……あなたとドクター・ウエインライトがみつけた人体の断片から何がわかるかということなんです」

「これからも、まだみつかりますよ」戻ってきたウエインライトが言った。「中にひとつ、ぜひ見ていただきたいものがありましてね、ドクター・コラン。さ、こちらへ」

ウエインライトはジェシカを実験室へとうながした。中は作業机や顕微鏡、ブンゼンバーナー、トレーなどであふれかえっている。作業をしている学生の数よりトレーの上の試験管の数のほうが多い。インスリーが意図的に学生数を抑えているのか、海洋生物学という学問に人気がなくなったのか。それとも、配置されている学生がこんなに少ないのは資金不足によるものなのか。ジェシカは内心首をかしげた。

部屋の中央で、起重機《クレーン》のような装置が首を垂れていた。その先にはくすんだ白と灰色の巨大なサメが、切開され臓器をくり抜かれた状態で吊りさげられている。

「これが、大会で優勝一歩手前までいったサメです」ウエインライトは言った。「ホオジロザメ。こんなにきれいな生き物はいません。歴史も古い。彼らが二億年も前からこの地球にいるなんて、ご存じでしたか？　三畳《さんじょう》紀《き》からいるんですよ。フロリダとアフリカを隔てる海が、広い川くらいの幅しかなかった時代から。彼らは恐竜が出現する以前に生きていたんです。ワニと一緒にね。今では海にごまんといるので、われわれも捕獲大会を開催して調査用のサメを調達しています」

「きれいだわ……きれいだった、かしら」ジェシカは灰色と白のサメのすらりとした外見に目を奪われた。当面、下腹部の大きな裂け目は見て見ぬふりをしていた。が、そのとき、そばの水槽に子宮と胎児の組織が入っているのに気づいた。

「雌でした——出産の時期なので、この季節はあまり雌は捕獲しないんですが、ドクター・インスリーの研究のためには繁殖のしかたと雄と雌の習性を詳しく調べなくてはならないもんですから——」

「そう、どんどん進めてちょうだい、ジョエル」ドクター・インスリーが声に力をこめた。

「まあ、それはともかくとして」ウエインライトは話を続けた。薄暗くした部屋にサンティバが入ってきた。「こんなものが出てきたんですよ」彼は移植用臓器の保存に用いられるのと同じ医療用冷蔵庫から、女性の小さな前腕を取り出してみせた。「このサメの小腸に引っかかっていました。つまり、かなり新しいということです」

ジェシカはおぞましい光景にじりじりと歩み寄った。緑色に変色して茶色の斑点が出ているとはいえ、手と指のほとんどは原型をとどめている。照明に反射しなかったら、手首の無惨な断裂部に金色の腕輪が食いこんでいるのは見えていなかっただろう。ウエインライトは前腕をそのままガラス板の下においた。

長いあいだ、一同は黙りこくったままじっと一点を見つめていた。それぞれが無言で、切りさいなまれた人体の断片にみずからの姿を——自分にも必ず訪れる死を——映し見ていた。

「先生が来られるまで、手を触れてはいけないと思いまして、ドクター・コラン」ウエインライトは説明した。

「照明をあてて調べてみましょう」目の前の状景に体を順応させながら、ジェシカは落ちついた声で言った。

一同が見守る中、まもなくジェシカはねじれた肉のあいだから細心の注意を払って細い金の腕輪を回収した。サメの鋭い歯でかみつぶされ、カシューナッツよろしくまるごとのみこまれたせいで、腕輪はへこみ、ゆがんでいた。

ジェシカはそれを照明の下に持っていって、刻みこまれた文字を読んだ。「最愛の《プレシャス》」

「えっ?」まわりから、いっせいに同じ声があがった。トラックで作業をしていたふたりの学生も、防護服を脱いで入ってきていた。

「文字が刻んであるの、ブレスレットに」ジェシカは説明した。

「文字?」アーロン・ポーターが尋ねた。

「どんな文字なんですか?」リネット・ハリスが言った。

「なんて書いてあるの?」インスリーが聞いた。

「プレシャスと書いてあるわね」

すかさずサンティバが応じた。「誰がプレシャスを殺したんだろう?」

3

人間の英知は偽りを映す鏡のようだ……

――フランシス・ベーコン

脈打つことがなくなった動脈は
本能が縒《よ》りあわさったようなもの
光を浴びて

――パーシー・ビッシュ・シェリー

「人体の断片はあと何個くらい、冷凍保存してあるんですか、ドクター・ウエインライト?」

ジェシカは尋ねた。

「それが、かなりあるんですよ。脚の一部が二点。腕の断片がもう一点。足が数点に、骨がひと山」

ジェシカはサンティバのほうを振り返った。「ヘリのパイロットに伝えてちょうだい。いったん戻っていいけど、いつでも出動できる態勢で待っているようにって。それからね、エリック――チップははずんどいて。わたしたちはしばらく、たぶん二、三日、こっちにいることになりそうだから、なんだったら先にレンタカーと宿の手配をしておいてくれてもいいわ」ジェシカはウエインライトのほうに向きなおって、最寄りのホテルがどこかを尋ねた。

「二泊でいいのか？」サンティバが聞いた。

「ホテルですか、近くの？ すみません」ウエインライトがこたえた。「このあたりでどうにかホテルと呼べそうなのは学生寮くらいですねえ。味もそっけもないところですが。ルームサービスはありませんけど、よかったら食事はわたしたちとご一緒にどうぞ」

ジェシカは今ひとつ乗り気になれなかった。どういうわけか、ここにいるひとびとは『アダムスのお化け一家』を連想させる。

「ほんとうにそんなに時間がかかりそうなのか、ジェス？」サンティバがまた同じことを聞いた。

「かかるわね。前々から釣り旅行がしたかったんでしょ？ ちょうどいいじゃない。フロリダ・キーズに来てるんだから、釣りに行ってくれば？ でも、スパイダーに言われたとおり、地元のガイドを雇うのよ」

「それならお力になれますよ」ウエインライトが得意げに声を張りあげた。

「知りあいにいるのかね？」

「何人かいます。われわれも利用しているんですが、ジャベッツ・ライリーがいちばんいい。高いですけど」

「費用のことは気にしないで。それより、ライリーさんとはいつ連絡がとれます？」ジェシカが尋ねた。

サンティバはちょっと待ったと言わんばかりにジェシカを手で制し、脇に引き寄せてささやいた。「しかし、ジェシカ、助手がいないと困るんじゃないか？　あのドラゴン・レディーを寄せつけないためにも、わたしがいたほうがいいだろう？」

ジェシカは声をひそめて返事をした。「ばあさまはわたしひとりでなんとかなるわ。あなたはいても足手まといになるだけよ」それから、ジェシカはウエインライトのほうを向いた。

「わたし、こちらでみつかった人体の断片を全部見たいんですけど」

「いいですよ」

「それから、ひとつひとつについて、あらゆる角度から写真を撮ってほしいの。どなたか適役はいらっしゃるかしら？」

「ここにいるアーロン・ポーターは名カメラマンです。彼は多才でしてね」

「そう……じゃ……それがすんだら、全部とは言わないけど、断片のうちのいくつかは箱に詰めて、お手持ちのいちばん有効な緩衝材で梱包《こんぽう》してください。いいですか？　マイアミに持って帰りたいんです」

そのころにはもう、ドクター・インスリーは真っ青になってスツールに腰かけていたのだが、今度は壁に寄りかかって、呼吸亢進《こうしん》に陥りかけているような音を発しはじめた。ジェシカはあわてて彼女に駆け寄り、茶色の紙袋を渡して、その中に息を吐くよう勧めた。黒いドクターバッグの中にいつも茶色の紙袋を入れて持ち歩いているのには、ほかにも理由がある。はね散った血痕のついた布地、汚れた部分がこすれて広がってしまっては困るもの、急速に乾き切らないようにしたいものなど、特定の証拠品を収集する際に役に立つのだ。

ドクター・インスリーはおとなしく紙袋を受け取り、袋の口をいっぱいに広げてその中で呼吸をした。そして、深く息を吸いこんで落ちつきを取り戻した。居あわせたひとびとは誰ひとりとして、心配しているようすはない。助けてやろうともしない。ジェシカはウエインライトのそばに戻った。「先にドクター・インスリーのお世話をしてあげなくちゃね」

「ええ……ええ……ライリーに早く電話をしたいのは山々ですが」そう言いながらも彼はドクター・インスリーのそばに行き、肩に手をおいて、彼女を廊下の先へと連れていった。おそらく、横になって休めるようにしてやっているのだろう。

どう見てもふたりの関係は不自然だが、これ以上深く考えている時間はない。プレシャスの残骸を前に、ジェシカは足を踏んばりなおして、無惨に引き裂かれた腕とその脇におかれたブレスレットに注目した。

廊下の先からすすり泣きが聞こえてきた。インスリーの声だ。神経衰弱一歩手前なのではないかと、ジェシカは思った。自分だけの小さな世界に入りこんできた侵入者を前にしたときの彼女の態度は、たしかに過剰反応だった。それとも、プレシャスを見て激しく動揺しただけなのだろうか。

サンティバが施設内をざっとひとまわりしているあいだ、ジェシカは証拠品予備群の検分を続けた。ふたりの学生は、そんなジェシカを物珍しそうにじっと見ていた。

まもなくウエインライトが現れて、ドクター・インスリーはもうだいじょうぶだと言った。

「周期的に気分が変わるんです、ホルモンの関係でね」彼はジェシカに耳打ちした。女が感情的になったときに、その複雑な胸の内をどう理解していいかわからない男が口にする常套句《じょうとうく》だ。ジェシカは腹立たしい思いで聞いていた。そして、この狭い温室のような研究所の中で、どれほどの陰謀と政治工作がめぐらされているのだろうかと思った。研究所にこもりっきりで仕事に没頭しているせいで、インスリーもウエインライトもみずからのアイデンティティ――自分が誰であるかということ――と自分のしていることが頭の中でごちゃまぜになって久しいのだろう。彼らにとっては仕事がすべて、自分たちの生きている世界と世界観も、仕事で形作られているのである。FBI検死官ジェシカ・コランにこだわりすぎるのは禁物よ。そう言ってドナ・レモンテにしょっちゅう忠告されていることを、ジェシカは思い出した。そして、認めたくはないが自分とドクター・インスリーには大きな共通点があるのではないかと、ふと不安になった。

着いてまもなく、ジェシカはドクター・インスリーの目に動物の恐怖心を見て取っていた。彼女の顔が突然青ざめたことにも気づいていた。パン生地を思わせるようなその青白さは、フロリダまでの長い空の旅の途中、ノースカロライナ上空で座席に戻ってきたとき、いつもはキユーバ人独特の浅黒い肌をしているサンティバが白人のような色になっていたことを思い出させた。

ウエインライトがこれまでためておいた人体片を運び出しはじめた。断片にはそれぞれ日付を記した札《タグ》がついている。腕まくりをしながら、ジェシカは飛行機の中でのことを思い返した。そして、手と目と頭が目下の急務にとりかかる一方で、サンティバとの関係がいかにして進展したかを考え、追跡中の殺人者についで何がわかっているかということにまで思いをはせた。

次にジェシカは、殺人者が当局に宛てたあざけるような犯行声明文のことと、サンティバが筆跡鑑定——まるで魔法だった——をしてみせ、おしえてくれたことを思い出した。

声明文は、線は細いが大きな力強い字と独特の攻撃的な筆致で、次のように書かれていた。

tの息子は
女の魂を
食らう
芝居小屋で
芝居小屋で
欲望と
生けにえのために
tが恍惚《こうこつ》のときをもとめて

襲いかかるとき
呼吸と命が
一体となるとき
ひとりひとりはｔの生けにえになる
それがｔの望み
売女《ばいた》になるまえに……

ジェシカが声明文から顔を上げると、サンティバは説明しはじめた。そこに何が隠されているか、殺人者が潜在意識の中で何を伝えているのかについて、彼は時間をかけてていねいに解き明かしていった。「ごらん。彼は自分の崇拝の対象を署名に使っている。われわれが長年にわたって見てきた、連続殺人を犯すいわゆるゾディアック・キラーと似ていなくもない」

ジェシカはうなずいた。「ええ、歴代の殺人者と同じだわ。自分の中にいながら自分ではどうすることもできない悪魔の力に責任を転嫁できたら、殺すのは楽よね。自分が手をくだしたんじゃないってことにできるんだから。理由と動機はあっても、個人的な罪悪感はいだかなくてすむ。わたしの大好きなタイプ。最低なやつね」

「うまい口実だ」サンティバが同調した。飛行機はようやく嵐の上方《うえ》に出て、水平飛行に移っていた。「殺してはいけないんだという気持ちを忘れさせてくれる。こんなに便利な言い抜けはどこを探してもない」

「女がやらせた。魔物がやらせた。神の声が聞こえた。そういうのとおんなじ。卑劣な人間」

「長い線の終わりに小さなこぶがあるだろう？　ほら、このエルとここそこのエフ、わかるか？」サンティバは文字をひとつずつ指でさした。

サンティバが文書、筆跡の鑑定家として出世街道を歩んできたことは知っている。ジェシカは言われた文字に素早く目を走らせた。

「ええ、ええ」

「線が細くてぴんと張っているのも、わかる？　わたしたちなら輪《ループ》にするところを、彼は上下のまっすぐな線で書いている。ほら、このジー。それから、ティーの横棒を書くときにぐっと力をこめているのがわかるか？　線が横に長くのびてるだろう？」

「うん、うん」たしかに横の線は長すぎる。大仰で、まるで勢いよく槍を突き出したように見える。

サンティバは続けた。「前へ前へと突き出す線の裏に隠された心理的動因は、興奮と、精力《エネルギー》または精力《エネルギー》の欠如だ。この男の場合、見えるのは極端なエネルギーだな――それも、プラスのエネルギーじゃなくて、どちらかというと攻撃的で自制のきかないエネルギー。性的な動機にもとづいた、セックスがらみのエネルギー。敵対心と猛烈な怒りも動機になっている」

ジェシカは即座に、サンティバの言っていることは真実だろうと思った。そういう結論を裏づける直接の証拠はなくても、ジェシカは筆跡鑑定と文書判読の専門家としてのサンティバの才能を肌で感じた。そして、軍と警察とＦＢＩで取り入れられてもう何年にもなるこの興味深い〝科学〟を、もっと詳しく学びたいという気持ちになっていた。今回の仕事では、サンティバが〝筆跡観相法〟と呼んでいる分野について、本人からいろいろおそわることができそうだ。

「こんなふうに新聞社にメモやら手紙やら詩を送ってくる殺人者はめったにいない。捜査当局に手紙を書いた犯人は驚くほど多いんだけどね。ゾディアック・キラーはニューヨークの犯人もカリフォルニアの犯人もそうだったし、サムの息子、切り裂きジャックなんかもそうだった」サンティバは続けた。「理由は単純。みんな、殺した相手――獲物――について自分たちがどう感じているかを、誰かに伝えずにはいられない。バーで大勢の仲間相手に心の内をぶちまけたり、当局に手紙を書き送って警察をあざけったりするのは、安全かどうか。どっちにしても、こういう現象はおこる。どうしてかというと、殺人者は自分のしたことを世間に知らせないではいられないから。彼らは犯行を正式に認めてほしくてしかたがない。この倒錯した認められたい願望の次に芽生えるのは、ゆがんだ免罪意識だ。自分は等身大以上の人間だと確信し、世間にもそう思ってもらうために、殺人者はほかの生き物をまず支配し、それから破壊したいという欲求をつのらせる。自分は運も名もないその他大勢のひとりではなくて、ひとかどの人間なんだということを認めてほしいんだ。自分が自分であることを正当化するための殺人は悪循環を招く。わたしは殺す……ゆえにわたしはわたしである。わたしは殺す。ゆえにわたしは殺人者である……ゆえにわたしは殺す……かくして、わたしはより腕のいい殺人者となる……ゆえに、わたしはまた殺す……そしてまた殺す……

法執行機関はこの自己実現の欲求に期待している。それがあるから、独房に監禁されている男たちは一緒に収監されている見ず知らずの人間に腹の内をもらす。残忍な殺人は自分のしわざだという手紙を書いて名乗りをあげたりもする。これはほとんどの場合、助けを求めているというより、むしろ認められたいという気持ちの表れだ。大声で『見てくれ！　おれがやったんだ。こんなことをやったんだから、おれは大物だぞ』と叫んでいるんだよ」

ずっとうなずきながら聞いていたジェシカは、サンティバに同意した。「そういう思考って、自分の写真が新聞に載るのを見たい一心で、とか、神の望みを実行したのだから自分は神と一体化したんだと言えるという理屈でひとを殺す暗殺者の思考とあまりちがわないのよね」殺す側の頭の中がいやというほどよくわかっているので、血液とDNAの証拠ではとてもかなわないときには、ジェシカはいつも検察当局に味方することにしている。

闇の徘徊者《ナイト・クローラー》は文筆をふるうのが好きだということと、エリック・サンティバには天才的な才能があるということがわかって、ジェシカは楽しみになった。今度の事件は非常におもしろいものになりそうだ。サンティバが好んで〝ハンドリーディング〟と呼ぶ理論の真偽が試されることにもなるのではないか。

サンティバは手をのばしてジェシカの手を取ると、その指を殺人者が書いた文字のひとつのところに持っていった。「ほら。わかるか？」

「わかるって、何が？」

「ほとんどの文字の終わりの部分についているこぶ。見てごらん、ここと、ここ。長い字のいちばん上と下」

「こぶって、いったいどれのことを言ってるの？」

「棒の先についた小さいこぶ」

「ああ、字を書いたとき、筆を止めるところにできるインクのかたまりのことね」

「そう。それ、それ――抜けた髪の根本《ねもと》についている毛嚢《もうのう》みたいなものだ。いいか、この男――殺人者だと推定されるこの男は、インクが出るにまかせてペンをおいたんじゃない。自然にこういう字が書けたわけじゃないんだ。彼はそこで手に思いっ切り力をこめている。これは激しい攻撃性を表している。鬱積した怒り、憤激がペンとインク経由で放出された結果だ。ほら、こことここ、そっちも。な？」

ジェシカにも突然、それまで気づかなかった小さなこぶが全面にちらばっているのが見えてきた。占いゲーム盤の上をなぞらせるようにジェシカの人差し指を動かしながら、サンティバは話を続けた。「小文字のディーをよくよく見てごらん」

ふたりは一緒になって小文字のディーを探しにかかった。

「小文字のディーのどこがどう変なのかな？」ジェシカは声に出して不思議がった。

「だから、パターンが見えるだろう？　どの小文字のディーにも類似点があるのが、わかるか？」

「ええ、みんなえらく右のほうに傾斜してるわね。だけど、それにどういう重大な意味があるの？」

「これがいわゆる〝狂気のディー〟なんだ。ほら、みんなものすごい勢いで斜めに傾いて、次の文字とのあいだが鋭角になっているだろう？　上下の段の中心からどれだけ右上にはみ出しているるか、見えるか？」

肉筆の文には上下と中心の線があり、それぞれの線のあいだを段と呼ぶのだということを、サンティバはすでにジェシカに説明していた。ふつうのひとの手書きの文字は中心線に沿って書かれている。中には極端に中心線より斜め下にさがった筆跡も見られる。下段に乱暴ななぐり書きのような文字を書く人間は、必ずしも性的異常者とは言わないまでも、攻撃的な性欲の持ち主だ。書くときのエネルギーのほとんどを上段、つまり中心線より上で行使する人間は、頭脳《あたま》を使う勝負により強い関心を持っていて、金銭欲、支配欲、成功欲が強い。常軌を逸した行動は、上段、下段に関係なく、ふらふらとまとまりがなく、わけのわからないところで輪ができたりはねたりしている文字に表れる。常に真ん中の線を中心に落ちつきのある字の書ける人間は、自己抑制力に優れていると同時に、情緒が安定していて規則を守ろうという意識が強く、性的には淡泊であることが多い。どうしようもないほど字が震えていたり、その震えかたになんの規則性もないときには、筆者は狂人か重病人か、あるいは脳性小児麻痺その他の神経病をかかえていることが考えられる。サンティバはさらさらと絶頂期のリチャード・ニクソンの筆跡をまねた文字を書き、そこからニクソンがいかに〝仕切り屋〟で押しの強い男だったかを明らかにし、弾劾《だんがい》されかかっているときのニクソンの署名をまねてその筆跡がどれほど乱れていたかを指摘したあと、非公式使節として中国を訪問したときのニクソンの署名が元の落ちつきを取り戻していたことを立証してみせた。心のありかたは驚くほどはっきり筆跡に表れていた。

見たところ闇の徘徊者《ナイト・クローラー》の字はてんでばらばらだ。高く舞いあがって知性と創造力をうかがわせたかと思うと、急に中心線より下までさがってその異常者ぶりを露呈する。彼の手元はときにふらつき、ときにしっかりと安定しているが、常に攻撃的で粗暴で残忍だ。

「待って、そこんとこ、ちょっとわからない」ジェシカはところどころでストップをかけながら、分析の意義について、筆跡を通して見えてくる殺人者の性格について、サンティバが具体的に説明するのを聞いた。肉筆の文字は精神状態を明確に映し出している。目は心の窓だが、字を見ていると目と同じくらい、あるいはそれ以上にひとの心の中が見えてくる。そうサンティバは言う。

サンティバが〝狂気のディー〟と呼ぶ文字のパターンがジェシカにもわかってきた。「ああ、わかった……あなたの言ってるディーって、このことね。どのディーもみんな、すぐあとに続く文字にかぶさるように傾斜するか、まっすぐ横を向いて次の文字と交わってるってこと？」

「槍《やり》で攻撃してるみたい、だろ？」

「〝狂気のディー〟って、どの程度科学的に正確な用語なの？」

「切り裂きジャックが一八八八年にホワイト・チャペル地区の自警団と警察に書き送った手紙に、こぶと〝狂気のディー〟が見られた。まあ、その程度のもんだ。獄中の凶悪犯罪者にも繰り返し見られる」

ジェシカはこぶ状にふくらんだ文字の末端部と異様に荒々しいディーをもう一度じっと見た。

「なるほどね。ほかに、この筆跡からわかることは、エリック？」

「頭の中がこんがらかっているということ。錯雑したワルだ。創造力豊かな天才肌。当然、知能指数《IQ》は平均以上。つまり――」

「テッド・バンディみたいなタイプ？　ひとあたりがよくて、口がうまくて、おびき寄せた獲物が警戒心をいだく前にわなにかけてしまう？」

「ということも十分考えられる。が、だとしたら、それは芝居だ。よく練習して磨きをかけた演技ではあるが、芝居は芝居。この男はいろいろな病的恐怖心と手に負えない問題をかかえている。崩壊家庭の産物か、あるいは何をやっても失敗だった結果か、本人が考えている実力よりはるかにレベルの低いつまらない仕事をしているからか、まあ、そんなところだろう」

「筆跡からそこまでわかるの？」まさかという思いが思わず声に出ていた。

「うん。もちろん、筆跡の分析とプロファイリングの技術を結びつけているんだけどね。この組み合わせから、ときどき自分でもあっと驚くほどラッキーな結果が生まれるんだ」

「ときどき？」ジェシカはひやかすように言った。サンティバの業績の多くは記録に残るもので、今ではそのほとんどがFBIアカデミー関係者の虎の巻になっている。文書解読と筆跡鑑定における業績があったからこそ、彼は一躍その名をあげたのである。証拠として残った痕跡に着目し、殺人のマトリックスを創り出すために被害者、殺人者双方にプロファイリングの技術を適用するという手法で、彼はものの見事に殺人者を射止め続けているのだった。

　みずからのプロファイリング・チームが実際にどんなことをしているかを報道関係者に説明

するのに、サンティバは一度、こんなおもしろい発言をしたことがある。「われわれは被害者と殺人者双方について、その性格、人間性、身体的特徴、癖までをひとまとめにしたベクトルを創りあげる」

　殺人者について考察するだけではなく、被害者についても考察することによって、サンティバと、ジェシカが現在所属しているプロファイリング・チームは、何がおこったのか、ときにはなぜそんなことがおこったのかということも含めて、事件の全貌を組み立てるのである。飛行機に乗る前に、ジェシカとサンティバは新聞が闇の徘徊者《ナイト・クローラー》と名づけた男の複雑な人物像を描いてはいたのだが、殺人者がどうしても当局に送りつけずにいられなかった肉筆の文書に関して、ジェシカが直接詳しい説明を受けるのはそれが初めてだった。

　高度一万メートルの上空で、ジェシカは次にアリスン・ノリスに関する検死報告書を読むことに神経を集中した。マイアミの検死官は腕がいい。クードリエという名前のその男の書く字は小さくて、窮屈なほどきちんとそろっていた。サンティバに言わせると、自制心が強く保守的で用心深い性格だ。「手の内を見せないタイプみたいだな」と言って、サンティバはジェシカと同じような言葉でクードリエを評価した。ジェシカには文書の訂正のしかたまでが慎重さを物語っているように思えた。おそらくは、早く報告書を提出するようせっつかれたのが、不本意だったのだろう。もっと時間をかけて真実を突きとめたかったのに、保険会社からマイアミ市警、ＦＢＩに至るまで、まわりがそれだけの時間をくれなかったようだ。ドクター・クードリエの歯切れの悪い論調では、腕には手錠のあとか、ことによるとロープで強く縛った形跡があるかもしれない。首を絞めたあとはことによるとロープかひも、そして／あるいは殺人者のものと思われる手が使用されたことを示唆しているかもしれない。窒息死は海水が肺に侵入する以前におこった可能性があり、この点から、被害者は溺《おぼ》れる以前に死んでいたことも考えられる。このいかにも煮え切らない所見からは、検死がぞんざいなかたちでおこなわれたことと、あとになって疑問点が浮上した際の逃げ道を作っていることがはっきりと読み取れる。こうしておけば責任を問われても『断言はしていない』のひとことですむわけだ。

「ドクター・アンドリュー・クードリエのことは、よく知ってるのか？」ジェシカの心を読んだのか、サンティバが唐突に聞いた。

「あんまり知らない。評判は聞いてるけど」

「評判はいい？　悪い？　どちらとも言えない？」

「とても好意的な目で見られていて、立派な人物ということになっている。いつもどこかの演壇に立っている」

「どこかのなんだって？」

「だからね、犯罪捜査で使われている最新のテクノロジーについてあちこちで講演してるのよ。講演料を払ってくれるところなら、どこにでも出かけていくの」

「いくらくらいとるんだ？」

「ものすごく高い――五桁《けた》か六桁の数字、じゃないかな」

「儲《もう》かりそうだな。君はどうして講演してまわらないんだ？」

「わたしって、不言実行のタイプなのかも。というか、考えたこともないわ。頼まれたことはあるけど。だいたい、そんなこととしてる時間がどこにあるの？」

「クードリエにはあるんだな、それが」返事をしながらサンティバは、頼まれたことはある、というジェシカの発言をどう受け止めればいいのかを思案していた。

ジェシカはアリスン・ノリスの写真をサンティバのほうに向けて傾《かし》げた。海の生物につつきまわされたあと、体内で発生したガスの爆発でひしゃげてしまった死体。写真ではまだ、スナガニが死んだ少女の体を食べている最中だ。死体は左脚のつけ根の肉が大きくえぐれていて、右脚の大腿部《だいたいぶ》と右腕の肩から肘までの肉もごっそり欠落している。サメが通りがかりざまにつまみ食いをしていったくらいでは、こうはならない。

「アリスン・ノリスをこんなにした人間は力をほしがっている。頂点をきわめたい、つまり生命そのものを支配したくて、いても立ってもいられない。そして、自分にはその力があるんだぞってことを見せるために、ひとを殺す」ジェシカが言った。

「そのために天の恵み《マンナ》、つまりひとの命を奪う」サンティバが同調した。「とにかく、本人はそう思っている。そして、そう思いこんでいるかぎり、ずっと殺しを続ける」

「彼はひとから力を奪い取る。ほかの人間の力を奪って、全部自分の力だということにしてしまう。初めてじゃないわね、この手のやからは」

「うん。だから君に一緒に来てもらったんだ。じゃ、ちょっと悪いけど……」また胸が悪くなってきたのだろう。サンティバは写真を指さした。

ジェシカはファイルの表紙を閉じてクッションのきいた座席の背にもたれかかると、あとは黙って嵐の中を飛ぶ飛行機に身をまかせた。

四十五分後、まばゆい陽光を浴びて銀色に輝く雨のしぶきをぬって、機はマイアミ国際空港の、鏡面のように黒光りする滑走路に着陸した。こんなになめらかな着地は初めてだとジェシカが思ったとき、二十七年かかってようやく完璧な着陸ができたという機長の嬉しそうな声が、マイクを通して流れてきた。乗客はみな——といっても、気分の悪くない乗客だけだが——拍手と歓声で応えた。

機はしばらく滑走を続け、やがて空港ターミナルへと入っていった。あとはいつもどおりの混沌《こんとん》とした光景だ。我先に飛行機をおりたい気持ちは誰も同じで、乗客はみな、地上に立つ空港ビルの通路を早く踏みしめたくてうずうずしている。が、そんな中にひとりだけ、逆に飛行機に押し入ってくる男がいた。金色のバッジをさしあげながら、その男は大声でサンティバの名前を呼んだ。

ジーン・ハックマンに似たはげ頭で小太りの中年男に向かって、サンティバが手を振った。どんどんおりていく乗客を尻目に、マイアミ＝デイド本署殺人課の刑事はもたもたと通路を先に進み、サンティバとジェシカの脇にたどり着いた。彼はマイアミにやってきたＦＢＩのふたり組を出迎えに来たのだった。

「エリック・サンティバですね？」彼はにっこり笑って手を差し出した。そして、いかにもひとづきあいのよさそうな笑顔のまま、サンティバと力いっぱい握手をしてから、ジェシカにも声をかけた。「で、こちらがドクター・コラン。いや、おふたりにお目にかかれるなんて、ほんとうに光栄です。マイアミ市警のチャールズ・クインシー刑事ともうします。クインスでいいですよ。みんなにもそう呼ばれてますから。相棒のマークと一緒に、お出迎えするように言われてきました――」彼は出口のそばで待機しているグレーのスーツ姿の男を指さした。「――ここから先はヘリでイスラモラダに向かっていただくことになってるんですが、なんでしたらひと休みしてから出発ということにしてもかまいません。それもこちらで手配できます」

サンティバはジェシカのほうを向いてつぶやいた。「ヘリコプター……ほかに移動手段はないのかな、そのイスマなんとかキーに行くのに」

ジェシカは笑いをかみ殺した。「急ぐんだったらヘリしかないわね」

サンティバの渋い顔に、張りきっていたマイアミ市警の刑事はがっかりしている。

「じゃ、案内してくれ」サンティバは刑事に言った。「とにかくひと休みさせてもらうよ、刑事。ありがとう」

ジェシカが機内持ちこみのかばんをつかむと、丸々と太ったクインシー刑事が手をのばした。

「ありがとう。でも、これは自分で持つわ、刑事」

それがジェシカの商売道具だということに気づいて、彼は言った。「あ、はい、ドクター・コラン。では、マイアミ市警を代表してひとこと。一同、今度の事件の捜査に先生のお力添えをいただけることをたいへん喜んでおります」

「そうできるといいんだけど」ジェシカはこたえた。

「いやほんとうに助かるんですよ、ドクター。実は、事件はもうわれわれの手に負えないところまで来ていまして。九カ月のあいだに被害者はこれで九人。犯人は毎月ひとりのペースで殺《や》ってる勘定になります。ひょっとするとそれ以上かもしれません。不審な失踪事件が多くなっていますから」

「死体の数より失踪者の数のほうが多いらしいわね」ジェシカは言った。

「まあ、そういうことでして……ドクター」

春のマイアミでは、飛行機をおりてから空港の建物に入るまでの通路はまるでサウナ状態だ。ジェシカとサンティバはそこでチャールズ・クインシーの相棒に会った。長身で均整のとれた体つきの、相手を射すくめるような青い目をしたいい男で、こんがり日に焼けている。漁師のようでもあり、サウス・マイアミ・ビーチでバレーボールばかりして遊んでいる若者のようでもあり。とにかく、荒削りなところはいかにもアウトドア派といった雰囲気だ。クインシーの態度とは対照的に、年下の相棒のほうにはまったく熱っぽさが感じられない。握手をしようとも口を開こうともしないでうめくようにマーク・セイマナウ刑事だと名乗るところを見ると、連邦警察が事件の捜査に加わるのを快く思っていないようだ。

ジェシカにはセイマナウ刑事が服を着たまま寝ていたかのように思えた。徹夜で張りこみをしていたか、ただの夜勤明けか、そんなところだろう。

セイマナウの髪がぼさぼさなのに対して、クインシーの頭はいかにもジェシカたちを出迎えるのを念頭に入れてジェルで固めてきましたという感じに仕上がっている。おそらく、ここまできちんと身なりを整えたのは刑事になって初めてなのだろう。ネクタイはあまりし慣れないらしく、首が赤くなって今にもはち切れそうだ。袖口からはカフスボタンまでがのぞいている。それに比べてセイマナウのほうはくしゃくしゃの黒っぽい髪が額と片方の目に覆いかぶさるのも平気で、ネクタイはひきむしられたようにゆがんでいる。半袖のワイシャツの肩に無造作に上着をひっかけているのを見て、ジェシカはふと、銃はどこに隠しているのだろうと思った。

セイマナウはクインシーをひやかしにかかった。首が太くて、二キロ用の袋に五キロのソーセージを詰めこんだみたいに見える。襟《えり》がはち切れたら、ショットガンの弾《たま》みたいにボタンが飛んでくるから、身をかがめて避《よ》けないと危ない。彼はジェシカとサンティバにそう言って、自分の冗談に声をあげて笑った。

クインシーはうるさいとセイマナウを一喝した。

それからふたりの刑事は、待ちかまえている報道関係者に気をつけるようジェシカとサンティバに警告を発した。もう、冗談口調ではなかった。通路には制服警官とスーツ姿の関係者がずらりと並び、メモノートと録画装置を持った新聞記者の小さな一団もそばに控えている。大きなマイクが勇士たちにつきつけられ、頭上のカメラからはまるで大砲の弾が連射されるようにフラッシュがひらめいた。

「マイアミではこのところ、たいした事件がないのね」ジェシカが言った。

「あしたの重大ニュースの主役はわれわれかな」

一行はしばらく立ち止まって、FBIは闇の徘徊者《ナイト・クローラー》事件を優先的に捜査する所存だと、リポーターならびにマイアミとフロリダ南部の住民に明言した。二、三、質問にこたえているあいだも、ジェシカたちの顔にはカメラのフラッシュが浴びせかけられた。どの質問に対しても、納得のいくこたえが求められた。

クインシーが人垣をかきわけて、ジェシカとサンティバを空港のプライベートルームへと導いた。サンティバが落ちつきを取り戻すまでのあいだ、ジェシカは窓辺に立って、地上で待機しているヘリコプターをじっと見おろしていた。これから自分たちをイスラモラダ・キーへと運んでくれるヘリコプターである。

だが、はたしてサンティバを乗せられるかどうか。心配になったジェシカはサンティバに、マイアミに残って市警から事件の詳しい全貌を聞かせてもらうよう勧めた。自分もできるだけ早く戻ってくるからと言ってみた。が、サンティバは頑《がん》として聞き入れようとはせず、乗り物酔い止めの貼り薬をもう一枚くれと食いさがったのだった。

そして今、ふたりはようやくサメの研究施設にたどり着き、話に聞いていた病理学的証拠をまのあたりにしている。事前の情報では人体各部とおぼしき断片が相当数保管されているということだったが、ジェシカにとってはそれは秘密の金鉱のようなものだった。

「プレシャスというのはアリスン・ノリスの父親が娘につけたニックネームだった」急ぎの電話を取りに行って戻ってきたサンティバが言った。「マイアミのクインスに聞いたんだがね。アリスンがその名前の入ったブレスレットをつけていたかどうかについては、あとでクインスから電話がかかってくることになっている。まあ、こういう状況だから、まちがいないとは思うが」

べつの人体片を調べていたジェシカが手を止めた。「それでも、事実の確認は必要よ。らしいというだけじゃだめ……まちがいなくその男がアリスンをサメの餌食にしたんだと言えるだけの根拠がないと」

「うん、それはそうだが……この話は君の耳にも入れておいたほうがいいと思ってね」

ジェシカはうなずいた。「ありがとう」ウエインライトとその仲間がここでみつけたその他の身体各部についても、持ち帰ってそれぞれ検査をおこなわなくてはならない。フロリダ沿岸の海は目がくらむほど明るいパステルカラーで、いかにも叙情的である。そんなところに人体の断片などおよそ不つりあいだが、打ちあげられた断片がサメの内臓から出てきたものと一致するかどうかについても、念入りに調べる必要がある。

ウエインライトがまたべつの人体片の山を運んできた。「小さいのがあともう少しフリーザーに残っていますが、これでほとんど全部です。ひょっとすると、次のサメからまた出るかもしれませんけど……」

「あるだけ見せてください、ドクター・ウエインライト。どんな小さいものも全部」ジェシカはきっぱりと言った。「それから、さしつかえなければ、もう少し広い場所で作業させていただけないかしら」

「でしたら、主実験室《メイン・ラボ》ですね。われわれがサメの解剖をしているところです」

「あそこは使えないわ」突然、インスリーが言った。いつのまにか休憩室のベッドから戻ってきていたのだった。「そんなことをしたら、わたしたちの仕事がまるっきり中断してしまうじゃない」

「仕事はもうすでに中断してしまっていると思いますけど、ドクター・インスリー」ジェシカは言い返した。「わたしにはこの先少なくとも二十四時間は広いスペースが必要です。そのあいだに先生の助手が新しく人体の組織や骨をみつけるようなことがあれば、それもわたしたちのところに持ってきてください」

「ということは、おいでいただくようわたしが電話したのは正しかったということですね」ウエインライトが尋ねた。むろん、インスリーへのあてつけである。

ジェシカは真顔でうなずいた。「おっしゃるとおりです、ドクター・ウエインライト……よくぞ連絡してくださいました」

4

それは世にも珍しいしかけによる奇跡、
氷の洞穴がついた、さんさんと陽のふりそそぐ歓楽宮！
――サミュエル・テイラー・コールリッジ

フロリダ州サウス・マイアミ・ビーチ
ラズルズ・オン・ザ・リバー、午後十一時

キャシー・マリー・ハーモンはもう一度パトリックの魅惑的な青い目を見あげた……もう一度。水晶とアクアブルーの鏡でできた夢の世界でおきた奇跡。こんな目で見つめられたら、女の子は舞いあがってしまう。頭がものすごい勢いでまわっていても平気でいられる。吸いこまれそうなその目は、海のようにひんやりと青い。彼は落ちつきのある自信に満ちたしゃべりかたをするが、だからといって、キャシーがこれまでサウス・マイアミのビスケーン湾周辺にあるバーで出会ったほかの男たちのような横柄《おうへい》さはない。

キャシーは女友だちふたりと一緒にラズルズに来ていた。目的は、堅実な遊び相手探し。だが、たいていは三人とも意気地のないふにゃふにゃした男をつかんでしまう。そういう男が考えていることはひとつしかない。彼らは自己満足だとしか言いようのない行為で、抑えがたい性欲を満たそうというのである。男たちのほとんどは根底に不純な動機を隠している。そして、ふたをあけてみるとその多くは既婚者である。

とにかく女をものにしたい。股間のもので生身の温もりを感じたい。女の〝中に入りたい〟。男たちはみな、そんな思いを胸にバーにたむろする。

その日、キャシーは出かけたくなかった。髪をいじくって、ポップコーンでも作って昔の映画を見るもよし。寝ころんでビンセント・コートニーかジェフリー・ケインのホラー小説を読みふけるもよし。とにかく、うちでのんびり過ごすつもりだった。が、女友だちふたりの強引な誘いを断り切れなかったのだ。メリッサとシェリレーンには逆らえない。キャシーもそうなのだが、あのふたりは虹と宝くじと恋愛の信奉者だ。それも、満月がいちばんだと思いこんでいる。三日月ではあるが、その夜もとりあえず月は出ていて、蒸し暑いマイアミの夜を照らしていた。夢の町オズ・サウスの上空を、月は天のゆりかごのように揺れていた。

迷いがふっ切れ、出かける気になったのは、きっとその月のせいだったのだろう。理由がなんであれ、パトリックと向きあって座ったとき、キャシーはつくづく来てよかったと思った。キー・ビスケーンの夜の世界。アールデコ調の紫がかったブルーの照明を浴びて光る黄緑色のリキュール酒シャルトルーズ。親友ふたりはもう、そんな背景と同じ色に染まっていた。

キャシーとパトリックが海に面したデッキの月の下でピーニャコラーダを飲み、カーリーチーズ・ケイジャン・フライをつまんでいるあいだ、生バンドは延々とジミー・バフェット、ボブ・ディラン、ボブ・マーリーの物まねを演《や》っていた。美しいビスケーン湾と大西洋の大波がぶつかるこのあたりの景色は、キー・ビスケーンの絵はがきになっている。見あげればこちら側には月、あちら側には〈シェラトン・ロイヤルビスケーン〉の色とりどりの明かり。眼前はと見れば、片方にはソニスタ・ビーチの白い砂浜が、もう一方にはハーバー・ドライブとハーバー・ドライブ埠頭《ふとう》が広がっている。夜は魅惑的な光に彩られ、海を渡る風が恋人の愛撫のように心地いい。キャシーの願いはすべてかなうかに思えた。

　パトリックはボートで来ていた。信じられないくらい大きくてきれいな木製の自家用セールボート。それも、もう支払いは残っていない。キャシーは勝手な思いをめぐらせた。きっと彼は金持ちの中の金持ちなのだ。ひょっとすると、パトリックこそが本命なのかもしれない。世の中、何がおこるかわからないものだ。人生はギャンブル。サイコロ賭博《とばく》と同じ。柔らかいフエルトの賭博台には白い線に数字と、とりどりの色、そしてゲームの規則と進行手順がつきものだが、人生というゲームには愛と心の痛みがついてまわる。サイコロを投げるのが怖くて手すりの向こう側にとどまっていたのでは、何もおこらない。すべてゼロのまま……。もし今夜自分がここに来ないで、シェリレーンとメリッサだけが来ていたら、ふたりのうちのどちらかが――まずまちがいなくメリッサだろう。彼女のほうがシェリレーンよりずっと美人だから

——今こうしてパトリックと向きあっていたかもしれない。そして、ハンサムなパトリックに目がくらんでぼーっとなっているのも、メリッサだったかも……。だが、まるでパトリックは運命の風に乗ってきたかのようにキャシーの前に現れた。キャシーにも、待ちに待った永遠の恋人に会いにおいでとささやく魔法の風の呼び声が聞こえた。

彼はキャシーと向かいあって座っている。

キャシーはそこでひと呼吸おいて考え、疑念を晴らそうとはしなかった。もしもキャシーだけがラズルズに来ていたら、パトリックは彼女と出会っていたかどうか。はたして彼はどういう人物なのか。そんなことを分析的に考えている時間はない。あしたになれば、シェリレーンとメリッサが今夜のことをあれこれ聞いてくるだろうから、細かい点についてはそのときにゆっくり検討しなおせばいい。

万にひとつのめぐりあわせ。チャンス。宿命。運。カルマ。天命。何もかもが、恋の橋渡し役をしてくれている。メリッサではない。シェリレーンでもない。今度こそ自分がきらきら輝くばんだ。まちがいない。ようやくめぐってきた幸運《つき》。パトリックとは結ばれる運命だったのだ。おまけに、なんといういい男だろう。まるでロマンス小説か雑誌の表紙から飛んで出てきたみたいなルックス。友だち三人の中から自分が選ばれたというのもすごい。まるで自分ひとりのために、異境の港からまっすぐこの地をめざしてやってきたみたいだ。自分と出会う。それだけが目的で大西洋を渡ってきたのだろうか。それに、このアクセント。うっとりと聞きほれてしまう。イギリス人なのかもしれない。でなかったら、オーストラリア人あたりだろう。

どう見ても、彼はお金を持っている。そして、そのお金を惜しみなく使うタイプだ。無理やり誘われて一緒に入った〈シェラトン〉のレストランで、子牛肉料理を食べ残してしまったときも、彼は少しもいやな顔をしなかった。

「急ごう。時間がもったいないからね、キャスリーン」彼が唐突に言った。それまで彼女は、誰にもキャスリーンと呼ばれたことがなかった。「ぼくは今までいろんなところに行っていろんなことをしてきた。大勢の女を愛してきた。でも、今夜わかったんだ。長い人生をかけて、ずっと捜していたんだってことが」

「捜してた？」キャシーは悲鳴のような声をあげた。

「そう、君を……ずいぶん遠回りをしたもんだ」

どこかで聞いたようなせりふだったが、キャシーにはもう、そんなことはどうでもよくなっていた。「わたしを捜してたの？」

「夢に出てきていたんだ、君が」

「まさか。そんなことって、あるの？　さっき出会うまで、あなた、わたしのことなんかなんにも知らなかったのに」

「それが、あるんだよね。夢っていうのは心の底を映す鏡なんだ。ぼくの夢に出てきたのは、君にまちがいない。だから、ぼくのバーチャル・ソウルを見てほしい。ぼくに海に生きる男の自由を与えてくれる、大切なものを」

「バーチャル・リアリティーなら聞いたことあるけど、バーチャル・ソウルってなんなの？」

キャシーは港に数多く停泊しているボートや船の索具に目をやった。「それって、新しいロックバンドの名前かなにか？」

彼は自分の帆船《はんせん》を指さした。「もうひとりのぼくの住みかがあるところ。あそこにいるときのぼくは、自由に、気ままに……」

「ああ、そういうことね」キャシーはなんとか笑おうとした。が、彼の目を見るとなぜかどうしても笑えなかった。「そりゃ、なんだって好きなことができるでしょう、あんな……船を持ってたら。で、そのバーチャル・ソウルって、どんなものなの？　マリファナたばこみたいなもの？　錠剤？　じゃなかったら、エンゼルダスト？　わたし、注射はやらないわよ」

「いや、勘違いしないで。麻薬《ドラッグ》じゃない。ぼくの生きかたのことなんだ」

「ごめんなさい。気を悪くしないで。そういうつもりで言ったんじゃないの」

「あそこにはぼくのタウトが棲《す》んでいる」

「あなたのタトゥー？　棲んでる？」

「いや、タトゥーじゃない。ほら、タウ・クロス（T字形十字）のことなら、君も聞いたことがあるだろう？」

「タウ・クロス？　ボートの名前にはぴったりって感じだけど、なんなの、そのタウ・クロスって？」

「T・クロスのこと。自然界の原理。ふたつの生命が交差《クロス》するところ。今夜……この月の下で、こうやってぼくたちふたりの生命が交差《クロス》したみたいに」

「それがさっき言ったバーチャル・ソウルのことなの？　それとも、自分のボートをそう呼んでるだけ？」

「さあね」彼はすきまなく停泊しているボートの群れにまぎれている自分のボートを指さした。

「きれいだろう？　あとは君みたいにきれいな娘《こ》に一緒に乗ってもらうだけだ」

「あんなボート、どうやって手に入れた……というか、どうして買えたの？」

「遺産があったから。ほかにもいろいろ」

　キャシーはほんとうに運がよかったと思った。「あなた、何をしてるの？　ボートで海に出る以外にってことだけど」

「ものを書いてる」

「ほんとう？　どんなものを？」

「笑うから言わない」

「ううん、笑ったりしない。もの書きだなんて、なんだかロマンチックねえ」

「ぼくが書いてるのは小説。ミステリーとかロマンスとか。そこからの収入も多少はある。あとは今言った遺産ね」

「つまり、ひとりで、財産家として暮らしてるわけ？」

「何不自由なく暮らしてる、ってとこかな。それより、ボートに乗ってみる？　沖に出してもいいよ。反対側から川をながめると、また全然べつの風景が楽しめる」

「ええ、そうね……いいわ。じゃ、わたし、友だちにバイバイしてくるね。ドックに戻ってきたら車で送ってくれるでしょ？」

「当然」

またあのすてきなイギリス人なまり。夢みたいだとキャシーは思った。「それじゃ、ちょっと行ってくる」

もう自分のことは待っていてくれなくていい。すごくいいことがあったから。それだけのことを友だちに話すのに、十秒あれば。ふたりはくすくす笑いながら、キャシーを質問ぜめにした。彼女がしとめたハンサムでこんがり日焼けしたいい男のことが、気になってしかたがないのだ。

「わたしにわかっているのは、なまりからして、彼がヨーロッパ人らしいってことと、名前がパトリックで、そのつづりにKが入ってないってことだけ。あれは、イギリス英語なまりかな。ジェームズ・ボンドを演《や》ったピアース・ブロスナンみたいにしゃべるから。それにね、彼、ハンサムなだけじゃなくて、大金持ちなの。というわけだから、あとはふたりで楽しくやって。チャオ……」

残忍な野獣の手で再び意識を取り戻させられたときにキャシー・マリー・ハーモンが思い出したのは、笑顔で手を振ってくれている友人ふたりの最後の姿だった。彼はキャシーをそう簡単に死なせようとはしなかった。ほんの数分前に受け入れていた安らかな死のときを、彼女から奪い去ったのである。もう抵抗する力もない彼女を、裸のまま、彼は水の中におろした。死んでしまったほかの少女たちと並べて。これで自分もこの子たちと同じだ。死んだ少女……

　首と手首がロープで激しく締めつけられるのを感じる。エンジンをかけなおしたボートのとどろくようなモーター音が聞こえる。うつろな目に、ボートの背面が映る。そこには大きな文字で書かれた〝T・クロス〟の名。いきなりものすごい量の海水が全身にたたきつけてきたかと思うと、キャシーはまるで紙の人形のように引きずられていった。つりひもで動く操り人形のようなその姿に、彼は倒錯した異様な快感を味わっていた。

　キャシー自身はもう涙も出ない。それどころか、苦痛すらも感じない。彼がボートのスピードをあげ、その勢いで立った波がかぶさってきても、なんとなくだるいようなにぶい感覚が押し寄せてくるだけ。そのあいだも、体は荒れた暗い海を引きずられていく。ついさっきまで、キャシーは彼のことをいいひとだと思っていた。海もきれいでロマンチックに思えた。

　キャシーは大きな思い違いをしていた。

　彼の言葉は全部うそだった。

　彼は入念にわなを用意していた。

　彼女は前後の見境もなしに、みずから進んでわなにかかってしまった。闇の徘徊者《ナイト・クローラー》がしかけた、ゆがみ、もつれた網にかかってしまったのだ。

　とそのとき、ボートのスピードが落ちた。パトリックと称する怪物の操縦するボートがぎくしゃくと停止すると、キャシーの冷たい体は船尾に激しくたたきつけられ、一緒につながれている死んだ少女たちに押しつけられた。彼は船尾に戻ってきて船べりごしに下をのぞき、キャシーをあざけった。「生きることは死ぬこと。死ぬことは生きること。これでおまえは天国よりいいところへ行けるぞ……目に見えない全知全能の神、タウトのもとへ。おまえはな、バーチャル・ソウルへの旅に出るんだ……」

キャシーがまだ生きているのをたしかめると、彼は操舵室へと戻り、さらに沖へと彼女を引きずっていった。

二日後の夕方、マイアミ＝デイド警察犯罪検査室、死体安置室《モルグ》

ドクター・アンドリュー・クードリエは終日法廷に出て、証言台でマフィアがらみの殺人事件の証拠陳述をすることになっている。夕方にはくたくただろうから、次の日までジェシカには会えない。そう聞いて、ジェシカはほっとしていた。彼からは、自分のオフィスは自由に使ってくれていい、すでに手元にある物的証拠に関してはジェシカにその全権を委任する、という伝言もあった。つまり、ジェシカはもっとも新しい被害者の死体にも接触できるということである。ようやくキーズでの仕事を終えて、ジェシカとサンティバはその日早く、飛行機でマイアミに戻っていた。

ふたりはそのときすでに、捕まえさえすれば、闇の徘徊者《ナイト・クローラー》を五、六回は死刑にできるとジェシカが断言できるほど多くの証拠を持ち帰ってきていた。

ブレスレットからは身元が断定できることがわかった。組織と血液の照合を続けても真実を

補足するくらいの意味しかないのはわかっていたが、それでもジェシカは検査を依頼した。犯行現場の写真とキー・ラーゴ沿岸で捕獲したサメの体内からみつかった人体片の写真についても、専門家チームに鑑定を頼んだ。アリスン・ノリスの遺体を除いて、被害者はもう全員、埋葬または火葬されているので、仕事は写真に頼るしかない。現時点では墓地発掘は不可能だと思われる。理由はいくつかあるが、経済的な意味でも精神的な意味でも、負担の大きさが問題ではない。

写真鑑定の専門家チームは、ジグソーパズルのピースをはめこむ要領で、アリスン・ノリスより前に発見された被害者の遺体から欠落していた部分と、あとでみつかった人体各部とを適合させる作業に取り組まなければならない。ひとつでも多く適合すれば、殺人者のことがもっとよくわかる。そこからさらに考察を進めて、墓地発掘をおこなうかどうかの判断もつく。できることなら、それは避けたい。

身支度をすると、ジェシカはまっすぐアリスン・ノリスの遺体が保存されている冷凍庫のほうに向かった。目の前に運び出された遺体は、とてもひとの体と言える代物《しろもの》ではない。ジェシカ専用につけられたアシスタントの医師ふたりは、最初の死体解剖のときドクター・クードリエの助手を務めた内科専門医である。そばに立って身構えているふたりには、なんでも手伝うよう言いつけてあるという話だった。

二度目の検死の目的がなんなのか、ジェシカには自分でもわからなかった。そんなわけだから、アシスタントのふたりにもうまく説明できない。あれこれ聞きたくてうずうずしている彼らの気持ちをなんとか静めようと、ジェシカはひとことだけ言った。「正式の死体解剖を二度もする必要はないと思うの」

「そうですね」アシスタントのひとりが反射的に返事をした。

「今回の検死では、記録の確認とわたしのＦＢＩの資料用として、型どおりの観察をおこなうだけにします」ジェシカはマイクに向かってしゃべった。その言葉は、自分と同じ手術用マスクと白衣姿でそばに立っている不安顔のふたりにも向けられていた。

ふたりのうちひとりは、それで納得したようだった。ドクター・ソーン、ドクター・パワーズのふたりが共に不安を感じていることと、よけいな口を慎むよう指導されていることを察知して、ジェシカはできるだけおおざっぱに仕事を進めた。

クードリエの部下セオドア・ソーンとオーエン・パワーズは有能な若い研修医で、役に立ちたいと思って駆けつけたのだと言っていた。が、ジェシカは当然のように、その〝役に立ちたい〟がクードリエに命じられてきたという意味だと解釈していた。

いつもの順序で検死作業を進めていたジェシカが、少女の喉と片方の手首に不審点をみつけた。クードリエと彼の部下が先に指摘したとおり、そこには縛られたあとが残っていた。首のまわりが著しく変色しているのは、少女が首を絞められたことを物語っている。この点に関しては疑いの余地はない。しかし、喉頭《こうとう》部の組織に食いこんだ親指のあとに比べると、縛られたあとは薄くて目立たない。折れた舌骨《ぜっこつ》などのように、海が消し去ることのできないものもある。

ジェシカは手をのばして、二度目の死体解剖の模様を録画しているカメラのスイッチを切った。これから言おうとしていることはオフレコだというジェスチャーである。「皮膚の表面よりかなり深いところの組織がへこんであとが残るくらいの強い力で、犯人は親指を少女の喉に食いこませているわね。だから、皮膚が五、六層ぶんはがれてなくなっているうえに、死体が発見されて一週間たつのに、まだその痕跡が残っているのよ。死体が水につかっていた期間も驚異的に長くて、ざっと見たところ三週間半から四週間。死体が浮かびあがるまでにそんなに時間がかかるなんて、おかしいと思わない？」

クードリエの部下はふたりとも黙りこくったままだ。ひとりはうなずいている。

なんの意見も聞けないと見ると、ジェシカはさっきと同じくらい大仰な動作で、もう一度ビデオカメラのスイッチを入れた。そして、目の前に立っているふたりの男に多少の腹立たしさをおぼえながら、録画モードで話を続けた。「殺人者は彼女の喉の奥深くにまで親指を突き立てています。綿密に観察してみると、少女が死ぬ前に咽頭《いんとう》の全域がつぶれてはれあがっているのがわかります」

咽頭とは消化器と呼吸器の両方の役目を果たす管状の器官である。言語機能も兼ねていて、ひとが母音を発する際に形が変わる。ジェシカはふと、筋肉と軟骨組織と膜にこのような狂暴な力が加えられたとき、アリスンはどんな声を出したのだろうかと首をひねった。咽頭全体は三つの異なる部分に分かれている。中央に位置するのが口咽頭で、柔らかい上あごから下あごの真下にある舌骨に向かって広がっている。

ジェシカがとくに時間をかけて念入りに観察したのはこの領域だった。ソーンとパワーズは手術着の中で汗をかきながら、そのようすに目をこらした。ジェシカはふたりのうちのひとりに、そばにあるポラロイドカメラを使って、メスで切開した部分をアップで撮るよう指示した。パワーズが三枚撮影したあと、ジェシカはソーンに滅菌トレーを持たせて、そこに喉頭から切り取った検体の薄片をのせた。

「ざっと見るだけじゃなかったんですか」とパワーズが言った。

「そうよ」ジェシカは切り返した。

唐突に、ソーンが言った。「喉の状態のことはドクター・クードリエも気づいていましたよ」

「それなのに、あえて外面だけを観察したっていうの？」

「彼はY字切開で胸板から上に向かって調べていって、喉を手で触ってみていました。だから、被害者が水につけられる前に絞殺されていたことは知ってます。ドクター・コランがそのことで……迷っておられるんでしたら。それに、できるだけ簡単にすませて、死体解剖をしたことにするようにという圧力もかかっていました。アリスン・ノリスの父親はそうとうな有力者でして」

「そう。それじゃ、どうして絞殺だという報告書が出てないの？」

「出ていますよ、結果的には」

ジェシカは唇をかんでうなずいた。「わかったわ」死体解剖をおこなったとき、クードリエになんらかの圧力がかかっていたことはまずまちがいない。いずれにしても結果は同じなのだから、少女の首がロープで絞められたのか手で絞められたのかは大きな問題ではないと、彼は思ったのだろう。報告書の言いまわしがあいまいだったことも、これで説明がつく。

　ジェシカは続いて、咽喉頭《いんこうとう》について同じ作業をおこなった。咽喉頭は舌骨のつけ根から食道へとのびている。この部分は上から下まで全域にわたって著しい損傷を受けていた。これは単にロープによって焼けただれたあとをごまかそうと試みた結果ではなく、手でものすごい力が加えられたことを意味する。手の主はそれまでにも幾度となく殺人をおかしてきた社会病質者《ソシオパス》で、常習的な殺しの手口にあきたらなくなって、今度は被害者をゆっくり時間をかけて絞め殺すことにしたのだろう。犯人には思いのままに操れる時間と空間——それも自分だけの——があった。どこよりも居心地がよく、たっぷり時間のある場所で、じわりじわりと獲物を死に追いやった。それから、死体を海に投げ捨てた——が、どこに？　どうやって、こんなに長いあいだ浮かんでこないようにしたのかもわからない。

　ソーンとパワーズが退屈そうなそぶりを見せはじめた。同じ場面をすでにじっくり見学ずみのふたりは、喉頭からジェシカがどんな情報をどれだけみつけることができるか、あやしんでいるのだろう。

「舌骨は」ジェシカは疑念を一掃するかのような口調で言った。「ひびが入ってはいるけど、原型をとどめている。ということは、首を絞めるときに加減をしていたということね。殺人者は絞殺にかける時間をわざと引きのばしていた。気長に、冷静沈着に絞め殺した。どう見てもこれは秩序型の殺人者で、実行に移す前に何年ものあいだ、空想の世界で殺しをやっていることが考えられる。そして、ひとたび犯行を試みると、冷酷かつ陰険なシナリオをこと細かい点まで描きはじめた」

「喉を見ただけでそこまでわかるんですか？」ソーンがあきれ顔で尋ねた。めがねが鼻からずり落ちかけている。

　ジェシカは聞こえないふりをして続けた。「人数はわからないけど、もう何人も殺《や》ったわけだから、殺害行為は一種儀式めいたものになっている。どのステップも大切だから、とばしたり、忘れたりすることは絶対にない」

　ジェシカは傷のあとをさらに詳しく調べた。皮膚がふくれあがっているので一筋縄ではいかない作業だが、冷凍保存されていたおかげで、腐食だけは食い止められている。ジェシカはステンレスの探り針と持ち手のついた拡大鏡を使った。「完璧な殺人方法をあみ出した、と犯人は思っている。そして、計画を立て、それを実行するにあたっては、何か悪魔的な力につき動かされている」

　たしかに、最初の死体解剖の所見にあったとおり、舌骨にはひびが入っている。これは首が絞められた証拠だ。が、ジェシカはこれまでにも押しつぶされた舌骨を数多く見てきた。今回のはどう見ても、押しつぶされるところまではいっていない。実際、ほとんど元のままである。ジェシカは録画装置を相手に、この事実に触れた。それを聞いて、ソーンとパワーズは少し動揺を見せた。作業をしながら疑問を投げかけたり場面の描写をしたりすることに、ジェシカは慣れている。もはや、それが作業の一部となっているのだ。

ジェシカはソーンとパワーズにではなく、ビデオカメラとマイクに向かって問いかけた。

「舌骨がひび割れたあとも被害者は生きていたのかしら？　生きていたのは、ほぼ確実です。その理由は、死体が発見されたとき、肺全体に水がたまっていたから。ただし、この事実はそれ自体が溺死を立証するものではありません。はっきり言って、もっと詳しい分析が必要でしょう。ですが、わたしのこれまでの経験では、これはＦＢＩが十段階に区分している暴力殺人ではないかと思われます。狂人マット・マティサックは第九級暴力殺人犯でした。死ぬ一歩手前で水から引きあげるという拷問を繰り返して、じわりじわりと被害者を窒息死に追いやったのだとすれば、この極悪人は生き血を飲んだ人間吸血鬼にも匹敵する凶悪犯です。人肉を食《しょく》したり血を飲んだりした形跡はありませんが、被害者が苦しむのを見て自分に力が授かったと感じたことは、まずまちがいありません」

ソーンが制止するパワーズの手を押しのけて、しきりに首を振りながら尋ねた。「いったい何を言ってるんですか、ドクター・コラン？」

「この殺人鬼はまず……繰り返し首を絞めることで被害者を抵抗できない状態にしておいて、それから溺れさせたんだと言ってるの。誰だかはわからないけど、この悪魔は人間の進化の歴史を逆にたどって、もっとも卑《いや》しい獣の欲望に身をまかせたのよ」

「しかし、どうして殺しを繰り返すんですかね？」

「アリスン・ノリスみたいな子が必死であがくのを見ることで、ものすごい快感が得られるからにきまってるじゃない。犯人は被害者がもだえ苦しんでぐったりするのを見るのが楽しくて、ひと思いに殺す気になれない。こときれるまでの時間を、できるだけ引きのばしたいの」

「でも、なぜ？」

「時間を支配したいから。時の流れと死そのものを押しとどめたいから。彼は女の子を切迫した状態に追いつめて、自分の好きなようにしたいの。死そのものを自由に操りたいのよ」

ジェシカの記憶に誤りがなければ、喉の激しい損傷と骨のひび割れが押しつぶされたことによるものなのか、めった切りにされたことによるものなのかについては、ドクター・アンドリュー・クードリエは問題にしていなかった。彼は窒息死は首にロープをきつく巻かれた結果だと考え、縛りあとの角度から見て、絞首刑用の輪縄と同じ結びかただと説明した。たしかに、その点では彼の憶測は正しかった。ロープの結び目のあとは、喉仏とその周辺よりも、脳の底部にあたる首の後ろ側のほうにはるかに強く残っていた。ジェシカはそのことを自分の報告書に記していた。

ロープによる焼けただれについてのクードリエの見かたは正しいが、それができる以前に、少女は手で首を絞められている。それも、かなり強く、幾度も繰り返し。だが、まだ疑問は残る。窒息死したのが、殺人者の認識では――これは被害者に加えられた拷問のレベルと継続時間を決定するうえで重要な差異となる――リンチ行為の前だったのか、あとだったのかという点である。少女は海に投げこまれる前に死んでいたのか、それとも最初に繰り返し首を絞められ、そのあと、まだ息のあるうちに水中に放りこまれて、消耗と意識喪失のうちに死亡したのか。この点も問題だ。ジェシカは疑問に思っていることを頭の中でまとめてから、口に出して言った。身の毛のよだつような問いかけを耳にして、黙っていられなくなったのだろう、パワーズが突然手をのばして、録画装置のスイッチを切った。

死体をはさんで向かいあう姿勢で、パワーズはジェシカをじっと見つめた。「ドクター・クードリエの所見では肺には水がたまっていたということでした。だから、女性は海にのみこまれたときはまだ生きていました」

「たぶんね」ジェシカはうなずいた。検死の専門家に言わせれば、肺にいっぱい水がたまっている理由はそれしかない。だが、ほんとうにそうなのだろうか。死んだ人間でも、水に勢いがついて肺に流れこむという可能性はある。その勢いが人為的なものであれば、なおさらだ。息を吸いこまなくても、水が肺に入ることはある。

「じゃ次に、死体が発見されるのがなぜいつも、被害者が最後に目撃された場所からこんなに離れているのかを考えてみましょう。中には何百キロも離れていたという事件もあるの」

ソーンが言った。「この子の肺からは水があふれんばかりになっていました。ですから、海に沈められたときまだ生きていたのはわかっています」

「あなた、ポンプというものを知ってる?」ジェシカは自分でも意外なほどいやみのこもった返事をした。それでも、彼の使った言葉は気にかかった。『あふれんばかり』というのは、おおげさすぎるのはないだろうか。

「えっ?」ソーンが聞き返した。

「わたしたちが追跡している凶悪犯はね、素手でこの子を殺しておいて、そのあとで機械装置を用いて肺に水を注入することだってできたの。わたしたちの目をまどわすための小細工」

パワーズが感心したような顔になった。「そうなんですか？」

「ええ――この手の犯人を追うのは初めてじゃないから」

「じゃあ、先生の考えでは――」言いかけるソーンの胸に手をあてて、パワーズがよけいなことは言うなと制した。

それから彼は皮肉たっぷりに言い添えた。「ドクター・クードリエがこの子は溺死だったと言ってるんですから、溺死にまちがいありません。今年になって、彼はもう九十二人の溺死体を扱ってるんですから。先生は本気で彼の判断に異論を唱えるおつもりなんですか？」

「殺人者はときとして自分の行動を隠すのよ。あなたたち……わたしたちも……慎重にやるにこしたことはないわ」

「クワンティコにファックスで送った死体解剖報告書は不十分なものでしたが、それはわれわれの落ち度ではありません。時間がなかったんです」パワーズが両手をふらふらさせていいわけをした。

「ＦＢＩの偉いさんたちがやたらうるさくて」ソーンがつけ加えた。

「じゃ、あれは急ごしらえの報告書だったの？」

「ええ、まあ。急ごしらえ、と言うんでしょうね。こっちのＦＢＩ支局長――デブリーズでしたっけ？――の要請で」

デブリーズはフロリダでおこっている事件のことを最初にエリック・サンティバに報《しら》せてき

た人物である。健康がすぐれないことを理由に、彼はそれ以来長期にわたって休暇をとっている。「ドクター・クードリエはもっと時間をかけて調べたがっていたんですが、この被害者はむずかしかったんですよ、政治的な意味で」

「聞いてるわ――上院議員の娘なんでしょ」ジェシカにはよくわかった。自分自身も何度か同じような窮地に立たされたことがある。

ジェシカは再び喉の不自然な損傷に目をこらした。回転式の柄がついた高倍率の拡大鏡で傷あとをのぞいてみると、当初の推測どおりと見られる点はひとつしかないことがわかった。

「彼女、繰り返し首を絞められているわね」

「繰り返し？」ソーンがめがねを押しあげた。

「犯人はたっぷり時間をかけて楽しんでいる。何度か、死ぬ一歩手前まで手で首を絞めて、最後に海に投げこんだ。わたしの勘では、ロープによるやけどはあとでできたものね。それから、もうひとつ。ロープで首が焼けただれたとき彼女は水の中にいたと、わたしは思うの。体力の消耗による溺死。おそらくは、意識を失ったことと、何度も水中に沈んだことが死因よ――そうとうな力で首を絞められたあとで」

ソーンがめがねを引きむしって、ハンカチで眉をぬぐった。この新しい情報に、パワーズのほうはそこまで狼狽《ろうばい》してはいないが、彼も動揺は隠せないようすだ。ジェシカも含めて、一同はそれぞれ殺害の現場――どうやら水中らしい――を頭に思い描いた。そこはきっと、殺人者の自由になる場所、必要に応じて何時間でも好きなだけいられる場所にちがいない。

それでもまだ、パワーズは上司をかばう発言をした。「ドクター・クードリエはわたしたちにこんな細かいところまで知ってほしくなかったんでしょう」

「でしょうね」ジェシカはこたえた。「だけど、ここにいるのは凶悪度の高い暴力殺人の被害者よ、おふたりさん。被害者は若い女の子。それも、静かな夜に安らかに息をひきとったんじゃない……」

ソーンとパワーズは顔を見あわせた。どうしても、ジェシカの異説には得心がいかないといった表情だ。ドクター・コランだろうが誰だろうが、ほとんど何もないところからこんなに多くを推論できるというのが、信じられないのである。

ふたりが半信半疑でも、ジェシカはいっこう気にならなかった。なかば予測していたことである。第一、そんなことはどうでもいい。彼らがどう思うかなど、たいした問題ではないのだ。ここで突きとめたことはサンティバに報告しなくてはならないが、ジェシカとしてはその前に少し分析作業をして、みずからの推論が正しいことを確認し、科学的な裏づけを得ておきたい。自分は心霊捜査官のキム・デジナーではない。犯行についての〝直感／異見〟を述べたてても、誰も額面どおりに受け取ってくれないだろう。ソーンばかりか、自分まで胸が悪くなるくらい恐ろしい事件なのだから、なおさらのことである。

ほかの死体と犯行現場に関連のある物品のいくつかを、ジェシカはクワンティコのＦＢＩ本部に送るつもりでいる。特殊な能力を備えたキム・デジナーに見てほしいのだ。しかし、送るものなどあるだろうか。手足の一部が切断されていたアリスン・ノリスの遺体同様、死体はみな裸で、指輪、ネックレス、ブレスレットなども全然ついていなかった。サメを保護するという使命をおびたひとびとが主催する年に一度の捕獲大会で、キー・ラーゴの沖合、マイアミから七十五キロ南下したあたりに漁師が垂らした釣り糸にアリスンをのみこんだサメが食いつかなかったら、彼女のブレスレットも出てはこなかっただろう。

殺人の被害者は証拠品に遺言を刻みこんでいる。海中に遺棄《いき》された死体は、何がなんでも海岸へ向かおうとする。フロリダに向かう飛行機の中で、ジェシカはサンティバにそんな話をしていた。そしてつい今しがた、切開したサメの腹からみつかった金属工芸品がはっきりとメッセージを伝えているのを見て、サンティバはジェシカの言ったとおりだったと感心することになった。アリスン・ノリスの刻印入りのブレスレットがたどった数奇な運命。この不思議な現象ほど立派な証拠があるだろうか。彼女は死ぬ前に、裸の体のどこかに、なんらかの方法でブレスレットを隠したのだろうか。たとえば口の中に入れておいて、あとでつけなおしたとか？それとも、アリスンの腕にブレスレットをつけっぱなしにしておくことで、殺人者はもうひとつの〝詩的〟メッセージを発信しようとしたのだろうか。いずれにせよ、プレシャスのことでエリック・サンティバがすっかりこの説の信奉者になってしまったことはたしかだ。

ことによると、殺人者はかなり興奮していて、そのためにブレスレットを見落としたのかもしれない。これまでの被害者がつけていたアクセサリーを収集していることは、まずまちがいない。おそらくは、小さな指輪やネックレスをなでまわし、性器周辺にあてて、被害者が横死するまでの場面を繰り返し再現しているのだろう。そしてまた、彼は誰かを襲い、その命を奪う。獲物の数が増えると、彼の殺人博物館には気味の悪い展示品が増える。「その博物館を探さなくちゃ」マイアミに戻ってくるとき、ジェシカはヘリコプターの中でサンティバに言った。「それがみつかれば、犯人はもう捕まったも同然よ」

それより、クワンティコにいるキム・デジナーに何を送ればいいのか。ジェシカは思案した。DNA鑑定用の組織片？ 脇の下にわずかに残っている体毛のサンプル？ 爪や指紋というのは問題外だ。全然残っていない。皮膚と爪の上皮層は、皮膚の下部層とともにかなり以前にはがれ落ちて、海のもくずとなっている。死体は少なくとも三週間半から四週間、水につかっていたにちがいない。だとすると、そのあいだ、いったいどこにとどまっていたのだろう。ジェシカは首をひねり続けた。

べつのことも気になった。サンプルと人体片の入った箱が送られてきたら、FBIの心霊捜査部門に所属する同僚であり、友人でもあるキムがどう思うかである。もしかすると彼女は、内臓のひとつか、せめて心臓の細片を送ってもらったほうがよかったと言うだろうか。前の年、次々に被害者の心臓をえぐり取ってニューオーリンズのフレンチ・クォーターを震えあがらせたハートのクイーン殺人鬼を追いつめたとき、キム・デジナーは心臓を前にして不思議な能力を発揮した。

闇の徘徊者《ナイト・クローラー》の被害者から採取した器官組織のような検体が、はたして超能力者の役に立つのかどうか、ジェシカには疑問だった。それよりもキムをこちらに呼んで、死体の透視をしてもらったほうがいいのではないか。マジシャン――魔法使い――の彼女になら、空《から》っぽの帽子から何かを引っぱり出すことができるのではないか。

キムを呼べるかどうか、あとでサンティバに相談してみようとジェシカは思った。

「被害者が二回以上首を絞められたなんて、どうしてわかるんです？」とがった鼻をうごめかしながら、ソーンがジェシカの思考に割りこんできた。

ジェシカはちょっと顔をしかめると、録画装置のスイッチを入れなおしてから説明しはじめた。「ほら、この傷の真ん中をよーく見てごらんなさい。犯人のやり口なんだけど、これは確実に直接にぶい力を加えたあとよ。首にひもかロープを巻きつけた結果じゃない。でも、首のまわりにははっきりと識別できるあとも二本ついている。ということは、彼はお楽しみの最中にまにあわせ的なひもかロープを使った——最終的に、もっと太くてじょうぶなロープで首を縛る前の話よ。じっくり観察してみると、幅の広い線のほうが窒息させるのに使った細いひものあとよりも新しい。さらに言えば、死体が海岸に向かって漂流していたあいだに珊瑚礁に引っかかってできたものと断定された切り傷とすり傷はべつとして、全身に残っているあとの中ではこの幅の広い線がいちばん新しい」

「ええ、われわれも切り傷のあとは入念に調べましたが」パワーズが同調した。「どれひとつとして、ナイフの刃の形と一致するものはありませんでした。みんな、自然のなせるわざです」

「いいところなんてあんまりないけど、まあ、ひとつだけありがたいのは、この卑劣漢が血に飢えてないってことかな。ほんとうのこと言って、わたし、死体を判別できないくらい小さな肉片に切り刻みたくてうずうずしている残虐犯には、もうへきえきしてるの」

「何考えてるんです？」ソーンが尋ねた。「先生は、今回の犯人が体の形を損なうのをよしとしない、紳士的な殺人者だと思ってるんですか？　もしそうだとしたら、もう一度考えてみてください。やつは汚い仕事を海にまかせただけじゃありませんか」

オーエン・パワーズがぱちんと音をたててゴム手袋を脱ぎ、うなずきながらつけ加えた。

「思うに、犯人はマザコンですね。血を見るのが怖い。自分の手が汚れるのも怖い。血を見たらきっと吐いてしまうんでしょう。だから、首を絞めて溺れ死にさせるんですよ」

「そうかもしれない。でも、被害者をなるべく長く苦しめてから殺したいだけだということも考えられる。一度でもナイフで切りつけたら、相手はショックで麻痺状態になるから、楽しみはそこで終わってしまう。わたしは、この男は楽しみを長引かせたいだけなんだと思うわ」ジェシカはソーンをまじまじと見つめた。彼は一見、ギターをかかえていないバディ・ホリーといった感じだ。まじめそうな雰囲気で、少し前歯が出ているのが目立つから、子どものころはいじめっ子の標的にされていたのではないだろうか。それに比べるとパワーズはハンサムで筋骨たくましい。あごひげをはやしていて、深くくぼんだ目が鋭い。彼はジェシカの推測をまるっきり無視しているわけではないのだが、無関心をよそおっている。

「つまり、犯人は自分の手を使うのが好きだってことですね」パワーズが言った。

「肉切り包丁よりは」ソーンはゴム手袋をはめた手でずり落ちためがねを押しあげると、死体から顔をそむけて気持ちを落ちつけた。

ジェシカは自在アーム式の拡大鏡を押しやってから返事をした。「ロープも好きよ。それも、たくさん使うのが好きみたい。獲物を縛りあげるのが楽しいんでしょう。相手に手を触れるのが好きな、実践派タイプ。とりたてて血が好きってわけじゃないけど、それはただ、血を見ても性欲が刺激されないからにすぎない」

スピーカーから流れてきた大声に、三人はぎくりとした。「やつはそれで陶酔感を味わっていると言ってるんですか、性的に？」ドクター・アンドリュー・クードリエだった。斜め後ろの、学生が死体解剖のもようを見学するのに使う中二階の部屋から、インターフォンごしに話しかけてくる赤毛の検死官を見て、ジェシカは首をひねった。彼に会うのは州立ジョージ・ワシントン大学で講演を聞いて以来のことだが、いつのまにこんなおかしな人物になってしまったのだろう。

世間の風が冷たかったことだけはたしかだ。肌が青白くくすみ、わずかに残った髪はすっかり薄くなっている。そればかりか、階段をおりてジェシカのほうに向かってくる彼は見るからに元気がなく、関節炎の足を引きずっている。

ジェシカは彼の質問にこたえることにした。「このひとでなしを興奮させるのは、命の火が消えていく経過です。彼は自分の選んだ獲物が少しずつ力尽きて死に至るのを、みずからの指先で感じ取りたいんですよ。それも、好きでたまらないから、一度じゃ気がすまない。夜が明けてお楽しみの時間が終わるまでに、彼は二度、三度、ことによると四度、被害者が死にかけるのを感じたいんです。それから、もうひとつ言っておきます、ドクター・クードリエ……みなさん……この若い女性の死体は、行方がわからなくなった日からずっと、なんらかの方法で水中に隠されていました」

「わたしもそう思っていた」拡声器から流れてくるクードリエの声には、どこか神の声を思わせるものがあった。彼は目でジェシカにけんかを売った。「屍《しかばね》が今までどこにあったのか、不思議に思われるでしょう。犯人は海のどこかに海底墓場でも用意しとるんですかな」

ジェシカも同じことを考えていた。犯人はどうやって死体が浮かびあがるのを遅らせたのだろう。

ソーンが相棒に向かってつぶやいた。「そこだよ、オーエン、おれがおまえに言おうとしてたのは」

パワーズはむっとした顔になって、女の前でいいところを見せようとする連れを牽制《けんせい》しにかかった。「おれは一度も水死体を扱ったことがないんだからな、そんなことわかるわけないだろう、テッド」

「足の関節部にくくりあとがあることから、足首に重りをつけたものとわたしは推測しています。あとは手錠をかけられたときにつくのと同じ金属によるものだが、死体には――それまでのにも、今回のにも、そのような重りはついていなかったんです、ドクター・コラン」マイアミの検死官は明言した。

「手首のくくりあとについては？」

「ロープによるものだと思います。手錠のような金属でついたものではなさそうだ」

自分はまだ足首のあとを調べるところまでいっていない。ジェシカはざっと足首をチェックしてから返事をした。「おっしゃるとおりだと思います、ドクター・クードリエ」

「ブラボー！」ドクター・クードリエの声が響き渡った。「だが、重りとロープによる傷は、どちらもそうとう深い。ナイフで切ったのかと思うくらいだ」クードリエはドアを押しあけて死体解剖室に入ってきた。ジェシカはふと、彼はどれくらいのあいだ上階《うえ》に立っていたのだろうと思った。アルマーニのスーツに身を包んだクードリエはしゃべり続けた。「何日か、ことによると何週間かかかって、ロープが少しずつ締まって皮膚に食いこんでいったかのようだ。この点、先生はどう説明なさいますか？」

「革ひもかしら？」ジェシカは言ってみた。

「ということも考えられる……」

「でも、先生はそうは思わない？」

「あなたと同じくらいあやしいと思っています」

クードリエは手を差し出しながら、前に進み出た。ふたりは笑顔で握手を交わした。「手首と首にはそうとうな圧力がかかっています。おまけに、どの傷にもかなり水分が蓄積していた。その結果、原型をとどめていたたったひとつの手首も、ほとんどちぎれかかっていた」

「その点は首とおんなじ」ジェシカは調子を合わせた。

「この不運な若い女性がいかにしてこのようなことになったのかについて、どうやらわたしたちは、ほぼ同じことを考えているようですな」

「そうですね」ジェシカはたちまちクードリエが好きになった。

「では、わたしが話を続けましょうか？　それとも、先生が今ここでお気づきになったことをうかがいましょうか？」

「わたしはぜひ、犯人について先生が気づかれたことをうかがいたいわ。もうわたしの憶測はお聞きになったでしょうから」

クードリエはふたりのアシスタントに順に目をやると、深く息を吸いこみ、少し歩きまわってから言った。「全員、引きずられている」

「引きずられている？」パワーズが聞き返した。

「あくどいやりかたで、水の中を、そうとうなスピードで」クードリエは続けた。

ジェシカはうなずいた。「実は、わたしもそうじゃないかと思いはじめていました、ドクター」

「で、それを証明できるものがほしかった？　わかりますよ」今度はクードリエがうなずいた。

「なかなか鋭い。わたしもそこのところをはっきりさせたくてね」

「ありがとうございます、ドクター」ほめられたことだけでなく、さりげない言葉で全面的な協力と対等な意見の交換を求められたことについても、ジェシカは礼を言った。

「お気づきでしょうが、先生の武勇伝はこちらにも伝わっとります、ドクター・コラン。とくに狂人マット・マティサック事件とハワイのコウォナ事件での先生の活躍は、みんな知っていますよ。心臓泥棒のことも――あれは、たしかニューオーリンズでしたな？」クードリエはモニターのそばまで行って、ビデオカメラと録音装置のスイッチを切った。

「ええ、ありがとうございます。いつも全力でぶつかっていますから。今回も先生とご一緒ならがんばれそうです。先生の業績、尊敬もうしあげているんですよ。法医学研究所の紀要と『メディカル・エグザミナーズ・アイ』の誌上で発表された論文は全部読ませていただきました」

検死官の国際組織が発行している機関誌の名が挙げられると、アンドリュー・クードリエの大きくて情熱的な口に嬉しそうな笑みがうかんだ。当然といえば当然だろう。偏《かたよ》りのないことで定評のある名門の機関誌に寄稿できるのは、専門家の中でもトップクラスにかぎられるのだ。が、老検死官が笑顔を見せたのはつかのまのことだった。「ドクター・パワーズ、手首の写真をクローズアップで撮ってくださる？　それがすんだら、切断された手首のほうもアップでおねがい。もう何枚か撮ってあるのは知ってるけど、ここのほうがイスラモラダよりずっと照明設備がいいから」ジェシカがパワーズに頼むと、ドクター・クードリエは不機嫌そうな険しい顔になった。

パワーズは一瞬、許可を求めるようにドクター・クードリエを見やり、あわてて返事をした。

「あ……はい、わかりました、ドクター・コラン」

「手首と喉のクローズアップ写真があると助かるのよ。イスラモラダで見てきたことと比較したいから」

「でも、パワーズはもうひととおり全部撮影してますよ」テッド・ソーンが不服を言った。

「ほかの死体の写真と一緒に、ドクター・クードリエのファイルにおさめてあります」

「わたしもFBI用に集めているの、証拠記録として」ジェシカはドクター・クードリエのほうを向いて言い添えた。「これで終了にしますね、ドクター」

「けっこうですよ。ありがとう……」クードリエは茶目っ気たっぷりにこたえた。

「えっ？」

「うちの子たちには、いい思いをさせていただいたうえに、勉強までさせていただいたんですからな」

「いいえ……こちらこそ」ジェシカは彼の礼儀正しさに驚いていた。彼がほっとしていることもわかっていた。喉を切開すれば死体をさらに傷つけることになる。それをジェシカがおこなったのだから、彼はアリスン・ノリスの父親であるフロリダの上院議員に責められずにすむわけだ。これで彼は、今回の死体解剖の結果を気楽に上院議員に伝えることができる。どうりで、ジェシカが死体に手をつけるときに自分が同じ部屋にいなくてもいいようにとりはからったはずだ。

クードリエはジェシカと一緒に更衣室に向かった。「アシスタントのことは大目に見てやってください。いろいろなことで、みんな神経をとがらせているんですよ。こんな悪魔の腹の内までのぞかなくてはならんのですから。こういうやからは誰も相手にしたくないが、仕事柄、われわれは途中で退場というわけにはいかん」

「そうですよね」ジェシカがドアを押しあけて中に入ろうとすると、すかさず彼が手をのばして、あけたドアを押さえていてくれた。

「その後キーズのサメの研究センターで何がみつかったかは聞いています。先生が向こうで気づかれたことを、われわれにもおしえていただけますかな？」

「もちろんですとも。それからソーンとパワーズのことは気になさらないで。水死体ほど厄介なものはありませんからね。焼死体よりまだ手に負えないいんじゃないかしら。同じ水死体を二度も触りたくないという気持ちは、わたしにもわかります」ジェシカはクードリエを安心させようとして言った。「心情的には同じ危険に二度見舞われるようなもんでしょ」

「それに、この水死体を解剖台にのせて作業するというのは、とりわけ骨の折れることでした。実はあのノリスという娘《こ》はビル・ノリス下院議員の孫なんです……でした、のほうがよろしいかな。おまけに元州知事の姪《めい》ときている。こういうことはもう、すべてご存じかと思いますが」

実のところジェシカは、少女がそこまで政界の有力者とつながっていたとは知らなかった。だが、いくら政治家にコネがあっても、屍はもうまるでマネキン人形だ。とても人間には見えない。型にはめたゼラチン状の箇所もあれば、白濁している箇所もある。こうなってはもう、強力なコネも効きようがない。

何を考えていたのか、クードリエが小さな声で笑った。

「何かおかしいことでもあるんですか、ドクター？　わたしも一緒に笑いたい気分なんですけど」こんな状況の中で笑いを誘うようなことなどあるのか、ジェシカには不可解でならなかった。

「いや、全然。ただ、弟子たちがうろたえとるのは、被害者が水に浮かんどったからというだけではなさそうだと思いましてね。あのふたりは、事件を出世のチャンスと見ている。元知事とノリス下院議員、あるいは上院議員の目にとまる手柄を立てることさえできたら、なんとかなりそうだとね」

「でも、先生はそうじゃない？」

クードリエは今度は大笑いをした。「わたしですか？　こんなおいぼれに、議員がいったい何をしてくれます？　いいや、わたしはそんなことは考えとりませんよ。アメリカじゅうの議員を束にして連れてきてもらうより、あなたひとりに相手をしてもらったほうが、よっぽど元気が出る」彼はまたひとしきり笑った。今度はジェシカもつられて笑った。そして、彼について自分の判断はまちがっていたのかもしれないと思った。

同時に、彼がソーンとパワーズを〝うちの子〟と呼んだことも、多くを語っているように思えた。ことによると三人のドクターはゴルフ仲間だったりして、職場以外でも仲よくやっているのだろうか。だが、そこまでしているかどうかは疑わしい。おそらくクードリエはあのふたりを息子同様に扱っているというだけなのだろう。

「ある意味では、どこの何者かもわからない死体のほうが、その対極にあるような死体より扱いやすいですな」彼は本心を吐露《とろ》した。検死官の口から出たとはいえ、ジェシカには異様と思える発言だった。

「そうですか？」ジェシカはもう一枚のドアを全開にして、更衣室に足を踏み入れた。脱いだ手術着類はバスケットに放りこむことになっている。

　クードリエはジェシカの腰のあたりをしばらくじっと見てから、あとについて入ってきた。

「こういう水死体のほうが、ひと目見ただけで誰かがわかる被害者より楽です」彼は続けた。誠実な人間だと言いたいのはわかるが、今ひとつ説得力に欠ける。ジェシカは、彼は自分の声を聞いていたい一心でしゃべっているのだろうと思うことにした。「とくに、顔に見おぼえがあるときは。たとえば、知人だったとかね。そういう目にあったことはありませんか、コラン先生？」

「ええ、一、二回、あります」

「それなら、おわかりでしょう。先生は経験もおありですしな。それはともかく、このノリスという女の子の死体について言えば、こんなことになる以前の写真を新聞ででも見ていないかぎり、マネキン人形と同じように扱える。医大生だったころに解剖した死体とおんなじだ。そうじゃありませんか、ドクター？」彼は肯定の返事を待った。が、ジェシカはそこまで彼の期待に応えなかった。彼はまたジェシカにじっと目をやって、緑色の手術着を脱いでさわやかな白いブラウスとベージュのスラックス姿になるようすを、感心したようにながめた。隣の部屋からは、パワーズがポラロイドカメラのシャッターを押すカシャカシャという音が聞こえてくる。

「しかし、顔がわかっていたら、先生みたいにきれいだと知っていたら」クードリエは前にまわって真正面からジェシカと向かいあった。「個人的には、なかなか平気でいられるもんじゃない。わたしはもうおじいちゃんでしてな、三人の孫の。あの無邪気な顔と目を見ていると、もしもこの子たちのうちのひとりが自分の解剖台にのるようなことになったら、わたしは悲鳴をあげて逃げ出すだろうと思うんですよ。気が狂って、精神病院に直行でしょう。オクラホマ・シティの爆破事件で幼い子どもたちがばらばらに吹き飛ばされて死んだときも、同じことを思いました。自分が死ぬまでに孫が殺人事件にあう確率は五分の一。今の世の中、何が怖いといって、こんなに怖いことはありません」

ジェシカは頭の中でクードリエの挙げた数字を疑ってみた。が、あたらずとも遠からじだとうなずかざるをえなかった。彼はジェシカより二センチほど背が高くて、目は焦《こ》げ茶に近い暗褐色だ。更衣室の薄暗い照明を浴びて、茶色の眼球がオレンジ色に光って見える。その小さなオレンジ色の斑紋《はんもん》は、数え切れないそばかすとぴったり合っていて、そのせいか、赤毛の頭髪の薄さがさほど気にならない。若いころはがっちりした体格のハンサムな男だったのだろう。今でもまだ、妙にひとつの嫉妬心をかきたてる、一種舞台度胸のようなものを感じさせる。秀《ひい》でた額の下の眉は、筆のように太くて長い。彼には素質がある。自身もそう思っている。だから、この事件で自分がジェシカと張りあいたいのかどうか、確信が持てないのだ。彼はまず、ジェシカに居心地の悪い思いをさせ、威嚇《いかく》し、続いてやんわりと秋波《しゅうは》を送り、次に自分の孫が危険にさらされていることに思いをめぐらしてみせた。それは、彼自身の弱さの表れである。闇《ナイ》の徘徊者《ト・クローラー》事件は、ほかのあらゆる事件が取るに足らないものに見えるほどエスカレートしてしまった。彼がマイアミ市の主任検死官として采配を振った二十九年間に、これほどの事件は一度もなかったのではないか。

ジェシカの憶測では、彼は優秀な業績を残して定年を迎える心づもりをしていた。そこにこんな事件がおこったものだから、ほうっておけない心境になっている。つぶれかけた会社の社長が、一度事業が黒字に転じてから辞めようとがんばるのと同じだ。ジェシカはそんな彼に尊敬の念をいだくと同時に、その偏屈さにいやけがさした。彼が今、一生かかって築きあげたキャリアが吹き飛んでしまうかもしれない窮地に立たされているということもわかった。

そして、できるかぎりそういう事情を考慮に入れようと努めた。

「それはそうですよね」ジェシカはそう言って、なるべくならきれいで健康そうな容貌の屍よりは顔のない屍を扱いたいという彼に、うまく調子を合わせた。

クードリエはいきなりジェシカの腕を取って、死体解剖室に連れ戻った。そして、解剖台に横たわる海水でふくれあがった生臭い死体を指さした。パワーズはちょうど写真を撮り終えたところだった。

古参の監察医は激しい口調で演説を始めた。「この娘《こ》の膨張したまぶたには色というものがない。眉もまつ毛もない。鼻も耳もないから、鼻が高かったのか低かったのか、耳が張り出していたのかぺたんこだったのかはわからない。ほくろ、亀裂、あばたもないし、出っ歯だったのか受け口だったのかも判別できない。唇は黒くも白くもない。どこから始まってどこで終わるかが見わけられないから、唇が厚いか薄いかもわからん。目については……。カニその他の海の小生物につつかれて中身がなくなったからこういう状態になっているが、生きているときもこんなに深くくぼんでいたんだろうか？」

「ドクター・クードリエ」パワーズが上司の腕を取った。

しかし、クードリエはパワーズの手を振り払って続けた。「それは、彼女の眉かね？　それとも一つ目の巨人《キュクロープス》の眉なのかね？　せめて目と眉と、大きさはともあれ額が残っていたら、彼女は誰かだと言える、たとえ死んでいても」

「今夜はもうこれくらいにしておきます」ジェシカはきっぱりとクードリエに伝えた。早くアリスン・ノリスの遺体のそばを離れたい。目の前に連れてきておきながら、肝心の目的からどんどん離れていくクードリエには憤りを感じる。

しかし、学生を前に得意の講義を繰り返す大学教授さながら、彼は手を振りまわしてしゃべり続けた。「この種のふくれあがった屍の場合、ごく小さな毛穴や細胞もすべて塩水で膨張していて、顔の特徴がパルプ状になった筋肉組織にうずもれてしまっている。したがって、アリスンをアリスンと識別するのは無理だ」

今度はドクター・ソーンが気のきいた言葉で割って入った。「ドクター・クードリエ、もうこんな時間です。お疲れでしょうから……」

それでも彼は、独りで屍と向きあっているかのようにしゃべり続けた。「アリスン・ノリスの場合は、臀部《でんぶ》にくっきりとついていたあざ——これが歯科と内科のカルテとともに、身元確認にひと役買ったんだが——まあ、このあざまでが通常の三倍にまでふくれあがっていた。彼女——この遺体には、本人であることの証《あか》しが何ひとつ残っていなかった。爪や指紋、眉やまつ毛は言うにおよばず……」

その点については、ジェシカもひと目見てすぐにわかった。海は残酷だった。いや、いつもと同じだったというのがほんとうのところだろう。まるで嵐のように冷たく、容赦なく、アリスンの体をなんのあとかたも残らない抜け殻にしてしまった。色という色はすべて抜け、まるで漂白したかのように真っ白だ。死を演出するために、太い筆で青白い塗料を塗りつけたようでもある。かつてはジェシカの髪と同じ金褐色だったと思われる頭髪は、フロリダの強烈な日差しにさらされて白っぽく変色している。ここでジェシカは、ぞっとするような真相が見え隠れしていることに気づいた。この死体は、発見されるまで少なくとも二週間、ことによると三週間、海の上を漂流していたという事実である。だが、どこかで誰かに見られることなく、どうやって浮かんでいたのか。仮に水中を引きずられていたのだとしたら、ボートにつながれていたとしか考えられないのではないか。そして、ボートに引きずられていたのなら、海が、大海原全体が殺害現場だということもありうるのではないか。そうだとすれば、納得できる点も多い。

クードリエは下手な役者のように独り芝居を続けている。「あざと歯科のカルテがなかったら、この死体がアリスンだということは確認できなかったはずだ。べろべろになった筋肉組織は、つるつるになった石の板と同じ。崩れかけているところに蓄積した有毒ガスで腹部に爆発がおこって破裂したもんだから、ますますひどいことになった。そのあとで、ものすごい数の魚がごちそうにありついているよ」

まるでタイミングをはかったかのように、室温で解凍されて水滴だらけになった肉片が死体から脱落した。粘土の固まりのようにぼろりと取れた肉の断片は、パシャッという音をたてて白いタイルばりの床に落ちてはね飛んだ。そして、どろりとしたシロップがしみこむように解剖台の下の排水溝にかぶせてある格子に吸いこまれたかと思うと、清潔を保つために常時少しずつホースで流してある水の行く手をたどりはじめた。アリスン・ノリスの破片が目の前から消えていく。ジェシカがそう思ったとき、また死体から肉片が崩れ落ち、〝ふだんばき〟の靴をはいたままのクードリエがうっかりそれを踏んで滑った。片ひざをついたクードリエを、パワーズがあわてて助けおこした。クードリエの顔が真っ赤になっているのを見て初めて、ジェシカは彼が酒を飲んでいることに気づいた。

今夜はもう、アリスン・ノリスからこれ以上何かがつかめる望みはなさそうだ。いや、こんな調子ではこの先、自分もせっかちでこだわり屋のドクター・クードリエも、アリスンの死体からどれほどのことがわかるか、あやしいものだ。そんな思いが胸をよぎった。

ジェシカは殺人者と犯行手口について二、三、追加的な憶測をしていたが、当分のあいだは黙っているのが賢明だろうと考えた。もう時間も遅いし、クードリエはどこかおかしいとか、常軌を逸しているという域を超えている。クードリエが軽くうなずいて終わりの合図をすると、テッド・ソーンが率先して死体を片づけにかかった。

意見を聞かせてもらったことと時間を割いてもらったことについて、ジェシカはクードリエに礼を言い、疲れたのでもうホテルに戻って休み、翌朝に備えようと思うと言い添えた。

「ええ、そうしてください」クードリエは愛想よく応じた。まるで催眠状態からさめたかのような変わりように、ジェシカは内心首をかしげた。息が酒臭いのはたしかだが、それ以外にも彼は何か——たとえば、病気の治療薬——に酔っているのではないだろうか。

「それじゃ、みなさん、おやすみなさい。またあした、お目にかかりますね」

ジェシカはそそくさとその場をあとにした。部屋に残されたふたりの後進の顔に、困惑の色がうかんでいたのは知っていた。ことによると、彼らが師とあおぐ人物は、あちこちで失態を演じているのかもしれない。

5

公正は不正、不正は公正。
霧と汚れた空気の中を彷徨《さまよ》え

——ウィリアム・シェークスピア

医大病院の奥底にある死体安置室《モルグ》からマイアミ＝デイド警察の本署に戻る途中、ジェシカはふと腕時計に目をやった。地上階に出るにはいくつものトンネルをくぐり抜け、階段をのぼり、曲がりくねった通路を歩かねばならない。不思議なことに、モルグというのは常に地階にある。造る際、無意識のうちに地獄を創造するのだという気持ちがはたらいているのだろうか。建築家と建設業者が近代的なビルの地下にモルグを持ってくる理由のうちのふたつは、ジェシカも知っている。ひとつは、エジプト人が王家の死者を洞窟のような迷路のつきあたりにしつらえた密室に安置したのと同様に、現代人も冷蔵の原理を利用しているという点。自然は地中にすばらしい冷蔵庫を用意してくれているのだ。もうひとつは、人間誰しも、日常的に死人のことを思い出したくないものだという理由である。冷凍状態であろうが、ひからびてミイラになっていようが、そんなことは関係ない。去る者は日々にうとし。アメリカほどこのことわざがよくあてはまる国はないだろう。

エリック・サンティバと食事の約束があったので、ジェシカはクインシー刑事を捜して、彼にホテルまで送ってもらった。クインシーは遠慮するということを知らない男で、車中、あれこれ聞き出そうとした。サンティバとはどういう関係なのか。キーズに出向いて何がわかったか。アリスン・ノリスの二度目の死体解剖の結果はどうだったか。きょうは夕食を一緒にとる連れはいるのか。

ジェシカは捜査の初期段階でわかった概括的な話をして、とりあえずはうまくその場を切り抜けた。この犯罪を自分がどう見ているかについては、彼にもソーンとパワーズから、ことによるとクードリエから、じきに話が伝わるのはわかっていた。捜査に協力しているところを見せて刑事を喜ばせ、得心させることにはなんとか成功したものの、なかなか終わりそうにない質問に、ジェシカは内心困惑していた。

「それじゃ、イスラモラダで発見された人体片には、事件に関連しているものがあったんですか？」クインシーは食いさがった。「アリスン・ノリス／プレシャスとの関連だけじゃなかったってことですか？」

ジェシカはしかたなく認めた。「らしいの。だけど、まだ百パーセント確実っていうんじゃないのよ、刑事」

「クインス……クインスと呼んでもらっていいですよ、ドクター・コラン。それより、あと何パーセントで確実になるんです？　その、ブレスレットに彫ってあったプレシャスというのが被害者のニックネームで、父親が彼女のことをそう呼んでかわいがっていたということが」

「おじいさんとおじさんとおんなじで、父親は政治ひとすじなんじゃないの？」

「いえ、いえ……専業というんじゃありません」

「ほかにどんなことをしてるの？」

「ボート関係の商売。ヨットとかセールボートとか」

「ボート関係の商売？」

「セール……セールボートを売ってるんですよ。販売、修理、装備。なんでもやってますけど、本人が店に出ていることはありません。自宅《うち》にもいませんがね」

アリスンの失踪と父親がボートを扱っていることとは、なんらかの関連があるのではないかと、ジェシカは思った。

「どうしてですか？　何か気になることでも？」

「もしかして、アリスンは父親のところで働いてた？」

「ええ、ビスケーンの販売店で、たしかに働いていました。ですが、彼女のボーイフレンドはもう全員チェックずみです」

「ボーイフレンドはひとりじゃないの？」

「そりゃ、人気抜群でしょう。ふつうの人間から見たら、そうとう裕福ですからね」

「聞きこみのとき、彼女がそのボーイフレンドのうちの誰かとボートに乗るところを見たっていうひと、いなかった？　行方不明になる前の話だけど」

「そういう話は全然出ませんでした。彼女はボートで殺されたと思っているんですか？」

「そんな気がしてきたの、ええ。ねえ、あなた、パートナーの――なんていう名前だったっけ？――セイマ……」

「セイマナウ――サムって、呼んでます」

「ふたりでもう一度ボート店に行って、最近のできごとをあれこれ尋ねてみてくれない？　誰かがボートを修理に出してないかとか、ボートを買って彼女を口説《くど》きにかかってなかったかとか」

「どういう種類のボートですか？」

「現時点ではまだわからない」

「了解」

　とりあえず、この手の捜査をさせておけばクインシーを厄介払いできそうだ。そう思ったとき、暗いフロントガラスに閃光灯の光があたって、刑事のしかめ面《つら》が映った。「あなたが無駄骨だと思うんだったら、無理にとは言わないわよ、クインス」ジェシカは男性心理に配慮して、やんわりと勧めた。

「いえ、そういうことじゃないんです」

「じゃ、なんなの？」

「すみません。実は先生にしみついているモルグのにおいがちょっと……くだらないこと言ってもうしわけありません」

「ごめんなさい。向こうでシャワーを浴びてくればよかったんだけど、相手が死体だけじゃなかったもんだから、なんだか居心地が悪くて」

クインシーはおかしそうに笑った。ジェシカが誰のことをほのめかしているのか、わかっているのだ。「ドックCに会ったんですね？　彼には遠慮ってものがないから。おまけに大の女好き」

「ええ、わたしもお近づきになった、ということにしておくわ。クインス」

「彼は女に目がないんですよ」クインシーは続けた。「まあ、先生の場合は純粋に仕事上のつきあいでしょうけど、そうはいっても……なにせその……」

「クインス、もうその話はおしまいにしましょう」

「そうですね、ドクター」

ジェシカにはそのときほど、部屋に入って外界から遮断されたことが嬉しく思えたことはなかった。ひとりになると、ふろに入ってモルグのにおいを洗い落とした。

〈ブルー・ピアノ・ルーム〉という名前の、淡い空色のグランドピアノを中心においたレストランで、ジェシカはサンティバと待ちあわせをしていた。名ピアニストが、まるで自作を演奏するようにヤニーの曲を弾いていた。メロディーが体じゅうにしみわたって、緊張がほぐれていくのがわかる。店内の雰囲気も言うことなし。仕事人ジェシカ・コランが仕事のことを忘れるにはもってこいの場所だ。

バーカウンターに目をやると、サンティバがグラスを傾けているのが見えた。バーボンかブランデー、おそらくはバーボンだろう。あの表情からするに、マイアミでの一日は彼にとっても、いらだたしく、気の滅入るようなものだったにちがいない。砂糖のように白いことで有名な砂浜や、ビキニ姿の若い女の子など見ている余裕もないまま、灰色か緑色の壁に囲まれた部屋でクインシーとやる気のないパートナーを相手に、余りものの情報を交換してきたのだろう。ジェシカのほうは一日じゅう、胸の悪くなるような死体と、落ち目のジンギスカンの現代版みたいな権威者が率いる、異様なほど男の砦《とりで》を感じさせる集団を相手にしていたが、サンティバも同じくらいうっとうしい目にあってきたようだ。不快きわまりない地元政界の策士どもと、犯人の名前がほしくてうずうずしている新聞屋連中につきまとわれていたことは、まずまちがいない。

顔を上げて自分を捜しているサンティバに、ジェシカは手を振った。合図を返して迎えに出てきた彼は、いつもとずいぶんちがうとジェシカを評した。

「ちがう?　その言葉、どう受け取ればいいの?」

「さあ。なんだかすごくあかぬけしてて、きれいだ。そのすてきなドレスのせいかな」

喜んでいいのか腹を立てていいのかわからない言いかただが、そこが男のにぶさというものだろう。ジェシカは黙っていることにした。

シャワーを浴び、ジャスミンの香りをふりまいたあと、いちばんいいものをと思ってストラップレスの黒いドレスを着たのは、サンティバがマイアミ一の高級ホテル〈フォンテンブロー〉を予約していたからである。どうやらサンティバは泊まるなら一流ホテルと決めているようだ。

「まるでお城みたいなところね」料金も目をむくほど高いのだろうと、ジェシカは考えていた。

「わたしがこんなホテルの領収書を渡したら、ポール・ゼイネックはかんかんに怒るわよ」

「君じゃなくても、経理係は悲鳴をあげるだろうな」彼はなかば空《から》になったグラスを持ちあげてみせた。

「でも、上司《ボス》はあなたなんだから……」

「心配するな」彼は言った。「せっかくだからとことん退廃的に、快適に過ごそうじゃないか。どうせ昼間はいやというほど……」

「やめて、エリック、ほんとうはどっちなの？　退廃的？　それとも快適？　そのふたつを組みあわせるのは、撞着《どうちゃく》語法だと思うけど。両方いっぺんには使えないでしょう。快適といえば、〈ホリデー・イン〉、快適といえば、〈ベスト・ウエスタン〉、快適といえば……」

「われわれが足をつっこんだ事件は、捜査が進むにつれてどんどん恐ろしいものになっていく。しかし、君もわたしも、そんなことは最初からわかっていた。だろう？」声の調子からして、彼の一日はジェシカが思ったとおり、バーボンをあおらなければいられないほどたいへんだったようだ。彼はもともとアルコール依存症気味である。

テーブルをみつける。ウエーターに声をかける。メニューをもらう。その三つの動作を、彼は一挙にすませてしまった。席につき、きれいな音楽と魅惑的な雰囲気にどっぷりつかって、ジェシカはいっとき、自分たちがなぜ金色の夕陽に包まれた南国の町にいるのかを忘れようとした。ゴールド・コーストと呼ばれるこのあたりは、まばゆいばかりの白と黄色の砂浜が湾に沿ってえんえんと続いていて、クルーズ船が水平線上にくっきりとその輪郭を映している。

「で、君のほうはどうだった？」ちょっと探りを入れてみたという感じで尋ねてはいるが、こたえを求めているのは明々白々だ。その声からは、彼がどんな一日を過ごしたかが伝わってくる。明るい話ではなさそうだ。

ジェシカは肩をすくめた。「まあまあ……。みなさんとご一緒してきたわ」

「三対一か、ん？　勝ち目はないな。こっちも似たようなもんだ」

「クードリエは口実を作って、わたしがあそこにいるあいだはほとんどいなかったんだけどね、あとになって、盗み聞きをしてたことがわかったの。まさかと思うでしょ。だから、最後の二、三十分を除いて、一緒にいたのはアシスタントのふたり、ソーンとパワーズだけ。クードリエは前に講演で見かけたときよりカラフルになってた」

「よくなった？　悪くなった？」

「変わった」

「なるほど」判断に困ったサンティバは、まったくべつの質問をした。「彼には君の邪魔にならないところにいてもらう。それでどうだ？　われわれにとって、いいか悪いかという質問だが」

「そのほうがいいでしょうね」ジェシカは部屋を見渡して、張りつめた神経をほぐしてくれている生演奏の音楽に耳を傾けた。そして、まだクードリエのことを思案しながら、「あなたはどうだったの？　みなさんとご一緒するのはたいへんだった？」

「うんざりした。あほうどもばっかりで。やつらはもうだいぶ前からこの事件をいじくりまわしている。だらだらやってるもんだから、犯人はこのあたりからキーズまでを行ったり来たりして、したい放題だ」

「そんなもんよ、地方当局なんて」ジェシカはあたりをながめまわして、ひとのようすを観察した。

「海岸線に沿って管轄区域がやたら細かく分かれていて、協力、統制の態勢がまったくとれていない。マイアミならまとまっていると思いきや——」

「だけど、誰かがまとめ役をしていたのはたしかよ」ジェシカはサンティバの言葉をさえぎった。

「クードリエなんだ、それが、検死官の」

「そうなの？」ジェシカはまたしてもクードリエに強く引かれ、好奇心にかられた。

「なんでも、彼は休暇でキーズ方面に釣りに行ったらしい。ここから南に二百キロほど行ったところにあるシュガーローフ・キーにね。そこへ、前に見た二体と同じ状態の死体が打ちあげられた。あれこれ考えあわせた末に、彼は沿岸の町にあるすべての警察署に電話して、同様の事件についての情報を集めた。そして、その情報を全部まとめて自分のパソコンに入れた。するとどうだ！」

「どれもあまりによく似ていた……とても無視できないくらい」ジェシカの声には、疑いの余地はないという思いがこもっていた。「で、アンドリュー・クードリエは次に、航路沿いの病理学者と刑事全員に連絡をとった」

「本人から全部聞いてたのか？」

ジェシカはきっぱりと首を横に振った。「いいえ。彼はあくまでも目立たないようにしてるのよ。わたしにはそういう話は全然しなかったもの。意外と控えめなのかしら。どんな人物なのか、わたしにはどうもわからない」

「彼、キー・ウエストの北からジャクソンビルの先まで、ハイウエー級の水路がずっと続いているという話はしなかった？」

「じゃ、ベテランの船乗りと週末のレジャー族はみんな、その水路を利用しているわけね」

「そのとおり。ミシシッピ川と同じくらい船の往来は激しい。しかし、こっちではそのほとんどがプレジャーボートだ」

料理を注文する前に、ふたりは上等のオードブルをつまみ、ワインを飲んだ。サンティバは市の助役、警察署長、ＦＢＩマイアミ支局長のウィリアム・デブリーズの三人に会った話をした。デブリーズは小腸の手術をしたとかいうことで、静養中にもかかわらず顔を出したらしい。会合には、マイアミ市警の部長刑事クインシーとマーク・セイマナウも同席していた。「いいやつだ、ウィルは」サンティバはデブリーズを評して言った。「この事件では、最初に話を聞いたときから連続殺人のにおいがすると言ってね、以来ずっと陣頭指揮をとってるんだ。こっちでどういうことがおこっているかについても、見抜いたことをおしえてくれた。政治がらみの動きに関してだが……。殺人者の動きについては、誰にもはっきり言えることはない」

以前におこった事件に関連して、ジェシカもデブリーズの名前は聞いたことがある。今回、フロリダで問題になっている事件のことを最初にサンティバに知らせてきたのはデブリーズだった。イスラモラダからかかってきたおかしな電話について、ジェシカがサンティバに詳しく伝えようと出向いていったとき、彼は即座に反応して——といっても、口にしたのは激しい怒りを物語るののしり言葉ひとつだったが——ジェシカを驚かせた。そして、次に彼の口をついて出たのは質問だった。「旅支度をしてフロリダに飛ぶのに、どれくらいかかる？」

「いつでも出発できるわよ」というのが、そのときクワンティコの彼のオフィスにいたジェシカの返事だった。飛行機に乗ってから、イスラモラダからの電話をジェシカに取り次いだのは自分だったと、彼は打ち明けた。ジェシカを今回の事件捜査に引きこむ手順は、用意周到に組み立てられていたのである。

そして今、ここマイアミで、ジェシカには知りたいことがあった。「わたしたちがこっちに着いたとき、どうしてデブリーズの部下が迎えに来てなかったのかしら？　なんでマイアミ市警の刑事だったの？」

「この事件に関してはフロリダじゅうの捜査機関がいらだっている。と同時に神経過敏にもなっている。州の東海岸沿いの警察管区では、行方不明の少女がいないところはない。おまけに、知ってのとおり、いちばん新しい被害者のノリスという女の子は大物とつながっている。だから、誰に指揮を託すかということがもっぱらの争点になってくる。ウィルは地元当局に幻滅してるんだよ」

「うんざりしてるってこと？　みんなが陣取り合戦みたいなことにうつつをぬかしてるから？」

「まあ、そんなところだ」

ジェシカは下唇をかんで、つけ加えた。「法執行機関が総力を結集できないでいるんだから、殺人者にとっては好都合もいいところよね」

「オードブル、もっと食べなさい」サンティバはジェシカに言った。声の調子はまだ高飛車で指図がましい。見栄をはっているのだ。「ウィルはマイアミ市警の連中と自分の部下が空港でけんか騒ぎをおこすのがいやだったんだ。カメラに取り囲まれているんだからな」

「ロンドンとはどうつながってるの？」ジェシカは尋ねた。

「ロンドン警視庁にはデブリーズの友だちがいてね。ほら、さっき話しただろう、ナイジェル・モイラーだったか？　まあ、それはいいとして、ふたりは何度か国際事件の捜査で一緒に仕事をしたことがあるんだよ。わたしもイギリスには何人か有力な知人がいるんだが、ともかく、モイラーとウィルはロンドンで一年前におこった事件がここで繰り返されているということに気づいた――というか、モイラーにはそう見えるらしい。だが、わたしはその見かたにはちょっと無理があるように思う」

「関連があると見るには何か疑問点があるわけ？」

「いや、何かじゃなくて——わたしは、ふたつの事件にははっきりした違いがあるということを指摘している。それに、向こうにあるたったひとつの指紋は不完全なもので、事実上まったく役に立たない。転送されてくるはずの記録もまだ届かない。何もかもこれからだ」

「はっきりした違い？　たとえば、どんな？」ジェシカはズッキーニのフライを味わいながら尋ねた。

「まあ、モイラーの気持ちはわかるがね。ロンドンでおこった殺人事件は解決せずじまいだったから。しかし、被害者はこっちのとは全然ちがっていた」

「全然ちがっていた？　男だったの？」

「いや、いや……みんな女だった」彼は認めた。

「全員、首を絞められていた？」

サンティバはうなずいた。「首を絞められて——」

「——死体はみんな水に放りこまれていた？」ジェシカは彼のあとを続けた。

「どの死体も繰り返し首を絞められたあと溺死させられたと、現地当局は断定している。それはたしかだ」

「ほんとうに？」ジェシカは自分の意見はいっさい口にしなかった。

「しかし、残念ながら類似点より相違点のほうが多い」

「たとえば?」食べたり飲んだりしながら、ジェシカは質問を続けた。

「当局に宛てた詩がないとか」

ジェシカはうなずいた。「ほかには?」

サンティバの目には落ちつきがない。店の中のひとの動きを追っている。「こっちの被害者は若い女性、それもまだ二十歳《とし》になるかならないかだ。わたしが調べたかぎりでは、イギリスのほうの被害者はだいぶ年齢がいっている。みんな顔かたちがよく似ていて、体格も同じだ。われわれのところの被害者のほうがずっと若くてきれいでうぶでやせていて、はるかに上等だ」

「そうね、エリック、イギリスの事件と関係があるかどうかについては、あなたの言うとおりかもしれない」ジェシカはサンティバが不審そうに眉をつりあげるのを見た。

「どういうことなんだ?」

「犯行の手口についての持論は捨てないでね、エリック、アリスン・ノリスはまちがいなく首を絞められてはいるけど、それで死んだんじゃないんだから。彼女は手とロープで繰り返し窒息させられたあと、溺死させられている。だけど、水につけられたときにはまだ生きていた。そのへんは、イギリスの殺人者のやり口とちがう?」

「全員、何度も首を絞められたあと溺死させられたということになっている。それはたしかだ。しかし、クードリエの所見では、アリスン・ノリスは窒息させられて、死体が海に投棄されたということになっていなかったかな」

「それがね、気をつけてクードリエの報告書を読んでみるとわかるんだけど、水につけられたとき彼女が死んでたのか生きてたのかについては、彼、うまくぼかしてるのよ。思うに、相当量の水を吸いこんだときは生きていたことを証明するために、あとになって報告書を修正したんじゃないかしら。そこまでは、さっきあのひとたちを見ていてぴんときたの。わたしたちのところに送られてきた報告書は急ごしらえで、その後修正が加えられた。被害者は水の中でも生きていたから、肺は海の微生物と塩水で満杯になっていた。殺人者が彼女の体を水中で引きずりまわしていたことを示す証拠もある」ジェシカはドリンクを飲みほして、グラスに残った氷をなめた。

「驚いたな。だとしたら、事情はがらっと変わってくるじゃないか。水中を引きずりまわしていた？　つまり、犯人はボートのたぐいを使った。だからあそこまで素早く、やすやすと行き来できたのか。なるほど——海に浮かぶ隠れ家、水上殺害現場。道理で手がかりがつかめないはずだ」

ジェシカは視線を落とした。「大胆に、自信を持ってやれるわよね。罪証もろとも移動しているんだもの。証拠になるものは全部自分のそばにあるから、身の安全は保証されている。安全すぎてもの足りないから、わたしたちに知らせて……」

サンティバは想像をふくらませているようだ。「考えられるか、ろくでなしめが、ゴミ袋みたいに死体を引きずりながらボートを走らせているなんて」

「ロンドンの被害者は上等だったって、どういう意味なの？」ジェシカは尋ねた。

「いや、イギリスで発見された被害者より、こっちの被害者のほうが上等だと言ったんだ」

「ああ、そう……で、その心は？」ジェシカはサンティバの目をまっすぐに見すえ、身を固くして返事を待った。

サンティバは困ったようにもぞもぞと座りなおした。「これまでのところ、こっちの被害者に売春婦はいない」

「そういうことね」

「ロンドンの被害者のほとんどは、生活の乱れた街の女《ストリートガール》で……今言ったように、平均年齢が三十とか三十五だった。われわれの被害者は平均して十歳から十二歳若くて、過去に売春の経歴はない。むろん、異性関係にも問題はない。捜査の初期段階で、たまたま逮捕した売春婦から、闇の徘徊者《ナイト・クローラー》に襲われかけたという自己申告はあったが、確証なしということで、その女は相手にもされなかった」

「平均にまどわされちゃだめよ、エリック。時がたつうちに殺人者の好みが変わるってことだってあるでしょ」

「空想も進化するのか？」サンティバは言った。「まあ、そういうこともあるかもしれない。しかし、百歩譲っても、イギリスの事件との関連はなさそうだ。その線で捜査を進めても、どこかで行き詰まって、結局は時間と金の無駄遣いだったということになりかねない」

「それじゃ、イギリスの事件の話を持ち出したのは、ただただわたしの好奇心をくすぐるためだったの？」

彼は首を横に振った。「いや、そこまではっきり……」

ジェシカは話題を変えることにした。「それより、きょうはほかにどんなことがあったのかおしえて」ウエーターが皿をさげて、ワインの追加を持ってきた。

あとはほとんど一日じゅう、あちこちから持ちこまれた殺人の事件簿に目を通す作業をしていたと、サンティバはジェシカに話した。セイマナウとクインシーだけでなく、沿岸に点在する十五の自治体から集まってきたおよそ三十名の刑事はみな、この事件に関心を寄せていた。そして、個々に行方不明者リストをたずさえていた。彼はそんな話をしてからさらに、刑事たちはFBIに何ができるのかを見にやってきたのだとつけ加えた。

「そういえば、わたしたち、何をしたかしら、チーフ?」

サンティバはおおげさに頭をかいてみせた。「うーむ……そうだな……そう聞かれると……うーん」

「みんなの前でそんなことになってないでしょうね」ジェシカは声をあげて笑った。

彼は笑顔で首を振ると、テーブルの中央においてある火のついたキャンドルのびんをもてあそんだ。「実を言うと、報道陣の前でもこうなってしまった」

ふたりは一緒になって笑った。

「君のことは大いにほめておいたよ、ジェス。FBIが乗り出したというんで、みんな元気百倍だった。FBIの行動科学部が作成する犯人と被害者の人物像《プロファイル》については、全員に行き渡るよう手配すると約束しておいた。それから、情報の収集・伝達のための中心機関と特別捜査本部をもうける必要があることも、強く訴えてきた。そうすれば、ＦＢＩと州と各地域の関係者が協力して、情報集めとその交換ができる」

「で、うまくいきそう？」

「ＰＲ担当の警官はアイデアを気に入ってくれた……」

そのあたりのことはよくわかっている。ジェシカは笑ってうなずいた。

「報道関係者に提供するネタができたと言ってたよ。これで、マイアミ市警はなんらかの積極策を打ち出していることを外部にアピールできる。『ヘラルド』紙は警察の無能ぶりを暴露しにかかっているらしい……責任の追及というかたちで」

ふたりは料理を注文して、食事に移ることにした。ジェシカが選んだのは、地元の海でとれたスズキのガーリックバター・ソテーだった。実利主義者のサンティバは、フィレミニヨンにすると言う。ステーキならＤＣででも食べられるのにとジェシカが止めてもきかない。

「魚だってＤＣにもある」

「このへんでとれた天然物の魚はないわよ」ジェシカは言い返した。

「何を食べようが君の知ったことじゃないだろう、え？」彼はかみついた。ラテン男としては、注文する料理を女に指示されるのはがまんならないのだ。

キューバ人との混血でマイアミの地理に明るいサンティバは、食事のあとジェシカを夜の街に連れ出し、サウス・ビーチ・ストリート、ココナッツ・グローブのココウォーク、アールデコ地区、リトル・ハバナなどを自慢げに見せてまわった。リトル・ハバナでジェシカは初めて、マイアミがなぜラテンアメリカの首都と呼ばれているのかを知った。野性味と素朴さとロマンが同居している街を歩きながら、ふたりは何度も足を止めて、小さなカップで出されるキューバンコーヒーを楽しんだ。〈アエスタラン〉、〈エル・メソン・カステラーノ〉、〈マラガ〉、〈カーサ・ホワンチョ〉も順に見てまわった。サンティバはジェシカがついて歩けないほど足が速い。家具類やアールデコの建物の中には、すっかり時代に取り残されたようなものもあって、一九五〇年代をほうふつとさせる。

評判どおり、マイアミはまとまりのない騒々しいところだ。そこにはさまざまな側面がある。縦横無尽にふりそそぐ目のくらむような照明。あふれる看板。曲がりくねった、迷路さながらの通り。そして、どこか危なげな雰囲気。ファッションを見ても食べ物やひとの顔を見ても、たしかに国際都市である。が、どっちを向いても——少なくともジェシカがサンティバに連れていってもらうところは——とにかくキューバ色が濃い。

飲みに入った店のうちの一軒はマフィア風の人間ばかりで、ふたりは終始うさん臭そうな目でじろじろと見られた。サンティバはしばらくジェシカをひとりにして、〝群れ〟の長とおぼしき男を威嚇《いかく》しに行った。FBIのバッジをちらつかせながら、有無を言わせぬ勢いで、彼は自分がなぜマイアミに来たのかを声高に説明した。そして、あっというまに昔なじみと話をするような調子で一同とおしゃべりを始めた。おまけに、くじ引きであたった一等賞品を自慢しているかのように、何度もジェシカのほうを指さしている。

彼らを味方につけるための芝居よ。ジェシカはそう自分に言い聞かせた。が、自分が〝もの″みたいに思えて、いやな気分だった。以前読んだことがあるのだが、ピュリッツァー賞を受賞した『マイアミ・ヘラルド』紙のエドナ・ビュキャナンはマイアミを、駐車スペースを確保したり、自分が強い男だということを証明したりするだけのために相手を殺す街、フットボール、バスケットボール、野球、自動車レース界のトップ選手の本家本元だと言っていた。ひょっとすると、サンティバは自分がタフガイだということを証明しようとしているのだろうか。それとも、ほかに何か下心があるのだろうか。ジェシカは首をかしげた。キューバのどこの出身なのか。興味津々の取り巻きに、サンティバはアイオワ州スーシティの生まれだということは明かさず、昔おぼえたキューバの地理を思い出しながら適当なことを言って、一同を煙にまいた。

　ジェシカがひとりぽつんと座っているテーブルに、サンティバが戻ってきた。そのころにはもう何軒もバーをはしごして、ダンスも十二分に楽しんでいたが、これで最後だからと、彼はしつこくジェシカと踊りたがった。

「ぼくの友だち《ミ・アミーゴス》のために」サンティバはみんなのほうを指さした。そして、彼らに背を向けてから、何かを共謀しているかのような口調で言った。「わたしがいい男だってことを見せつけてくれ。ここが山なんだ」

　ジェシカはあきれたように首を振り、大きなため息をついてから腰を上げた。「何かつかめるんでなかったら承知しないわよ、エリック。わたし、きょうは一日じゅう立ちっぱなしなんだから」

思いがけないほど優美に、そして、これ見よがしに、彼は流れるような身のこなしでジェシカをダンスフロアにいざなった。さすがラテン系だ。あっと思ったときには、ジェシカはアップテンポのマンボに合わせてくるくるまわり、軽快にステップを踏んでいた。壁も割れんばかりに鳴り響く生バンドの演奏は、どんどん速くなっていく。やっとのことで演奏にひと区切りついたときには、ジェシカは深紅《しんく》のバラを口にくわえていないとさまにならないほど、乗りに乗っていた。しかし、バラがなくても観衆は大喜びでどよめきたち、ガッツポーズを交わしあう姿まで見える。

サンティバは一同に手を振りながら、ジェシカと店を出た。

「いったいなんだったの、今のは？」

「このあたりの港に出入りする漁船団、巡視船、プレジャーボート。彼らは船のことならなんでも知ってる。積荷明細がどうやってごまかされているかとか、誰がくびを切られたとか——」

「そういうことは港湾警察がとりしきっているんじゃなかったの」

「——だから、彼らを味方につけておけば……いや、こういう言いかたにしておこう。警察よりも目の数は多い」

被害者のほとんどが、州内に無数にあるオイスター・バーや埠頭《ふとう》近くのレストランで最後に目撃されていることは、ジェシカもサンティバも知っている。殺人者が船で行き来していたとしても、少しもおかしくないわけだ。「まあ、多いほうがにぎやかはにぎやかね」ジェシカは妥協した。

「犯人がボートを殺害の場にしているんだとしたら、キューバ人コミュニティーの誰かが不審な場面を目にしているかもしれない」

「わかるわ。だけど、わたし、きょうはもうくたくたなの、エリック。それに、あしたは朝いちばんにマイアミ市警のひとたちと検死官に会うことになってるから――」

「ああ、クードリエね。怖がることはない」サンティバがパーキングのチケットを渡すと、白いジャケットにネクタイ姿の駐車係が急ぎ足で車を取りに行った。そのあいだ、ジェシカとサンティバは〈ハバナ・トカドール・ナイトクラブ〉の前で立ち話をしていた。

「わたしが？　検死官を怖がってるっていうの？」軽い潮風がジェシカの眉にかかる湿り気をおびた髪をすくいあげた。冷たい夜気が心地いい。

「うん、その……話によると大きいらしいから」

「身長はあなたと変わらないわよ、エリック。それから、彼、なんとなく『メイベリー110番』の保安官《シエリフ》役をしてたころのアンディ・グリフィスに似てる。気取りがなくて、そばかすがあって」

「そのうえ赤毛。目に見えるようだな。しかし、わたしはそんな話をしているんじゃない。彼の名声の大きさを言ってるんだ。専門家としての権威を――」

「圧力と感じることはないかって？　心配しないで、エリック」そう言ってから、ジェシカは尋ねた。「トカドールって、どういう意味？」

「クードリエとの接しかたはそれでいい。が、彼は腕ききだ。年齢《とし》も君より十五も上だし、見あげられることに慣れている。聞いた話ではね」

「背の高いひとはみんなそうよ。このナイトクラブの名前、どういう意味なの？　ハバナ・トカドール？」ジェシカはまた同じことを聞いた。

目の前で車が止まった。サンティバはジェシカのためにドアをあけ、係員にチップを渡すと、あっというまに車を発進させた。「トカドールか。意味はふたつある」

「何？」

「深窓の令嬢の部屋。でも、セックスがらみの隠語でもある、デザートという意味の」

ジェシカはあやしむような表情でサンティバを見つめた。「うそじゃない？」

「うん」サンティバは正直に認めた。「ちょっとからかってみただけ。それより、寂しいホテルの独房に戻る前に――」

「独房？　あの豪華な部屋が独房だっていうの？」

「――散歩しないか、きれいなマイアミ・ビーチを？」

「エリック、エリック……あなたってひとは、スタミナ切れになるってことがないの？　睡眠障害でもかかえてるの？　不眠症か何か？」

「何か、だな」彼はつぶやいた。

「それならわかるけど、でもね、エリック、もう夜中の二時を過ぎてるのよ。あしたまた大物たちとまともに渡りあおうと思ったら、わたしは早起きしなくちゃいけないんだから。クードリエとその仲間に先を越されないためにも」

「わかった、じゃ……ホテルに送っていって、おやすみのあいさつをして退散するよ、まじめ人間みたいに」

すねたような声の調子が、いとおしくも青臭くも感じられる。ジェシカはふと、彼はいったい何を期待していたのだろうと首をひねった。少し飲みすぎていることだけはたしかだ。「楽しかったわ、エリック……ありがとう。ひとりではとても見られないところまで案内してもらって、感謝してる」

「どういたしまして。わたしも楽しかったよ」

「正直言って、この街はひとりじゃ迷子になっちゃう」

「みんなそう言ってる」

小雨がふり出していた。水しぶきをまき散らしたような雨で、通りはあっというまにぬれてつるつるになった。車と看板とネオンの明かりが反射して、マイアミ全体が金属的な虹色に染まっていく。行き交う車のヘッドライトが全速力で走り去る幽霊のようだ。人工的な明るさに包まれていると、暗い車内がどんどん狭く、密度の濃い空間になっていくように感じる。

サンティバはカーラジオをつけ、デフロスターのスイッチを入れた。甘く柔らかいジョニー・マティスの歌声に乗って、窓のくもりが消えていく。飲食店の騒々しい音楽のあとには、こんな静かな曲が嬉しい。

ジェシカはシートに頭をもたせかけた。頭の中がからっぽになりかけたとき、不意にサンテイバの声がした。「そうだ、お悔やみを言うのを忘れてたよ、ジェシカ。残念なことをしたね」彼は飲みすぎてろれつがまわらないうえに、過度に感傷的になっている。おまけに、言っていることもジェシカにはさっぱりわけがわからない。「パリーが銃弾に倒れたのは、ほんとうに気の毒だったと思っている」

「なんのこと、エリック?」

「聞いたよ、君の彼氏が殉職した話」

「いつ? いつ聞いたの?」

「二週間前。クワンティコではもっぱらのうわさだった」

「そんなばかな話、聞いたことないわよ」

「じゃ、ちがってたのか? どうも君のようすが……君たちふたりは……で、何ごともなかったみたいな顔で職場に戻ってきたもんだから、みんなに尋ねてまわったら、誰かがそんなことを言って――」

「その誰かは大うそつきだったのよ、エリック」あとはなんと言えばいいのか。ジェシカはごくりと息をのんで、涙があふれるのをけんめいにこらえた。「もうだいぶ前の話なんだけどね、エリック、わたしたち、別れただけなの。誰も……誰も撃ち殺されてなんかいないのよ。少なくとも、わたしの大好きなひとは誰も……今年は……」誰かがオットー・ブティーンのことと、つい最近のジェームズ・パリーとの仲たがいをごちゃまぜにして、パリーは死んだということにしてしまったのだ。マーク・トウェイン流に言えば、パリー死亡説はべらぼうな誇張ということになるのだろう。「早くホテルに戻りましょう」

　レンタカーを使うはめになったことについて、愚にもつかないことを言いながら、サンティバは車を走らせ続けた。ＦＢＩ支局のあほうどもがぼやぼやしているから、無線装置つきの専用車の手配が遅れたのだ。「だが、あしたはなんとかしろ！」

　それを最後に、ふたりのあいだには重い沈黙が流れた。

　御殿のように華やかな照明に包まれた〈フォンテンブロー〉に戻ると、サンティバは車を駐《と》めてジェシカの手を握った。「こっちでいい仕事をするために、わたしはあらゆる点でできるかぎり君をサポートしようと思っている、ジェス」

「ありがとう、エリック。頼りにしてるわ」あらゆる点でできるかぎり、という言葉にはどんな意味がこめられているのだろうと、ジェシカはまた首をひねった。

「ジェス、あしたの朝いちばんに、わかったことを全部ファックスでクワンティコに送るけど、何か君のほうからつけ加えたいことはないか？」

「はっきりわかってるっていうんじゃないんだけどね、エリック、でも……」ジェシカは口ごもった。

「なんだ？」

「みんな窒息死だった。それはたしかよ。でも、わたしには第六感でぴんとくるものがあるの、この犯人について」

「どういう意味だ？」

「まずノリスの死体について何点か分析してみないといけないんだけど、わたし、肌で感じるの。この男は冷静沈着で、首を絞めたり溺れさせたりして被害者を殺すだけじゃ満足できないんだと思う。この男はちがう」

「何を言おうとしているんだ？」

「犯人は――組織のサンプルを調べてみるまでは、これも憶測でしかないのよ――被害者が溺れ死ぬのをじっと見ているんだと思う。被害者を自由自在に操って、水の中でもがき苦しむのを見物してるのよ」

「証明できるか？　それさえできたらこっちのもんだ。この最低野郎、とっつかまってフロリダの陪審にかかったら、死刑くらいじゃすまんぞ」

「証明はできると思う」

ふたりは駐車場からホテルのロビーに入っていった。そして、ジェシカはそこでサンティバに別れを告げた。

サンティバはまたわびを言った。「さっきはへまなことを口にして悪かったね、ジム・パリーのことは思い違いだった」

「いいのよ、もう。それより、あなたもゆっくり休んで、エリック。体力をキープしとかなくちゃ、この事件には立ち向かえないわ」ジェシカはまっすぐエレベーターのほうに歩き出した。

一刻も早くシャワーを浴びて休みたい。ひとりになるとジェシカは靴も服も脱ぎ捨てて浴室に向かった。熱い湯を出すと、あっというまに曇っていく鏡に映るほっそりとした体が、ちらりと目に入った。それからしばらく、ジェシカは湯気が鏡に描くモザイク模様をじっと見ていた。輪郭が、静脈が、動脈が、びっしりと張りついた湯気の向こうに消えていく。まるで幽霊になったみたいだ。ジェシカはふと、アリスン・ノリスが最後にカメラの前でとったポーズのことを想った。たしか被害者についての記録と情報を集めたぶあつい報告書のどこかに、彼女はモデルのアルバイトをしていたと書いてあった。彼女はきっと父親のやっているボート店のショールームで働きながら、東のハリウッドと呼ばれるオーランドのスカウトに見いだされるのを待っていたのだろう。悲しいことに、彼女がこの世で最後に撮られたのは、惨殺された被害者としての姿だった。美貌も尊厳も奪われて、マイアミ市のモルグの壁を背景に。

もう、鏡の奥に消えてしまった自分を求めて湯気をつかむ手だけしか見えない。死んだ日の夜、アリスン・ノリスはどんなことを考えていたのだろう。

ジェシカはしゃにむに鏡の前を離れて、シャワーのほうを向いた。そして、恋人のジム・パリーのことを思い出して、背筋の寒くなるような心象を振り払った。しばらくパリーのことを考えていると、共に過ごした時間のほのぼのとした温もりと、思いも寄らないほど激しい抱擁がよみがえってきた。彼の体の感触を求めて、ジェシカは大きく身をそらした。彼の姿を思い描いてその唇に自分の唇を押しつけたとたん、ジェシカは愛の行為のまっただ中に戻っていた。彼とは、ハワイの貿易風に負けないほど強い、永遠の愛で結ばれていた。

ジムとの愛の行為は、少しずつ、少しずつ激しさを増し、裸の彼の腕に抱かれるたびにどんどんよくなっていった。マウイ島の黒砂海岸にミッドナイトブルーの波が寄せては返すように、互いに美しい旋律をかなであうかのように、ふたりは高みへとのぼりつめていった。ほんのしばらくのあいだ、ジェシカは砂浜でジムと結ばれたときのことを考えていた。あのときは彼とだけではなく、太古の世界とも一緒になった。ヘリコプターで飛んだときは、ふたりとも空の一部になったような気がしたものだ。

あの日の朝、砂浜で目をさましたジェシカは、ジムをからかってこんなことを言った。「これがパラダイスに女が来たときの歓迎法なのね、ジェームズ・パリー」

彼は快活に笑ってジェシカを抱き寄せ、キスをしてから言った。「君と一緒にいるのは最高に楽しいよ、ジェス」

がらんとした狭い部屋を見まわして、ジェシカは最近おこなわれたことになっているパリーの葬儀に出席したほうがよかったのではないかと思った。ゴシップ好きの仲間がなんでもすぐ真に受けるサンティバのためにでっちあげたいんちき葬式だが、それを理由に飛行機に飛び乗ってハワイに直行するべきだったのだろうか。お供えの花輪《リース》とコニャックのボトルを持っていけば、ふたりで彼の逝去を祝して乾杯できたかもしれない。本人は死んだことになっているのだから、痴話げんかもあとには残らないだろう。

そんなことを考えて、ジェシカは笑った。それからシャワーの下に足を踏み入れた。熱い湯のしぶきが、芯から体の疲れをとってくれるのがわかった。

ジェームズ・パリーの葬儀に出なかったら、いったいどんな女なのかとうわさされるにちがいない。ジェシカはあれこれ思案した。彼は火葬されて、遺灰はマウイ島のハレアカラ火山上空から警察のヘリコプターでばらまかれることになるのだろうか。それとも、カヌーの底に横たえられて、永遠不変の海に投じられることになるのだろうか。いずれにせよ、自分はロマンチックな式典に参加しそびれ、冷酷無情な女だと責められることはたしかだ。

それにしても、ジムは死んだことになっているのを知っているのだろうか。みずからの死亡告示を見るか、聞くかしているだろうか。もし知ったら、すぐに電話をかけてきて、心配しなくていいと言ってくれるだろうか。きっと彼はいっさいを笑いとばすにちがいない。髪と体に石けんの泡を塗りたくりながら、ジェシカは自問自答した。もしかすると彼も自分と同じで、ちょっと行きすぎたデマをどうあしらっていいかわからないでいたのかもしれない。だが、考えようによっては、それは自分に連絡をとるいい口実になったのではないか。それなのになぜ、彼は連絡してこなかったのだろう?

ひょっとすると――いや、おそらく、ひとの世にはものごとすべてをとりしきる神の手のようなものがはたらいているのだろう。ひとりひとりの人間の生きかたを左右する手。ジェシカをひたすらひとつの方向に向けようとする手。その手に従うと、こんな声が聞こえる。おまえにはこの道しかない。この道を独りで歩まなければならない。おまえの人生には、ジム・パリーが入りこむ余地などない。個人的な喜びと心の平静など、望めないのだ。

自分は正義の擁護者になる星のもとに生まれたのかもしれない。天罰とまでは言わないまでも、神があいだに入って邪魔をしているのではないかという気はしないでもない。だが、そこまで考えるのはナンセンスというものだろう。ただ、神のしわざだとしか思えないようなことはほかにもある。これまでにも自分は、ときとして荒々しいほどの力で、ＦＢＩ検死官としての果てしない苦難の道へと引き戻された。暗黒の世界をさまよう極悪非道の犯罪者の足跡をたどることを余儀なくされた。

今度もまた……ジェシカは今、シャワーを浴び、タオルで体を拭いて寝る支度をしているのだが、同時に、みずからの残忍で破滅的な儀式と若い女に病的に執着する、サディスティックで冷酷な社会病質者《ソシオパス》を根気強く捜索する準備もしている。犯人は精神異常者で、みずからが創り出した勝手な正義を実行するためにこの世に生を受けたのだと信じこんでいる。その志向と行動と倒錯した快楽の探求を支配しているのは、悪魔的な力によってその男に乗り移った鬼だ。彼もジェシカと同じように使命をおびている。彼がひとをなぶり殺したことで、ジェシカにはべつの使命が与えられた。

こんな悪辣《あくらつ》な人間に忍び寄られて、アリスン・ノリスにはとうてい勝ち目はなかった。少なくとも生存中にはなかった好機は、皮肉なことに、死んでからめぐってきた。海岸に打ちあげられて、彼ら――とりわけジェシカ――のもとにやってきたのだから。マイアミのサウス・ビーチ、真っ白な朝の浜辺に死体があがったあと、欠落していた肢体の一部もみつかった。市からおよそ六十五キロの沖合で捕獲されたサメの腹から出てきて、ドクター・ウエインライトを仰天させたのである。

どうしてそんなことができたのかはべつとして、アリスンはみつけてほしい、これ以上放っておかないでほしいと言ってきた。ここでも、イスラモラダ・キーでも、そう言ってきた。彼女は正義を強く求め、汚れ、血まみれになった曇った姿見を、死の世界からさしあげてみせた。ジェシカはこれから、その鏡の向こう側へと足を踏み入れなければならない。

ともあれ、今はもうくたくただ。睡眠もとっておかなくてはならない。ジェシカは体を拭いてシャワールームを出ると、すぐベッドに入った。そして、大の字になった。体は深い眠りを求めていた。しかし、心はひとりでに、その日いちにちのできごとを、とりわけアリスンのことを反芻《はんすう》していた。

マイアミ市警のモルグで氷づけになりながら、アリスンの体——残骸でしかないのだが——は、ジェシカ・コランに聞かせる死の歌を歌っていた。そうでなかったら、ジェシカはこんなところまで来なかっただろう。少女の死因を突きとめる捜査に乗り出した理由は、それ以外に考えられない。アリスン・ノリスは安らかに永眠《ねむ》るのが当然だった。煉獄《れんごく》を漂わなければならないようなことは何もしていない。彼女は、サディスティックな殺人者に引きずりまわされて漂流するはずではなかった。しかし、アリスンは長期にわたって激しい苦痛を強《し》いられた。それが煉獄でなくてなんなのか。この状況は、殺人者が捕まるまで変わらない。なんらかの処罰が与えられるまでは、アリスンの霊は安らかに眠れないし、家族も安心できない。闇の徘徊者《ナイト・クローラー》の手にかかったほかの被害者についても、同じことが言える。潮流殺人者《タイドウォーター・キラー》とも呼ばれるこの狂人が、幻の底引き網を操ってこれからも獲物を狙《ねら》い続けることは言うまでもない。この極悪人が捕まって投獄されるか、原始的な苦悩から解放されるかさえすれば、潜在的被害者はみな、実り多い一生を過ごすことができるのだ。

このひとでなしの、パターン化した儀式のような闇討ち行為にストップをかけることができるかどうかは、自分の腕にかかっている。

不安でいっぱいになったところで、ひとりでにジェシカのまぶたは閉じていった。月光と霧と煙と鏡の織りなす夢の世界に現れる予言者を待っているかのように、ジェシカの魂は、脳が静かな眠りに吸いこまれていくのを辛抱強く待った。

6

これまで紙を汚した中でもっとも不快な言葉のうちの
幾つかを、ここに挙げよう。

——ウィリアム・シェークスピア

翌日

C・デイビッド・エディングズはもう一度、その日の死亡告示欄を見つめた。彼が担当しているページである。ジョージ・T・フラグラーに関する箇所以外は、何もかも上出来だ。彼は、マイアミが航路沿いの交易所で、まだ地図にもろくに記されていなかったころに、フロリダ行きの鉄道を買い取ったことで有名なフラグラーの末裔《まつえい》。一八〇〇年代、未開の地だったフロリダを外の世界に開いた偉大な人物の子孫なのに、もう少しスペースを割いてもいいではないか。たしかに、取材記者のおぼえがきを読んだかぎりでは、フラグラーの三代目には存命中これといった業績はない。先代が築いた富を食いつぶしていただけである。それでも、少しは敬意を表するのが当然ではないか。しかるに、若いリポーターのダブニーには名前の裏に隠された歴史の重みがわかっていない。この男の先祖はオーモンド・ビーチ、フォート・ローダーデール、マイアミ、さらにはキー・ウエストにまで鉄道を引き、この地域に文明の夜明けをもたらした。二代目はといえば、親から受け継いだ土地を当時まだできたばかりの頼りない土地開発会社に売っただけだった。そんなわけだから、三代目の死亡記事をページのいちばん上に掲載するわけにはいかなかったのかもしれない。ただでも南部は〝旧家出身者〟に弱いことで名高いのだから。が、エディングズにはどうも納得がいかない。

「C・デイビッド・エディングズはなんにも文句は言わんぞ。誤解を招くようなことをしたり固定概念を押しつけたりする権利なんか、おれにはないんだからな、うん」彼はひとりぶつぶつ言った。仕事中の癖である。

この癖はもうみんなに知れ渡っていて、よほどの新入りでないかぎり、事務員の中にも記者の中にもじろじろ見る者はいない。何百台もあるコンピューターのノイズと同じで、誰も気にとめていないのだ。

C・デイビッド・エディングズは死亡告示欄担当の編集者だから、よほどのことがないと編集会議に招集されない。が、その日はちがった。ちょうど顔を上げたところに、『マイアミ・ヘラルド』の編集長メリックが、会議室に入っていく一団に加わるよう身ぶりで合図を寄こしたのである。

「どういう風の吹きまわしだ」彼はひとりごとを言って、壁の時計を見やった。午前八時六分だった。

「海岸沿いを行ったり来たりしている少女殺しの変態から、またラブレターが届いたんだ」ビル・ローレンスが急ぎ足でそばをすり抜けた。「早く来いよ、エディングズ、必見だぞ」

闇の徘徊者《ナイト・クローラー》と呼ばれている連続殺人犯を取り巻く状況には、何やら不吉で、不穏なものがある。それでいて、刺激的でおもしろい。エディングズには、じっとしていられないというのがもっともふさわしい言葉だという気がする。どこかわいせつなにおいのする事件の刺激を楽しんでいるという理由で、誰かにさびついた冷たいプライヤーを腹につきつけられ、体の芯を激しくえぐられたら、こういう気分になるのではないか。新聞が行方不明者が遺体で発見されたという記事を載せはじめて以来、エディングズは常にもの足りなさを感じている。その事実と、自分がそのことばかり考えているということに、彼はひどくとまどってもいる。自分でも知らなかった一面だ。気がつくと、彼は夜遅くまでおきていて、殺人者に思いをめぐらしている。誰だろう。どんな人間なのだろう。今どこにいるのだろう。なぜこんなことをするのか。どんな手口を使っているのか。残虐な犯行の詳細が知りたい。好奇心がどんどんふくらんでいく。最近になってみつけたばかりのこの愉《たの》しみのことを、彼は誰にも話していない。しかし、胸のときめきを封じこめているのがだんだんむずかしくなってきた。

死亡告示欄で、彼は毎日死と向きあっている。挽《ひ》き肉機で肉を細かくすりつぶすのと同じ要領で、ひとの死を扱っている。が、この闇の徘徊者《ナイト・クローラー》事件には、やたらに興味をそそられる。どことなく淫《みだ》らなにおい。これはきっと、不倫の関係の根底にあるものと同じだ。それでいて、全然ちがう。心情的には正反対だろう。頭が混乱すると、ますます興奮する。今まで知らなかった、別人のような自分の一面だ。闇の徘徊者《ナイト・クローラー》事件とその犯人について、そして、犯人が女になのか。何をしているのかについて、彼の好奇心はとどまるところを知らない。いったいどういうやつなのか。自分と同じ人類か。同じ人種か。どうしたら、きれいな若い娘にあそこまでひどいことができるのか。それで、犯人はどうなるというのか。自分が誰なのかを忘れることができるのだろうか。大きく、強く、不死身になったような気がするのだろうか。それに、彼はなぜ、『ヘラルド』紙にちょこちょこと記事のネタを送りつけてくるのだろう。

ずんぐりむっくり体型の死亡告示欄担当編集者はサスペンダーをつかみ、ズボンをなでつけて引っぱりあげると、上着をはおって会議室へと入っていった。出席者の視線と私語が気になった。毎度のことだが、ニュース編集室のフロアには先にうわさが広まっていて、緊急会議の議題を知らない者はない。そんな中、後ろ暗い思いをつのらせ、スパイか野次馬かといった気分を味わいながら、エディングズは自分のデスクをあとにして、うまい情報が待っている会議室へと移動したのだった。

同僚の記者たちに陰で何を言われようが、C・デイビッド・エディングズはその会議には出るつもりでいた。ひとの死に関連しているということから、彼はこの件に関する会議には最初から首をつっこんでいる。死亡記事を書くのは大きな仕事のひとつで、彼と地元ニュース担当の編集者は常に連絡をとりあっている。〝一号線を走行中の車から撃たれ、若者が死亡〟の見出しで載ったきょうの重大ニュースの当事者は、あすには死亡告示欄に載ることになるからである。メリックがよく言うように、「右手は常に、左手が何をしているかを知っていなくちゃいけない」わけだ。メリックにそう言われると、エディングズはきまってこう切り返す。「墓につっこんだ片足は常に、もう片方の足がどこにあるかを知っていなくちゃいけない」それから、大声で笑う。だからほかのジャーナリストたちは彼を食屍鬼《グール》扱いするのだろう。彼らに言わせると、エディングズはシャベルではなく言葉を使う葬儀屋なのだ。

それでも、彼は〝関与〟している。過去最大のニュースになろうという事件に関わっている。市の犯罪史上もっとも大規模な追跡捜査の内幕を見たと言える人間が、ほかに何人いるだろうか。

しかし、今回もまた彼は直感で、会議のあいだは口をつぐみ、目だけあけているのが得策だということを察知していた。前の会議のときには、殺人者からの手紙は順にみんな――料理欄から特集ページの編集者にまで――の手に渡り、最後にC・D・エディングズのところにまわってきた。きょうもその順番が変わるとは思えない。しかし、いちおうは自分も参加している。数少ない関係者のひとり、なのだ。

一列になって会議室に入っていく編集者のあとについて歩いていたC・デイビッド・エディングズは、グレン・メリックの秘書サリー・ホッジスがメリックの後ろに立っているのに気づいた。メリックが入社以来ずっとのぼせあがっている、バストの大きな中年女だ。オーバーヘッド・プロジェクターの電球を取り替えているらしい。エディングズは次に、見たことのない人物が部屋にいるのを見て取った。険しい、まじめくさった顔つきの客人である。ひとりは色の浅黒いハンサムな男、もうひとりはやけに目立つ女だ。つややかな金褐色の髪が漁網か格子状の網のように肩を覆っていて、黒っぽい魅惑的な目を伏せている。

サリーがふと顔を上げて、エディングズににっこり笑いかけた。ただの愛想笑いなのか、気があるのか、どちらだろう。エディングズは首をひねった。こういうことは初めてではないが、本人に真意をたしかめるだけの度胸は彼にはない。

まず最初に、メリックが来訪者の紹介をした。エリック・サンティバ。FBI行動科学部部長。ドクター・ジェシカ・コラン。FBI検死官。メリックは一同に、サンティバとコランが闇の徘徊者《ナイト・クローラー》追跡の一番槍を務めることになったことを報告した。

「いつまでも手がかりなしってわけにはいかないからな」

「マイアミ市警の抜け作どもにまかせといたんじゃ、なんの進展もない」べつの声があがった。

「ようこそマイアミへ」紅一点の編集者が言った。「巷《ちまた》でおこっていることやら、この部屋を飛び交う話やらで、こんなところだって決めつけないでくださいね」

「その心配はいりません」居並ぶ編集者たちに向かって、サンティバが笑顔でうなずいた。「このたびは、殺人者に関する動きがあったらすぐに連絡するという市民の義務を果たしていただいて、ありがとう。みなさん、とりわけ編集長のメリック氏には、感謝しています」

言外の意味をくみ取ることは、エディングズにすら容易なことだった。メリックはすでにサンティバと会談し、全面的に協力することを約しているのだ。

ジェシカ・コランがすかさず言い添えた。「みなさんのお力添えなくしては、この変質者を捕まえるのは困難至極です」

「犯人にストップをかけられる確率はどのくらいなんです？」

「捜査はどのへんまで進んでるんですか？」

「容疑者は？　目星はついてるんですか？」

FBIの捜査官に質問の矢が飛んだ。

「きょうはニュースの説明会じゃないんだ、みんな！」メリックが怒鳴った。

特集ページの編集者ナンシー・ヨーダーが不快そうに応えた。「あら、そうだったの！」

メリックは次に、もうすでにわかっていることを発表し、殺人者から届いた手紙をみんなに見せてくれと、ジェシカ・コランに頼んだ。

ジェシカは黒いドクターバッグに手をのばして、密閉した二枚のガラス板を取り出した。そのあいだにはさんであるのが、しわをのばした犯行声明である。闇の徘徊者《ナイト・クローラー》が『ヘラルド』紙に手紙を送ってくるのは、これで二度目だ。封筒に入っていたときの折り線がまだくっきり残っている。ジェシカは封筒を保管してあるセロファン袋を持ちあげてみせた。編集者たちは席についたまま、手紙と封筒に目をこらした。

便せんはごくふつうの白いタイプ用紙で、どこにも変わったところはない。上部に手がかりや証拠になるような会社名などが刷りこんであるわけでもないから、見ただけでは何もわからない。ただ、封筒のほうには消印がついているので、キー・ビスケーンで投函《とうかん》されたことがわかる。行方不明になっていた少女のうちの最近のふたりが餌食になったと見られる場所に、かぎりなく近い。ひとりはタミー・スー・シェパード、もうひとりはキャシー・ハーモンという名前だった。

「わたしたちも、今度は当局をけちらさないでやっていく。そういうことですな、サンティバ捜査官？」メリックが言った。「全面的に協力する。敵対視はしない」彼は編集者たちをぎょろりと見まわして、こうつけ加えた。「つまり、みんな、手の内を部外者に絶対に明かさないということだ。それから――」

「協力するからには、見返りを――」言いかけたとたん、ローレンスはメリックにさえぎられた。

「手紙は社会部が受け取りしだい、サンティバ部長に連絡する。いいか、みんな？　これが、市が緊急事態に直面しているときにわれわれがとるべき行動だ。わかったな？」

「特ダネはうちのものになるんだな、グレン？　事件が解決したときには、ということだが。え？」社会部の編集者リー・ブレイクが聞いた。

「そのことについては、確認ずみだ。他社《よそ》に取られるようなことはしない。ということは、いっさいもらしちゃいけないということだぞ。女房、恋人、親きょうだいには絶対しゃべるな。牧師様にも、ノミ馬券売りのおやじにもな。いいか？」メリックはほとんど悲鳴に近い声で命令した。

「何を言われたんだ、グレン？　犯人がまだ捕まらないのはおれたちのせいだってか？　ぶっとばしてやれ、そんなこと言うやつは」ブレイクがたばこを吸いながらつぶやいた。大きな顔の革のような皮膚に小さな目がうずもれている。

「前回はあんたが悪かったわけじゃない、グレン」ローレンスがなだめにかかった。「ブレイクのデスクにあの手紙が届いたときは、ほんとうに犯人からのものだと確信する理由はなんにもなかったんだから」

「じゃ、今度のはほんとうに犯人から来たって言えるの？」大げさな手振りで、ナンシー・ヨーダーが聞いた。

「まあ、筆跡だけはまちがいなく同じだ。エキスパート――ここにいるサンティバなんだが――がそう言っている。それに、警察とＦＢＩは最初の犯行声明が闇の徘徊者《ナイト・クローラー》から来たものだということで捜査を進めている。だから、われわれもそれに従っているわけだ」メリックが説明した。

「おれたちにも一枚ずつコピーをとってもらえないかな、グレン？」社会部編集者のブレイクが言った。

「そうだな」何人かが同調した。

「いいかげんにしてくれないか、え？」メリックが大声をあげた。「なんでおれがそこまでする必要があるんだ？」

「役に立つかもしれんだろう」ブレイクがけんか腰で言い返した。「あんたの記事じゃないか、グレン」

「ばか言うな。コピーが社内じゅうを駆けめぐって、あげくの果てににっくき『タイムズ』の手に渡ったらどうする？　サンティバ捜査官から掲載オーケーのゴーサインをもらう前に、そんなことになってもいいのか、リー？　裏切り者はただじゃおかんぞ」

「被害妄想もいいところだな、グレン」

「こうなるには理由がある」

「消印はどこになってるの？」ナンシー・ヨーダーが尋ねた。

「うん」ローレンスが言った。「前のはたしかパーム・コーストだったけど」

「今度のは社の裏庭——というか、実際には前庭だ」メリックがこたえた。

「だから、それはどこなんだ？」

「キー・ビスケーン。橋を渡ったところ」木で鼻をくくったようなメリックの返事は、編集者たちの興奮をさました。橋は窓のすぐ外に見える。

「くそ」ローレンスがつぶやいた。

ヨーダーが大きく息を吸いこみ、水の入ったグラスをつかんでごくりと飲んだ。

ぎりぎりと歯ぎしりをしてから、ブレイクが言った。「このあいだの夜、ティーンエージャーが姿を消したのは、そこじゃなかったのか？　キー・ビスケーンのラズルズだとか？」

「そのとおりだ。今、証人たちにそのときのようすを聞いてまわっている」サンティバがこたえた。

「目撃証人に？」

「犯人を実際に見た人間がいるんですか？」

「われわれが証人に会って話をするってことは、できないんですかね？」

記者たちはまた質問の雨をふらせた。

「まだ証人の信頼性がはっきりしていない。みんな、感情的なものがあって――行方がわからなくなった少女の友だちなんだ」サンティバは降参するかのように両手を上げてみせた。「しかし、何か……具体的に、ということだが……わかりしだい、協力することは約束する。ここまで協力してもらっているんだから、お互いさまだ」

「ということで、話はまとまっている」メリックが部下たちに言った。

雑談が続いているあいだに、ジェシカはガラスにはさんだ手紙とセロファン袋におさめられた封筒を、黒いドクターバッグにしまった。

この二点は一時間以内に、ジェット機でクワンティコに向かうことになっている。超能力を備えたドクター・デジナーの指先が〝まっさら〟な状態のうちに直接触れて、そのあと文書課にまわされ、さらに筆跡鑑定と科学分析がおこなわれるのだ。手紙にはサンティバが入念に目を通し、ひととおりの予備検証をすませて、いちおうの特徴はつかんでいる。むろん、手紙はそのあいだもずっと、ガラス板にはさんだ状態のままだ。メリックの秘書サリーがたった一枚コピーをとったときも、そのガラス板がはずされることはなかった。

サリーがカーテンを閉め、照明を落とした。彼女がオーバーヘッド・プロジェクターのスイッチを入れると、その光線で北側の壁に四角い窓のような画面ができた。サリーは次に、今ひとつ明瞭さに欠ける手紙のコピーをオーバーヘッド・プロジェクターの上においた。殺人者が書いたとされる言葉が、壁のスクリーンに映し出された。

飢えたやつらを
食らっているあいだ
tには何もいらない
おまえの甘いジャスミンは
腐っちまった
おまえのかわいい女は
もう何も言わなくなった
これで終わり
二度
三度、生けにえとして捧げられ
力をあたえられた
それがtの望み
最後の瞬間
売女《ばいた》になるまえに……

「どういう意味だと思う？」メリックが一同に問いかけた。

スクリーンにじっと目をこらしていたリー・ブレイクが、大きくため息をついてから、きわめつけ趣味の悪い〝唄〟だと言い、「詩のつもりならなお悪い」と評した。

「なんだか、去年刑務所で死んだジェフリー・ダーマーが書きそうな詩だわ」ナンシー・ヨーダーが言った。「ただし、彼だったら売女のところは少年って書いたでしょうね」

「ちがう」それ以上黙っていられなくなって、エディングズがつぶやいた。「わたしはこの詩を知っている。殺人者がこれを使ったのは、実に……実に……いい思いつきだ」

しかしエディングズの発言はほかの声にかき消され、誰にも相手にされなかった。ベージュの壁にうかびあがった文字を前に、ビル・ローレンスはさっきから目に見えるほど震えている。メリックは残る三人の編集者からも意見を求めた。が、返ってくるのは感嘆詞ばかりで、つながった言葉になっていない。ひととおりみんなの声を聞いたところで、メリックはもう一度C・D・エディングズのほうに目を向けた。こんなろくでもない人間は、何か言いがかりをつけて年金がつく前にくびを切ってやろうと、メリックは思っている。

「いったい何が言いたいんだ、エディングズ？　エディングズ？」せきたてながら、メリックは血のにおいを感じていた。エディングズはもう一度、拡大された壁の文字にちらりと目をやった。メリックとエディングズのあいだの緊張は、部外者であるサンティバとジェシカにまで伝わっていた。

エディングズから一同の気をそらそうと、スポーツ編集者のビル・ハイネクが咳払いをしてから言った。「こいつはどう見てもとち狂ってるね、グレン。おれに言わせりゃ、キ印《じるし》だな」

「この駄作を書いたやつのことを言ってるのか？　それともエディングズのことか？」冷ややかで不遜《ふそん》な調子で、メリックがからかった。

エディングズは三度《みたび》声に出して壁の文字を読み、最後にこう言った。「読んだことがある……この詩。知ってるんだよ、グレン。わたしは何度も読んで……」

メリックの声には悪意がみなぎっていた。「いったいぜんたい、なんの話をしてるんだ、エディングズ？」

「ヘラリング」はげ頭の小男はこたえた。

ほかの編集者たちは即座に聞き返した。

「ヘルレイジング？　誰、そいつ？」

「ヘラリングって、何なんだ？」

「にしん《ヘリング》みたいなもんか？」

「だとしたら、薫製にしん《レッド・ヘリング》（注意をほかのものにそらすことのたとえ）だな」

ブレイクがおどおどしたようすで笑った。「エディングズはひと騒がせ《ヘルレイザー》だから。な、そうだろ、C・デイビッド？　あの液体の朝メシはやめたほうがいいんじゃないかな」

「にしん《ヘリング》について、あなたが何を知ってるっていうの？」邪険な口調で、ナンシー・ヨーダーがまた笑いを誘った。

「ヘラリング」エディングズは繰り返した。「これは詩だと言ってるんだ。一九三八年ごろに

e・j・ヘラリングが書いた詩。小文字しか使わないという手法を用いたのは、彼が初めてだった。アメリカではe・e・カミングズが同じことをしているが、それより前の詩人だ。ほとんど研究者もいない、知るひとぞ知るイギリスの詩人だが、隠れファンはたくさんいた。彼の書く詩は上流社会にはそぐわないと考えられていたんだ」

「だろうね」ハイネクが言った。ほかの編集者たちは長い会議テーブルの端にいるC・デイビッド・エディングズをまじまじと見つめている。

「ほとんど知られていないイギリスの詩人」ローレンスとヨーダーの声が重なった。

「そういうこと」誰かが、最初から知っていたかのような口ぶりであいづちをうった。

メリックが言った。「つまり、犯人は自分ひとりじゃ何も書けないということか？　詩の本から書き写しただけ？」

「わたしにわかるのは、これが最初から最後まで小文字で書かれたe・j・ヘラリングの詩の一部だということだけだ。『すべて星への生けにえ』という題だと思う」

ジェシカとサンティバはたちまちC・D・エディングズの話に引きつけられ、緊張を高めた。ジェシカはエディングズに話を続けるよううながした。

「はい……わたしがおぼえているかぎりでは、この詩は……」照明を落とした部屋で、サリーの目が誇らしげに光るのを、エディングズは見て取った。「たしか、四連だと思います。五連だったかもしれません」

「詩集はすぐ手に入るかね？」サンティバが尋ねた。

「ええ……ありますよ、図書館にはたくさん」

それを聞いて、ナンシー・ヨーダーはまたくすくすと笑った。

メリックが命じた。「なら、すぐ探してこい」

「インターネットでやってみろよ、エディングズ」ブレイクが提案した。「情報収集にはインターネットがいちばん早い」

「無理だろうな」エディングズはこたえた。「ヘラリングの詩があったとしても、人気のある作品ばかりだろう。オタク——インターネットにはまっているような連中には、この詩はちょっと難解だし、不可解すぎる」

エディングズはぎこちない身のこなしで立ちあがり、すたすたと会議室をあとにした。サンティバとジェシカもあとに続いた。エディングズがサリーのほうだけちらりと振り返るのを見て、ジェシカはふと、ふたりの恋物語はまだ始まったばかりなのだろうか、それとも火はもうだいぶ前からついているのだろうかと思った。

「わたしは大学時代、e・j・ヘラリングの詩と彼の暗い作風の研究をしていたんです」エディングズが説明した。

「そうですか。どこで？」

「ノースウエスタン大学です。シカゴの北にある……エリート主義で、鼻持ちならないところですよ、実際。友愛会か社交クラブにでも入っていればべつでしょうが、当然わたしなんかにはその資格もなかった。まあ、それはともかくとして、わたしは近世のイギリス文学を勉強していました。近世というのは、一八九九年以降のことなんですが、ヘラリングはその時代の詩人です。強く心に訴えかけるような彼の言葉の使いかたに、わたしはすっかり心を奪われましてね。魅力は言葉の美しさと、小文字だけしか使わないというところ——それで彼は有名になったんですが——わたしもひどく興味をかきたてられましてね」

ジェシカはうなずいた。「思い出したわ……e・j・ヘラリング」

「ヘラリングが思いついたことじゃないんですけど……」

「何を？」サンティバが尋ねた。

「詩を全部小文字で書くということを、です」

「そうなの？」ジェシカはサンティバに、e・j・ヘラリングはe・e・カミングズと同じで、詩の作品だけではなく自分の署名にも、トレードマークのようなかたちで小文字を用いたのだということを説明した。

「出版社のアイデアだったんです。滅びゆく芸術形態に活気を添えようという意図で。ほんとうは売り上げを伸ばしたかったんでしょうが」エディングズが言った。「同じ出版社です、大西洋をはさんで、向こうとこっちと」

三人は巨大なマイアミ市立図書館に入っていった。頭上の天窓からそそぎこむ目のくらむほどまばゆい太陽の光と、館内の厳粛な雰囲気とが対照的だ。ジェシカにはその建物に空港を連想した。中央のひろびろとしたスペースでは大小のヤシの木が葉を広げて、天窓からの陽光をいっぱいに浴びている。大理石の床を行き交うひとびとの足音が、タップダンスの靴音のように響く。

エディングズはまっすぐ、最寄りの空いているコンピューターに向かった。そして、図書館が保管している膨大なデータの中から、忘れ去られて久しい詩人の名前を検索した。ヘラリングについての情報など、もうどこにも残っていないのではないか。ジェシカは息を殺して見守った。

とそのとき、目にもとまらぬ速さでキーボードをたたき、せかせかとマウスを動かしていたエディングズが言った。「よし！　あった、あった」

思わぬところで詩の権威として注目を浴びることになったのが、エディングズは嬉しくてしようがないようだ。彼が蔵書番号を調べてメモ用紙に書きなぐると、三人は次に地下書庫に向かった。

エディングズは本のあるところに直行した。まるで、ここまでの振りを何度も予行演習していたかのような動きだった。ジェシカとサンティバを見あげてにっこり笑うと、彼は詩の本を広げ、くだんの詩の全編が掲載されているページをさっと開いた。それからゆうに五分間、ジェシカとサンティバは『〝t〟になったつもりで』と題された詩を、食い入るように見つめていた。

「驚いたなあ。コピーをとっていこう」サンティバが言った。

詩を読み解こうとしていたジェシカは、しっと言ってサンティバを制してから、また文字を追った。

〝t〟になったつもりで

tの息子は
女の魂を
食らう
芝居小屋で……
芝居小屋で
欲望と
生けにえのために
tが恍惚《こうこつ》のときをもとめて
襲いかかるとき
呼吸と命が
一体となるとき
ひとりひとりはtの生けにえになる
それがtの望み

e・j・ヘラリング

飢えたやつらを
食らっているあいだ
tには何もいらない
おまえの甘いジャスミンは
腐っちまった
おまえのかわいい女は
もう何も言わなくなった
これで終わり
二度
三度、生けにえとして捧げられ
力をあたえられた
最後の瞬間
それがtの望み

売女になるまえに……

tは返す
少女たちをみな
海に
いい機会……
機会あらば
ただひとときを
最高のときを
tの娘と
彼になったつもりで

観客が泣くとき、
肺は毒と
泡とうそでいっぱいになっている
彼女が死ぬ直前、
拍手喝采、お辞儀、総立ち！
なぜなら、tが笑顔で見おろしているから、

売女になるまえに……
tはそっとうかべる
少女たちをみな
海に
いい機会だから……
機会あらば
ただひとときを
一切のときを
tの娘と
彼になったつもりで

はるか牡牛座《タウルス》の目から！
おのれの息とともに水に流すのが
tの望み
だから女たちはみな
力を授かった彼の手で洗われ
花開き
浄《きよ》められる

「ふーん。これ、一九三〇年代の作品だって言ったわよね」ジェシカが尋ねた。

「三〇年代後半、三七、八年です」

「正直言って、わたし、女をとことん憎悪の対象にするっていうのは、輪姦《まわし》とか妻への暴力とか2ライブ・クルーみたいなラップグループの汚らしい歌詞とおんなじで、現代になってからの傾向だとばかり思ってた」ジェシカは言った。

「時代を先取りする男だったんじゃないか」サンティバが言った。

「いえ、いえ、そんなことはありません……ヘラリングは非常に穏和で、情に厚い男でした。この詩は彼の心情を表しているんじゃなくて、芸術家としての目を通して見た人間の心のゆがみを嘆いているんですよ」

「あなた、彼はこんなことを客観的に書ける詩人だったと言ってるの？　自分が文字で表している憤激を、本人は感じていなかったっていうの？　それとも、彼はその憤激を自分で抑制していたっていうの？」

「こたえは、全部イエスです」エディングズは困ったように額の汗をぬぐった。「暑いですね、ここ」

「ええ、息苦しいくらい」ジェシカはうなずいた。

「とてもおきれいなんですね、ドクター・コラン」彼はほとんどささやくような声で言った。

「このヘラリングっていう人について、もっとおしえて」

「彼は小柄で、ものすごい読書家でした。そのへんは……まあ、わたしと似てるんですが、もっとやせていました。もの静かで、非常に自制心の強い——いわゆる堅物《かたぶつ》というやつですね……しかし、彼には楽しみがありました。自分流の楽しみかたというか……」

「そう。じゃ、これは彼の作品の中では例外的な詩？」

「ええ、当然そういうことになります。男が女に腹を立てることはあってあたりまえだし、逆に女のほうが男に怒りをおぼえることだってある。世の中、そういうもんだと思いませんか？」

　その言葉にジェシカははっとした。思えばジム・パリーに対しても、愛と憎しみを同時に感じている。「そうね、たしかに言えてる」

「しかし、あなたは自分自身を掌握しているし、いくら相手の男が愚かで傲慢《ごうまん》でも、殺しはしない。そうでしょう？」

「ええ」

「この芸術家と同じように、何か建設的なことをして怒りを発散する」エディングズはそう言いながら、近くのコピー機まで行って詩のコピーをとった。

ジェシカはエディングズのあとを追った。サンティバは死亡告示欄担当の小男の相手をするのに飽きたのか、びっしりと本が詰まった書架のあいだをぶらぶら歩きまわりはじめた。壁の古い絵に見入ったりもしている。

ジェシカは背後からエディングズに問いかけた。「つまりこの芸術家は、たとえば彫刻をしたり、絵を描いたり、詩を書いたりといったことをする過程で、怒りを発散している。そういうこと？」

「真の芸術家というのはみずからの感情と向きあって仕事をする——みんなそうです。ありとあらゆる心情を表現するんですよ。わかりますか？　陰も陽も、作品を通じて表に出す、作品に反映させる」

「表に出す……反映させる？」

「そうです……プリズムを通して外の世界に解き放つ。表に出してしまう。自分が生き延びるために。そこまでいかなくても、みずからの正気を保つために」

ジェシカはこっくりうなずいて、さらに深く探った。「あなたはそれを健全な行為だと言ってるのね？」

「そりゃそうでしょう……心に巣くった悪魔を追い払うために、怒りや恐怖を文字にして書きつけるのと同じことなんですから。こんな安あがりで効果的な精神療法《セラピー》はありませんね。どうしてみんな、それに気づかないのかと思いますよ」

　ジェシカはかかりつけだった精神科医ドナ・レモンテのことを思った。これ以上精神療法《セラピー》を続けるのは害あって益なしと判断したドクター・レモンテは、ある日突然、もう通う必要はないとジェシカに言い渡したのだった。最初、ジェシカは憤慨した。が、互いに歩み寄った結果、実際にはそのほうがいいということがわかった。そして、ドナ・レモンテは療法《セラピー》の一環としてジェシカからの手紙を受け入れるようになった。ジェシカは手紙というかたちで、ＦＢＩに勤めるようになって以来積もり積もった心痛や後悔、自責の念をすべて吐露した。

「ところが、異常犯罪者は芸術という方法を知らない。彼らはリアルタイムで悩みを解決しなくちゃいけない。粘土や木以外に何か手ごたえのある媒体物がなくちゃいけない。そういうことね？」

「自制心のきかない、糸の切れた凧《たこ》のような狂人には、まともな音楽は作れません。まあ、モーツァルトとゴッホはべつですが。異常犯罪者の場合、型破りな表現が正気の枠《わく》をはみ出してしまうんです」

「だから、純粋な芸術に関わっていられなくて、不潔で醜悪な殺人行為に走る。そこでは、被害者は創造のためではなく、破滅のための手段であり、武器であり、道具？」

「裏返しの創造です、ええ。破滅が創造のための錯乱した手段となっている。だから、彼はもう真の芸術家ではない。今や心を映す夢や恐怖を芸術に託すことはなくなって、リアルタイムで本物の被害者と向きあっている。芸術は狂気の槍で串刺しにされたかっこうですね」

「あなた、今回の事件についても、ずいぶん深く考えているのね」ジェシカは言った。

「まあ……」エディングズは口ごもった。「事件が始まって以来……ええ、考えてきました」

「じゃ、あなたの言ってること、こう理解していいかしら……この芸術家の潜在意識の中には、たとえば、自分の母親は死ぬまで父親の被害者だったという気持ちがあったのかもしれない。そのことで彼は父親を恨《うら》むと同時に、母親に対する怒りも爆発させた？」

　最後の一枚をコピーする段になって、エディングズは十セント硬貨を切らしてしまった。ジェシカは財布の中をかきまわして小銭を探したが、二十五セント玉しかない。コピー機はその硬貨をのみこんだ。

「凶悪犯は自分にとって好都合な被害者を求めるんですよ」エディングズはうなずいた。「芸術家にはいい、悪いを判断する力があります――」言葉の合間に、ミノルタのコピー機のモーターがうなり、ぴかりと閃光が走った。「――凶悪犯をこの世に送り出した母親が、彼を大事に育てたか、育児を放棄したかという事実。子どもが大きくなるあいだずっと、彼女がはずかしめられ、打ちのめされるがままになっていたという事実。それが彼を表裏のある人間にしたことはたしかです。同様に、父親であれ母親であれ、子どもに肉体的、性的虐待を加える親は、その子の心に同じ憎悪の種をまいていることになります。何年もの年月をへて、その種が怒りというかたちでどっと芽を吹くんですよ」

　どこまでが幻の殺人者のことで、どこまでがエディングズ自身のことなのか、ジェシカにはわからなくなってきた。彼はつかのま、自分の世界にこもり、けんめいに心の鏡をのぞいているかのような顔になった。

「裏表という言葉だけど、それって、気がついたら彼は、母親を憎み、嫌っているのに、護《まも》り、大切にしなくちゃいけないという困った立場に追いこまれていたっていうこと？」

「母親がそれを求めるんです！　自分から近づいていって、進んで被害者になってしまう。それが、すべての女に対する彼の憤激を増幅させる」

「なるほどね、わたしの考えでは……」

「ほかの女を餌食にする男もいますが、芸術的センスのある人間はもっと創造性豊かな方法で葛藤《かっとう》を解消します。事業をおこすことから詩を書くことまで、具体的にはいろいろですが——創造性というのは苦悩から生まれるんです。そこにどれだけ喜びがあろうと……」

「あなたも詩を書くの、エディングズさん？」

「いえ、書きません。ですが、わたしには何年か前から構想を練っている小説があります」

「女のひとが暴行を受ける筋書きを作ったり、そういうことを詩に書いたりすることに害はない。むしろ、有益だ。あなたはそう思っているの？」

「創作の世界では、常に書き手が話の筋をコントロールしています。ドラマを展開するのも、幕を引くのも、すべてでね。だから、どんなに凶悪で陰惨で破滅的な妄想でも、骨の髄まで凍りつくような情念でも解き放つことができるし、闇の徘徊者《ナイト・クローラー》みたいに現実の世界で、衝動にまかせて行動せずにすんでいるんですよ」

この男が殺人者に興味をいだいているのには、こういう理由があったのだ。ジェシカは納得した。「で、あなたの考えでは、生まれたときから男は女に対する反感を持っている？」

「遺伝子に組みこまれているんじゃありませんか？　人類が代々受け継いできたもの。本能。わたしたちは、ヒトとしての脳ができあがったころの名残《なごり》をいまだに体内にかかえているんですよ、時限爆弾みたいに」彼は自分の頭をつついてみせた。「残念ながら、わたしはそうだと思いますね。いくら外見と行動で否定しようとしても、持って生まれたものはどうしようもないでしょう」

「じゃ、新聞社に勤めているけど、あなたは作家なのね？」ジェシカは尋ねた。

「二作目を執筆中です、ええ。出版に向けて」

「あら、そうなの？　どういう話？」

「新聞業界を取り巻く醜聞を軸にしたミステリー仕立ての作品です。若い記者が上司のせいで次々と不正に直面することになるんですが、その女性上司のひとりが、わたしが以前勤めていた『ヘラルド』のライバル紙の経営者によく似てましてね。これが本になって世に出たら、わたしはもうこの町にはいられません。『ヘラルド』においてもらえなくなるのは確実です」

彼はその女にどれほどの憤りを感じているのだろうと、ジェシカは首をかしげた。「それでも、書くことであなたは正気を保てるの？」

「まさにそのとおりです」

ジェシカはちょっと考えこんだ。この小柄な死亡告示欄編集者の世界では、いったい誰がほんとうの被害者なのだろう。積もり積もった憎悪と怒りを、彼は黒いインクの文字でしか晴らすことができないのだろうか。未刊の書やヘラリングの作品のような詩を書くのは、ひとの目の届かない洞窟に絵文字を記すのと同じではないか。それとも、ほんとうの被害者はC・デイビッド・エディングズが恨んでいる相手、つまりそのミステリーに登場する女なのだろうか？ジェシカはさらに、エディングズは大嫌いなその女と寝ているのではないかとも考えてみた。もしそうだとしたら、彼がここまで憤っている理由はなんなのか。その女に自分が支配されているから？ 彼女に対する欲求？ それとも、自分が『ヘラルド』紙の秘密をもらして、上司の信頼を、ことによると心底愛している女の信頼をも裏切っているという事実？ いずれにせよ、彼は愛、あるいは憎しみゆえに危ない橋を渡り、結果として神経をすり減らしているようだ。

そのときふと、ジェシカは彼の目がきらりと光るのに気づいた。こちらが状況をのみこんだことがわかったのだ。そう思ったとたん、ジェシカは彼の怒りが少しおさまる気配を感じた。ルーベンスのような昔の名画家の描いた裸体画はこういう図書館での鑑賞に十分耐えられるが、『ペントハウス』の表紙を飾っているヌード写真にはハトロン紙でカバーをつけておかなくてはいけない。大声でそんなことを言いながらサンティバが戻ってきた。ジェシカもエディングズも応えようとしない。返事の代わりに、エディングズが紙を一枚突き出した。サンティバはヘラリングの詩のコピーを受け取った。「ああ、ありがとう」彼はつぶやくように言った。「これでわれわれも殺人者と共通の言葉で考えられる……」

「言葉だけじゃなくて、思考も感情もよ、エリック」ジェシカが言った。エディングズは釣り銭取り出し口に手をのばしている。

エディングズは黙りこくったまま、ジェシカに十五セントの釣り銭を差し出した。受け取りぎわ、ジェシカは彼の熱い思いが伝わってくるのを感じた。

「それじゃ、あなたは闇の徘徊者《ナイト・クローラー》は正気じゃないと思っているの？　憎悪に基づいて行動しているから？」

エディングズはめがねをはずしてハンカチで拭くと、こっくりうなずいた。「はい」

「絶対に芸術家ではないわね」

「それはたしかです。自分では芸術家のつもりでいるかもしれない。かつては芸術家だったかもしれない。しかし、ひとたび現実の世界でひとを殺してしまったら、彼の中にあった芸術家魂は消えてしまうんです。ピカソが殺戮《さつりく》を憤る赤裸々な思いをあの〈ゲルニカ〉という絵に託す前にひとを殺していたら、きっと、戦争の修羅場《しゅらば》の描写は迫力も何もないものになっていたでしょう。しかし、実際にはあの絵を見て心を動かされない者はいません。なぜだと思います？　それはピカソが思いのたけを直接絵にぶつけたからです。額縁《がくぶち》のない社会には向けなかった……ゲルニカの町を爆撃された仕返しに彼が誰かを殺していたら、狭いカンバスという表現の場にあれだけの情熱をこめることはできなかったでしょうね」

「いつのまにピカソの話になったんだ？」サンティバが聞いた。

エディングズはサンティバを無視した。「芸術は情熱をある領域に封じこめると同時に、純粋なものにまで高めます。だから、ゴッホやピカソ、ミケランジェロ、キプリングやサルトルにしても、マーク・トウェインやヘラリングにしても、殺人者にはなりませんでした……世界の歴史、とくに殺人の歴史を通して見ると——死亡告示を専門にしていることもあって、わたしには殺人について一家言ありましてね。真の芸術家で殺人者になった人間が何人います？ はっきり言って、ひと殺しになる作家や画家よりも、ひと殺しになる医者のほうが、はるかに数は多いですよ」

持論を展開するエディングズの声に力がこもった。カウンターの奥にいる図書館員から静かにするようにと声がかかると、サンティバがジェシカを肘でつついた。「早く出よう。こんなところにいると消化不良をおこす」

「あなたって、なんでも消化不良の原因にしちゃうんだから」

「子どものころ図書室でしゃべっているのをみつかってね、司書に口ごたえしたからっていつも校長室に呼ばれた」

「わかる。いつも本のことについてしゃべってるだけなのにね？」

「やれやれ……君も女の子か」

「当然」

「見てるだけならかわいいのに……」

ジェシカはそのときになって初めて、サンティバも大多数の男と同じで、詩に親しむことなどほとんどないのだということに思いあたった。C・デイビッド・エディングズのような人間も、詩も、彼の人生にはおよそ縁がないのだ。もううんざりだと表情《かお》で言っているところを見ると、何かの役に立つとしても、これ以上脇道にそれるのは時間とエネルギーの無駄遣いだと考えているのだろう。だから彼は一度エディングズのそばを離れた。そして今度は、この小太りの死亡告示欄編集者からもっと離れたいと思っている。それがなぜなのか、本人にははっきりわかっていない。ジェシカも自分の脇に立っている小柄な男から早く逃げたい。風刺《ふうし》小説家になるのが夢だという彼は、頭の中ででっちあげた毒々しくこまごまとした空想で頭がいっぱいの、つかみどころのない人間だということがわかった。実際、彼はジェシカに、自分は芸術家だと思っているかぎり正気でいられるが、ひとたびその自画像が損なわれたら、当然、彼も他人――とくに女性――を攻撃すると公言したも同然なのだ。つまり彼は、自分がいつなんどきジェシカに追われる身になってもおかしくないと思っているのである。こんな浅はかで身勝手なものさしをあてて精神状態のバランスを保っている男が、世の中にどれほどいるのだろうかと、ジェシカは首をかしげた。そして、絵描きになれなかったアドルフ・ヒトラーと、役者になれなかったマンソンのことを想った。

ジェシカとエディングズはサンティバのあとについて、図書館の広々とした表玄関とロビーのほうに向かった。途中、エディングズはカウンターに立ち寄ると、係員にさっと貸し出しカードを渡して、さっきコピーをとった本を借りたいと申し出た。

「何をしているんだ、彼？」自分だけがチェックアウトゲートを出てしまったことに気づいたサンティバが、あと戻りしてきてジェシカに尋ねた。ジェシカはじっとエディングズを見つめている。「わたしだけかな、あの男に不気味なものを感じるのは。君はどう？」

「昔、『トワイライトゾーン』っていうテレビがあったでしょう。あの中の一話に出てきたバージェス・メレディスを連想させるわね。地球上に残った最後の人間。本に囲まれているんだけど、めがねが壊れてしまうのよ」

　サンティバはけたけたと笑っただけだった。「ちょっといい空気を吸おう」

　ふたりは玄関を出たところにあるギリシャ風の円柱と幅の広い石段の前でエディングズを待った。車の行き交う音。頭上を飛ぶ飛行機。たえまなく流れてくる建設工事の騒音。そんなものがまったくなかったら、チャールトン・ヘストンが長服《ローブ》にサンダル姿で登場する『ベン・ハー』の一場面に使えそうな場所だ。

「お待たせしました」エディングズが出てきた。

　ジェシカが顔を上げると、目の前にヘラリングの詩集が突き出された。「どうしようかしら――」

「貸出期間は二週間ですが、いつでもわたしのところに持ってきてください。延滞料がいるときは払っておきますから」彼は強引だった。「ひょっとすると、何か大事なことがわかるかもしれない――事件の解決に役立つようなことが、という意味ですが」

「ありがとう、エディングズさん」

「礼を言ってもらうのは、この本から何か結果が出てからですよ」

　もう一度この男に会うのだけは避けたいとジェシカは思っているのだが、どうやら彼のほうは再会を望んでいるらしい。

新聞社に戻っていいとまを告げるときには、犯人からの手紙の現物は無事、ジェシカのドクターバッグにおさめられていた。ジェシカとサンティバはそこからＦＢＩのマイアミ支局に戻った。そして、そこで初めて、ジェシカは証拠の手紙を仰々しい動作でサンティバに手渡した。

「はい、これ。すぐにキム・デジナーに見てもらえるよう手配してね。いい？」

「了解。わたしも全部読んだよ。君、去年はニューオーリンズの事件で彼女には大いに助けてもらったみたいだな」

「あなたには想像もできないくらい」

「われわれの心霊捜査部門はこれからますます充実すると確信している。それよりジェシカ、あのエディングズ、何か役に立つと思うか？　なんとも不器用そうな人間だが」

「ええ、なんだか陰気なひとだったわね、エリック。役に立つかどうかについては、なんとも言えない。だけど、ある意味、彼は闇の徘徊者《ナイト・クローラー》の次のラブレターの中身をあててくれたとも言える」

「二連目か？」

ジェシカはこっくりうなずいた。背筋がぞくりとした。

「薄気味悪いか？　そう言えば、あの男も気味の悪いやつだな。あいつが闇の徘徊者《ナイト・クローラー》かもしれないとは思わんか？　だとしたら、『ヘラルド』とのつながりも説明がつく」

「自分の勤めている新聞社に犯行声明を送りつけて、そのあとでわたしたちにその中身の出典を明かす。そんなことしないわよ」

「しかし、奇人だ。ピーター・ローレとウォリー・コックスとベラ・ルゴシを足して三で割るとあんな男になりそうだろう、え？」

ジェシカは声をあげて笑った。笑うのは久しぶりだ。

「彼、本を書いているみたいなことを言ってなかったか？」

「言ってた、言ってた——」

「あんな人間に、ひとが耳を傾けるようなことが言えるのかな」

「さあね、人間、ある程度傲慢なところがなかったら、本なんて書けないじゃない。世間に訴えたいことがあって、見ず知らずのひとが自分の作品の活字に引きつけられるという自信があるから書くのよ。それに、ひとつだけ忘れちゃいけないことがあるわ。あの部屋でヘラリングのへんてこりんな詩のことを知ってたのは、彼ひとりだけだったのよ」ジェシカはなぜかエディングズをかばっていた。

「うん、うん……それはそのとおりだ。べつに、君に何か危害を加えたわけでもないしな」

「男のひとってなんなの？　エディングズみたいにちっぽけな人間や……頭の切れる女に、何をそんなにびくびくすることがあるの？」

「びくびく？　誰がびくびくなんかしてる？」サンティバは両手を広げてみせた。

「まあいいわ。それより、わたしを早くマイアミの犯罪研究所に連れて帰って。いろいろすることがあるんだから。それから、殺人者の手紙はすぐにキムのところに——」

「だから言っただろ」――サンティバはいらだっていた――「了解」

7

テーベへの道筋でスフィンクスに出会い、謎をかけられたとき、オイディプスは〝人間〟と解いた。このひとことが怪物を滅ぼした。この世には滅ぼすべき怪物が数多くいる。われわれもオイディプスのこたえについて、考えようではないか。

——イオルゴス・セフェリス

翌朝

マイアミに朝が訪れた。人類が創り出した最高の造形——近代都市の高層ビル群は、自然界の恵みを一心に集めているかのようなたたずまいを見せていた。フロリダの名物はなんといっても、目がくらむほど明るい太陽と抜けるように青い空である。空に浮かぶ雲も最高にきれいだ。ここまで真っ白でクリームのような雲を、ジェシカはハワイ以外で見たことがない。その雲が、林立する超高層ビルや尖塔と張りあうようにして、見る者の目を引きつける。真珠のように白い砂浜を見おろしていて、ジェシカはつかのま、ジム・パリーと一緒に過ごした楽園に戻ったかのような錯覚をおぼえた。後ろから、半円形のバルコニーに彼が出てきたような気がして、ジェシカは胸が熱くなった。はるか遠くにいても、彼はきっと自分の存在を感じてくれているにちがいない。

しかし、今は独りだ。〈フォンテンブロー〉のバルコニーに立って、情欲に汚《けが》されて信用を落としたもうひとつの楽園を見渡している。自身の疑問には、まだこたえが出ない。ジェシカは改めて、自分はなぜ独りでいることを選んだのだろうかと思案した。C・デイビッド・エディングズが言おうとしていたことに、多少なりとも真実味はあるのだろうか。彼は男性と女性の役割について思索し、互いが魅きつけあい、心を奪いあうことから逃れることができないのと同様に、憎みあい、恥辱を与えあうことも免れないのだと言った。ただし、男でも女でもない第三の性を持って生まれてきていれば、話はべつだ。ジェシカは想像をふくらませた。第三の性は、名づけてユニックス。女性と男性を兼ね備えた両性体は、クリフォード・シマックのSF小説に出てくるような、奇怪で摩訶《まか》不思議な生き物だろう。

ひょっとすると、自分がそうなのかも――長年のあいだにそういう人間になってしまったから、男性の友だちとのつきあいにも、女性の友だちとのつきあいにも不向きなのかもしれない。だが、もしそうだとしたら、ジム・パリーと出会ったことにこんなに腹が立つのはなぜなのだろう。心のすれ違いがすべて彼ひとりのせいだと思えるのは、どうしてだろう？

ジェシカはバルコニーの隅にある小さなテーブルを前に、椅子に腰をおろした。そしてルームサービスで頼んだコーヒーを飲み、クロワッサンを少しずつ口に運んだ。マイアミという町は、美しい貴婦人だ。が、邪悪な貴婦人でもある。冷酷で、腹には腫瘍《できもの》ができ、膿《うみ》がたまっている。シカゴ、ニューヨーク、ニューオーリンズ、ロサンゼルス、ホノルルといったアメリカの大都市同様、マイアミはそこに棲《す》む若者を食い殺している。

湾の海面が陽光にさざめき、波しぶきをあげるさまを、ジェシカは長いあいだうっとりとながめやっていた。この距離からだと見事な静物画を前にしているようだ。海は巨大なゆりかご。生命を支えもするし、破壊もする。そして、白い波頭はたえまなく手招きをして誘う。ちょうど今、海と空を区切る水平線にはフレスコ画を思わせるようなかなとこ雲が浮かんでいる。画家が、この世のものとは思えないほど巨大な絵筆とパレットを使って、とてつもなく大きな雲を描いたかのようだ。見ていると、創造と破壊について、生命を与えることと生命を奪うことについて、エディングズの言ったことが思い出された。

「創造の達人には殺せないというんだったら」ジェシカはバルコニーに吹きこんでくる風に祈るような声でささやきかけた。「神は殺さない。ならば、神は自然とか人類という言葉と同義語ではない。なぜなら、自然も人類も無差別に殺すから。したがって、神は潔白である」

この三段論法でいけば、一九九二年に初めて連続殺人犯と遭遇して以来たまりにたまっている心痛を、少しはやわらげることができるのではないか。そんなことを考えはじめたとき、いきなり電話が鳴って思考が中断された。

四度目の呼び出し音で、ジェシカは受話器に手をのばした。青と真っ白と鮮やかなピンクと黄色に彩られたマイアミの朝をもう少し味わいたい気がして、返事がためらわれた。が、それでも、ジェシカはりんとした声で電話に出た。

「はい、ジェシカ・コランです。ご用件は？」

興奮しきったクインシー刑事の声が返ってきた。「ドクター・コラン、すぐ来てください。なんなら迎えに行きます、五分か十分で。また殺《や》られたんですよ。死体が打ちあげられたのは、シルバー・ベイ。バージニア・キーの近くです」

「着替える時間だけちょうだい。ロビーで会いましょ。サンティバには知らせた？」

「すぐ知らせます」

「そうして」ジェシカは電話を切った。そして、夜シャワーを浴びておいてよかったと思いながら、大急ぎで着替えた。水に入ることになりそうだから、服装は薄手のジーンズとゆったりめのシャツにした。化粧をしている時間はない。ブラシで髪をとかしつけ、バッグをつかんでロビーにおりていったときには、クインシーはまだ来ていなかった。見ると表通りの角にサンティバが立っている。彼もあわてて身支度をしてきたようだ。しかし、ジェシカは彼のかぶっているソフト帽が気に入った。どうやら彼は地元の住人風にきめているらしい。

すべての法執行機関には、闇の徘徊者《ナイト・クローラー》に関して大きな動きがあればまず自分たちに連絡するよう指令を出しておいたが、どうやら内務規定はきちんと守られているようだ。チャールズ・クインシーと相棒のマーク・セイマナウがホテルのロビー前に車を横づけしたのは、午前七時三分だった。

サンティバは自分の車を玄関にまわすよう手配していた。「君は刑事たちの車で行って。発見されたときの状況について詳しい話を聞いておいてくれ。それから、関係者が――」

「わたしが行くまで絶対に死体に手を触れないようにという、こちらの要請に従っているかどうかを確認する」ジェシカが続けた。「わかってるわ、チーフ。じゃ、あとは現場で」

「だいじょうぶか、ジェス？」

「ええ、わたしは……平気よ、チーフ。ただ、たまに……」

「たまに、なんだ、ジェス？」

「自分が食屍鬼《グール》になったみたいな気がすること、ない？ わたしたちがしてることって……また犠牲者が出るのがわかっていながら、ただ手をこまぬいているだけで、犯行を阻止《そし》できない。わかっているのに、何もできない」

「しっかりしろ、コラン捜査官」サンティバは断固とした口調で言った。「現場で合流しよう」

ジェシカはクインシーの警察車輌《しゃりょう》の後部座席に乗りこんだ。そして、相方のセイマナウがいかにぼんやりと興味のなさそうな顔をしているかに、改めて気づかされた。前夜飲んだ酒のにおいが残っていることと、服を着たまま寝ていたような形跡があることを、ジェシカは心にとめた。若いセイマナウはおそらく、この事件ではそうとうの犠牲を強いられているのだろう。

ジェシカが何を考えているのか、わかっているようだ。クインシーがバックミラーをのぞいた。「マークは今、離婚問題でもめてるんですよ」クインシーは相棒をかばった。「初めてのことだから」

「あら、そうなの。たいへんね、刑事」

「とはいってもな、マーク、こんなになってるのを警部に見られたら、やばいことになるぞ」

セイマナウはいやな顔をした。「ほっといてくれ！」それからシルバー・ベイに着くまで、彼はむっつり黙りこんでいた。

「クインシー刑事、死体が発見されたときの状況について、わたしが先に聞いといたほうがいいこと、何かある？」

「今までのとだいたいおんなじです。裸で、傷みの痕跡も同じ。長いあいだ水につかっていたみたいですね。そうとうひどい状態だと聞いてます」

「吐きそうだ、チャーリー」ささやくような声でセイマナウが言った。「脇に寄せてくれ」

「こんなところで止まれるか、マーク！　現場に向かってるんだぞ」

「ならおろしてくれ！」

「何？」

「聞こえてるだろう！　車を脇に寄せておれが吐くのを待つか、おろすか、どっちでもいい」

クインシーは怒って歩道の縁石に激しく車をぶつけ、同乗者をぎくりとさせた。そして、頭ごなしに言った。「おりろ、相棒！　とっととうせろ！」

「ちょっと待ってくれ」セイマナウがこたえた。

「さっさとおりろ、マーク！」クインシーはちらりとジェシカを振り返って言い足した。「もうしわけありません、ドクター・コラン。マークのやつときたら、このところ悪《あく》たれ口にしか反応しないんですよ」

セイマナウがばたんとドアを閉めると、クインシーは車を急発進させた。残されたセイマナウは、走り去るクインシーに向かって拳《こぶし》を振りまわす動作と、体をふたつ折りにして草の上に嘔吐《おうと》する動作を交互に繰り返している。クインシーはもう一度わびを言って、バックミラーに映ったジェシカに向かって目をしばたたいた。

「誰にでもあるのよ、クインス、ばかなことをしてしまうことって」ジェシカはクインシーを元気づけた。「わたしがどう思うかなんて、心配しないで、刑事。ほんとうに……わかるわ。きつい仕事だから」

「離婚と今回の事件とで、マークのやつ……きっと、精も根も尽き果てているんでしょう。あの……このことは、できれば誰にも言わないでいてもらえると助かるんですが」

「だいじょうぶ、約束するわ」

「まあ、警部はもう一回くらい大目に見てくれるかもしれませんけど……」

「でも、あなたはもう無理じゃないかと思っている」

「読心術もできるんですか？」

「そこまではいかないけど」

「経験で？　たいしたもんだ」

「なんの世界でも経験はものをいうのよ」

車は美しいループを描く舗装道路に入った。まだ朝も早いのに、水が太陽を反射して、目がくらむほどまぶしい。まるで水面にばらばらと硬貨をまき散らしたかのように、光が躍っている。

「この先の脇道を入ったところです。もうあっというまですよ」

「わたしもあなたの相棒と一緒におりればよかったかな」ジェシカは暗い冗談を言った。

「ええ、わかります、その気持ち」

「で、死体の発見者は誰なの？」

「夜明け前に自転車で走っていた若いカップルです。新婚旅行中だったとか」

「あら……」

「大急ぎで最寄りの電話から通報したんだそうです。救急隊員が到着したのと巡回中のパトロールカー二台が到着したのがほとんど同時。警官のひとりがベテランで、すぐぴんときたらしくて、死体を調べにかかろうとする救急隊員にストップをかけたんですよ。怒鳴りあいのけんかになっても、ベテラン警官のほうは一歩も譲らなかったという話でした。フランク・ロンバルディという名前の、ニューヨーク・シティで経験を積んできた警官です。彼はたまたま、水死体がみつかったときは、そのままにして連絡するようにというＦＢＩの要請を知ってたんです。はい、着きましたよ」

クインシーは救急車とパトロールカー数台が駐まっている一角に車をすべりこませた。その先は、見渡すかぎりヤシの木立と三日月型の砂浜だ。現場にはもうすでに野次馬が集まっている。警察がヤシの木と木のあいだに張りめぐらした黒と黄色のテープが風になびいているが、あえてその境界線を越えようという者はいない。

救急車の後ろには若いカップルがいた。男も女もスパンデックスのサイクルウエアを着ていた。脇に駐めてあるのはイギリス製のツーリング用自転車だ。互いに相手にしがみつくようなかっこうで、女のほうは涙を流し、イギリス英語のなまりで連れと言葉を交わしている。不審そうな顔で見あげるふたりを前に、ジェシカは黒いドクターバッグから白衣を引っぱり出し、靴を脱いでチャールズ・クインシーの車の後部座席下においた。砂の上を裸足《はだし》で歩いて、そのまま波打ち際の死体のところまで行こうというのだ。

クインシーの車の隣に駐車したサンティバが、大声でジェシカを呼び止めた。いちばん先に現場に駆けつけた警官と、それ以外にもその場の状況を明らかにできる人間がいれば、自分が話を聞いておくという。ジェシカは砂浜と海と死体に向かって歩いていった。

ジェシカは以前にも、黒いドクターバッグを浮きにのせて水に入り、ほかの誰かが手を触れる前に死体を詳しく検証したことがある。引きずりあげられ、砂の上を転がされ、死体運搬袋におさめられて救急車で運び去られる恐れがあるということは、重大な情報と証拠が失われる可能性があるということである。よく知られていることだが、水死体というのは搬送の途中で証拠として使えなくなることが多い。水につかっているあいだに細胞がもろくなって、文字どおりばらばらになってしまうからである。

黒いかばんの中に何かいいものが入っているとでも思っているのだろうか。カモメの小さな群れと年とったペリカンが一羽、死体に近づいていくジェシカを追いかけた。カモメの中の一羽か二羽が死体めがけて降下したが、本能的に何かを感じたらしく、すぐにジェシカの頭上にまで舞いあがった。そのあいだも、ジェシカは歩き続けた。海面はもう腰の高さまできている。白衣のすそが浮かびあがって、クリスマスツリーの下敷きのように丸く広がった。

死体は砂利を敷きつめた突堤のあたりで浮かびあがり、そこから穏やかな潮の流れに乗って、ごみのように浜に流れ着いたのだった。状況は前にワシントンＤＣで調べた水死体とよく似ているが、今回は腰まで届くゴム長はいらない。懐中電灯やレーンコートも必要ない。見るも無惨な屍《しかばね》に太陽がぎらぎらと照りつけ、その肌をさざなみがそっとなでている。あの事件のときは、水は黒くて氷のように冷たかった。

ジェシカはそのときの水死体を思い出した。ティーンエージャーで、当初、原因は薬物と不慮の落下事故だと思われた。ＦＢＩに移る前、ワシントン記念病院に病理学者として勤めていたころのことである。これがあのとき以来の水死事件と言いたいところだが、むろん、そんなわけはない。しかし、初めての水死体は忘れられないものなのだ、検死官には……

あの事件でジェシカは、ティーンエージャーは後頭部を殴打され、そのはずみで水中に落下したのだということを立証した。彼は気絶したまま溺死していたのである。この事実を後ろ盾《だて》に、ワシントン警察は捜査を進め、被害者は友人だとされる複数の少年に襲われ、溺れて死んだのだということを突きとめた。ことのおこりは、一足のスニーカーをめぐる口論――死体が身につけていたものの中で、消えていたのは靴だけだった。今のアメリカでは、ひとの命はこんなにも値打ちのないものになってしまったのかと、そのときジェシカは思った。これではヒトラーのころのドイツか、競技場においたライオンの檻《おり》にキリスト教徒を放りこんで殺戮《さつりく》したローマ時代と同じではないか。科学技術と兵器類の進歩はとどまるところを知らないというのに、人間そのものは、拾った大腿骨《だいたいこつ》を棍棒《こんぼう》代わりにして隣人に殴りかかった旧石器時代の祖先とほとんど変わらない。

この水死体と周辺の状況はちがう。なめらかな曲線を描く水平線を境にした青い空と海を背景に、さんさんとふりそそぐ太陽の光を浴びているこの水死体は、何年も前にワシントンDCの汚くよどんだ採石場でみつかったあの少年の死体とは全然ちがう。少年は狭くて暗い穴の中で死んだ。水中の墓地で。頭に最初の一撃を受けて意識を失ったあと、彼はまったく痛い思いをしていない。学校仲間に襲われたあとは、何も感じていないのだ。

しかし、明るいフロリダの朝日の中に横たわるきょうの死体は、活気あふれるまわりの世界とあまりにも対照的だ。どちらの殺人も非道である。考えてみれば、どんな殺人でも殺人は非道だ。が、こんなに明るいにぎやかなところで殺されたと思うと、その非情さが二倍にも感じられる。

砂浜では、ジェシカが被害者に近づいていくのをみなが見守っていた。あとから来た大きなペリカンが威勢よく水をかいて、海面に突き出した岩にとまった。ジェシカが餌《えさ》をくれるのを期待して、キーキー鳴きながら行ったり来たりしている。年とったペリカンのほうはあきらめきったようなようすで、ジェシカが前進するのをじっと目で追っている。ジェシカは背後《うしろ》の男たちのことも前方《まえ》の海鳥のことも気にしていなかったが、男たちが小声で言葉を交わしているのは背中で聞いていた。女が仕事をしているのを何もしないでながめているだけという事態に彼らが不快感をつのらせているのを、肌で感じてもいた。

そばまで来ると、膨張してぶよぶよになった大きなゴム人形のような死体のまわりを、黒いウミヘビが二匹、ゆらゆらと泳ぎまわっているのが見えた。死体の脇にとぐろを巻いている黒ヘビがじょうぶなナイロン製のロープだということは、すぐわかった。一本の端は首にしっかりと巻きついている。手首が見えないので憶測でしかないが、もう一本は両手首に巻きつけられているのだろう。遺体はうつぶせの状態で浮かんでいて、手はどこか下のほうにあるようだ。自分の手をつっこんで探るか、おぞましいロープをつかんでたぐり寄せるしかない。

ひと目見ただけで、死体は二週間か、ことによると三週間、水につかっていたとわかる。その程度の期間しかたっていないことと、顔が上を向いていないことが、ジェシカにはありがたかった。

サメに襲われたと見られる外傷はない。小さいころからジェシカは、サメの頑丈なあごで食いちぎられたり、雷が落ちたり、猛スピードで走っているトラックにはねられたりという死にかたに恐怖心をいだくと同時に、言いようのない胸のときめきをおぼえる子だった。死神がどんな恐ろしいことをするのか、数かぎりなくある言い伝えに、いつも興味をかきたてられていた。この異様な嗜好《しこう》を満たしたくて、ジェシカは父親をせきたてては、戦争のときのことを詳しく聞き出そうとした。父は軍医として何を見、いかなる体験をし、どんなことをしたのか。何年ものあいだ、戦争の恐怖がよみがえるのがいやで、彼はジェシカの求めを無視し、そういう話はいっさいしなかった。が、娘が医学の道に進み、自分と同じ検死官をめざそうとしていることを知って、考えかたを変えた。そして、真実を語りはじめた。そのとき彼は、サン＝テグジュペリのこんな言葉を引きあいに出した。「恐怖についての話はできない。恐怖というのは生き物だから。無言で増大するものだから。記憶を傷つける苦痛は昼間も、眠っているあいだも、ぽたりぽたりとしたたり落ちる」ジェシカが本気で興味をいだいていることがわかると、父は、手足や首のない死体も含めて、ありとあらゆることについて、自分が見てきたことを話した。そして、目にしたあとでいちばん眠れなかったのは水死体だったと打ち明けた。朝鮮戦争とベトナム戦争のときは、彼は陸軍移動外科病院《MASH》に所属して、交戦のもたらした結末をまのあたりにした。戦争がその激しさを増す一方で、手当を待つ負傷者の数も激増していた。おびただしい数の兵士が、密林の奥深くにある川や沼地で命を落とそうとしていた。

陽光がふりそそぐここマイアミ・ビーチには、水に浮かぶ水死体を隠すような暗く長い沼陰《ぬまかげ》はない。水は温かく、きれいで——何もかもが生き生きしている。ジェシカのジーンズにもその水がたっぷりしみこんで、素肌を包み、毛穴を満たす。立っているジェシカの腰のまわりで小さな泡をふいている潮水は、生きている。友だちになろうと言っている。

水は死んだ少女をよみがえらせようとしているようにも思える。彼女が身を寄せているのは、命を支えるゆりかご。海の水は羊水。だから、死んだ体をさざなみでなでてやっている。そっと愛撫しつづける。かわいがられているペットが、飼い主をぺろぺろなめるように。だが、実際にはこれは優しい気づかいなどではない。波が寄せては返すたびに、死体の各部がごくわずかずつ崩れ落ちていくからである。時の流れと潮の満ち引きはひとを待ってくれないというのは、今のジェシカのためにあるような言葉だ。

ジェシカはまたじっと死体を見おろし、変わりはてたその姿に心を揺さぶられまいと気を引き締めてから、覆いかぶさるようにして作業にとりかかった。塩水につかっていたおかげで、死体はそこそこ原型を維持している。においのほうも、少しはましだ。これが陸地だったら、とても耐えられないだろう。せめてもの救いだ。そう思いながら、ジェシカはまず手を調べにかかった。体の下から手を引きあげるのはひと苦労だった。重りでもついているのか、見せたくないのか、手はなかなか持ちあがってこないのだ。ようやくあがってきたらあがってきたで、ジェシカはまたべつのことで気が動転しかかった。ぽっかり浮かんだ手が、自分のほうに向かって動き出したのだ。ジェシカにはそれが、大きな白いフグが泳いでくるように見えた。

気持ちを落ちつけてよく見ると、右手にはふたつ、左手にはひとつしか爪が残っていない。筋肉の膨張と水の流れという内外からの圧力で、ほかの爪は全部はがれてしまったのだろう。しかし、残っている数少ない爪もすっかり海に洗われて、役に立ちそうにない。身元不明のこの女性が加害者と争って、相手の顔や腕をかきむしっていたとしても、爪に付着していた皮膚組織や体毛は流れ去って久しい。それでもジェシカは、右手に残っている爪がふたつともぎざぎざになって割れていることに注目した。閉じこめられた穴から素手で石を粉砕して逃げようとしたのか。いや、おそらくは、船体をつかんではいあがろうとしたが、失敗に終わったことを物語っているのだろう。

「かわいそうに」ジェシカは胸が締めつけられた。いったい誰なのだろう。夢も希望もあっただろうに。誰かに愛されていただろうに。なぜ……

ジェシカは右手に残っていた二枚の爪をはずした。そのうちのひとつが、波にさらわれてあっというまに見えなくなった。「あらら……逃げていかないでよね、ないと困るんだから」ジェシカはぼやいた。

長年の経験で習いおぼえた慎重な動作でそっと裏返しにすると、死体は左側に突き出した岩から離れて、自分のほうに近づいた。ジェシカは左手の爪を念入りに調べた。海にはぎ取られてしまって、爪は一枚だけしか残っていない。この爪も右手の二枚と同じで、割れてぎざぎざになっている。

ジェシカは慎重にピンセットを握って、水と太陽で脱色された爪を一気に引っぱった。しわしわになった指先の皮膚から、爪は音もなくすっと抜けた。今度は波にさらわれる前につまみあげることができた。

こうなると、被害者の指の一本一本が太りすぎたヘビのように見える。親指はさながらカメだ。小さなサメでも、これなら喜んで食いつくのはわかる。手はまるで枕ほどもある大きなクラゲで、触るとぶよぶよしている。

水につかっていた期間は二十日から二十五日のあいだではないかと、ジェシカは見当をつけた。これまでの被害者に比べると、いくぶん日が浅い。このことは何か重要な意味を持つのだろうか。それともただの偶然なのだろうか。首をかしげながら、ジェシカははがし取った二枚目の爪をピンクの安定化ジェルの入ったバイアルにおさめた。そして、そのバイアルをドクターバッグの底にしまいこんだ。そのとたん、箱船状の浮きが肋骨《ろっこつ》にぶつかってきた。海にあるものを勝手に持っていくなと怒られたような気がした。

駆けつけた警官がよくわかっていて、救急救命隊員がこの不運な被害者を引きずりあげにかかるのを阻止してくれたのは不幸中の幸いだったと、ジェシカは思った。そうでなかったら、皮膚の層が一枚全部はがれていたばかりか、爪も一枚残らずなくなってしまっていただろう。それにふさわしい注意を払って、ていねいに死体を扱う。こんなことはジェシカにしかできない。古代の芸術品を扱う海洋考古学者と同じである。

砂浜のほうで怒鳴り声がして、ジェシカは振り返った。見るとサンティバが救急隊員と言い争っている。このままでは殴りあいのけんかになる。そう思ったとき、べつの救急隊員が割って入って、仲間を引き離した。男ふたりはまるで巨大なカニのようにあとずさりした。地団駄《じだんだ》を踏んで真っ白い砂をはね飛ばしていた最初の男が、両手を上げて万歳のかっこうをした。ジェシカの理解では、あれは男性社会の身ぶり言語で、指揮権は奪還したぞという意味である。

サンティバは自分の顔を立ててくれているにちがいないと、ジェシカは思った。きっとあの救急隊員は、ひどい言葉で自分のことを食屍鬼《グール》呼ばわりしたのだろう。砂浜にいる関係者の目にも、ホテルの窓からのぞいている野次馬やジョギング中に通りかかったひとの目にも、自分の姿はさぞかし奇異に映っているのだろう。こんなところで死者をあの世に送る洗礼式のまねごとのようなことをしているのだから。

しかし、洗礼式は死ではなく生の儀式である。ここでは、洗礼を受けているのは発泡スチロールのような色と質感の死体で、血の気はない。少しでも手を触れたら、その破片——彼女の破片——は脱落し、浮かび去り、溶けて海と一体化してしまう。それと一緒に、貴重な証拠もふいになる。だが、それはなんの証拠なのか。波間を漂う毛髪が作り出すこみいった模様にじっと目を落としたまま、ジェシカは思案した。

それでも、この儀式——ジェシカの手による検死——は絶対に必要だ。なのに、それがわかっているひとはほとんどいない。ひとびとの心には、ひどいことをする人間も含めて、死体を悪いものから護《まも》ってやりたいという気持ちがはたらいている。水から引きあげ、日陰に移し、毛布をかぶせて、尊厳をもって天に召されたようによそおいたいのだ。ジェシカにもその心情はわかる。が、このような凶悪な連続事件で、犯人がまだ捕まっていない場合は、自分のような人間はそう大勢はいないのだから、仕事をすることを認めてもらわなければ困るとも思う。

ジェシカはまた死体のほうに全神経を集中した。屍は水でパルプ状になった板切れか、洪水にあったあとの石膏《せっこう》板のようなものだ。しかし、ジェシカは準備をしてこの死体のところにやってきた。バイアル、安定剤、ピンセット、袋、プライヤー、メス、その他必要なものはすべて、腕に縛りつけたミニサイズの浮き船にのって、出番を待っている。これはジェシカが何年も前に、恩師ドクター・アサ・ホールクラフトとともに開発した小道具で、こういう場面を想定して考え出したものだ。ジェシカのドクターバッグがのっている台座は回転式になっているので、内海の穏やかな波をかわしてくれる。縦四十センチ、横四十センチの本体下部には小さな浮きが二個ついている。

見たところそうとう長期間にわたって水につかっていたようだから、一刻も早く分析をおこなわないとまにあわない検査もある。ジェシカはその場で血液のサンプルを採取することにした。皮膚のしみになっているところと、毛髪も少し取った。これだけでも、すぐにDNA鑑定は始められる。死亡時の血液中のアルコール濃度も測定できるし、毒物の有無もわかる。ぐずぐずしていたら、彼女が誰で、何歳なのか、薬物を投与されていたのかどうか、死ぬ前に肉体的、性的に暴行を受けていたかどうか、といったことを死体から判別できなくなるかもしれない。

「その子、いくつだったんです？」浜にいる誰かが問いかけた。警官のひとりだった。大柄で、そうとう年季が入ってくたびれた顔をしているところを見ると、あれが現場を保存してくれた警官だろうと、ジェシカは推測した。

ジェシカが返事をしないでいると、彼は言った。「十三歳の家出少女が行方不明になっているらしいんですが、その子だっていう可能性は？」

「心配しないで」ジェシカはこたえた。「この子は十代後半よ。二十代の初めかもしれない。年齢的には、わたしたちが扱っている事件の被害者のほうにより近いわね」

彼は礼の代わりに手を振って、ジェシカの仕事が終わるのを待っている仲間のところに戻っていった。とそのとき、ジェシカはサンティバが靴を脱ぎ、ズボンをまくりあげて水に入ろうとしているのに気づいた。防波堤はいくぶん浸食されていて、陸との境目には大きなバリケードが築かれているので、岩に沿って海におりることはできない。

サンティバは波をかきわけながらジェシカに近づいてきた。繊維に水が浸透して、ズボンのポケットとシャツがふくらんでいる。ジェシカのそばまで来ると、サンティバは死体を見おろし、しばらく黙って興味深そうにジェシカの手元を見つめていた。

自分が何をしているかをみんなに報告するためにサンティバは派遣されてきたのではないか。ジェシカはそんな印象をぬぐえなかった。もしそうでなかったら、陸で待っているひとびとと一緒にいるのに耐えられなくなって、検死官と死体のそばにいたほうがましだと思ったのだろう。

サンティバがやっとのことで口を開いた。「どうだ、ジェス？」

「みんな、もう待っていられないって？」

「クインシーは爪をかみすぎて指まで食いかけている。上司の警部はクインシーの相棒が無断で休んだというんで、かんかんに怒っているし――」

「そう。まあ……どうにもならないこともあるわよ。ところで、クードリエと彼の取り巻き連はどこ？」

「セイマナウ、あのあとどうしたかな？」サンティバはしつこく前の話題にこだわった。「クインシーが路肩に車を寄せて彼を放り出すのが見えたから、止まって拾ってやろうかと思ったんだが、知らん顔をすることにしたよ。へたに関わらないほうがいいかと思って」

「どうも、この事件が……彼、だいぶ参ってる……」

「クインシーが？　セイマナウが？　それとも、ふたりとも？」

「セイマナウよ、きまってるじゃない」

「やっぱり」

「事件が事件でしょ、エリック……誰だって気が動転するんだから、彼にあんまりきついこと言わないで」

「向こうから何か言ってこないかぎり、わたしは口出ししない」

「ねえ、それより、クードリエ軍団はいったいどこなの？　二、三十分前に繰り出してきててもおかしくないっていうのに」

「もうひとつべつの電話があったんだ、ジェス」

「べつの電話？　そういうことだったのね。マイアミほどの大都市ともなると……」ジェシカは手を休めることなく、脱落しかけた組織を切り取ってバイアルにおさめた。

サンティバは目のやり場に困っている。海水と同じ緑がかった色に変わろうとしている死体を、正視していられないのだ。

「それが、また水死体が発見されたという電話で……」

「また水死体？」

「うん、どう思う？」

　ジェシカは作業を続けた。「さあ、このへんは海が多いし……」

「場所はここより南の砂浜。それも、みつかったのは二体。きょうは午前中だけで三人も発見されたことになる」

　ジェシカが顔を上げると、サンティバは水平線の向こうをじっと見つめて、何やら口の中でつぶやいていた。死体はみな、北西の方角から流れてきたにちがいない。この死体は突き出した岩に引っかかったが、あとの二体はほかのところに押し流されていった。だが、それぞれの発見地点はきわめて近く、海岸に沿って直線で結ばれる。彼がぶつぶつ言っているあいだ、ジェシカは同じ質問を繰り返していた。「三人？　三人？」

「らしいんだ」

「ということは――」

「たぶん、みんなつながってる」

「三人……たった一日で、三人もこっちに寄こしたわけ？」

「そのうちのひとりはクードリエが、残るひとりは彼のアシスタントふたりが調べている。どうやら犯人はかなり行動予定を繰りあげているようだな」

　ジェシカは動揺をあらわにしてうなずき、小声で悪態をついた。

　サンティバは向きなおってジェシカの目をのぞきこみ、それからジェシカの肩ごしに死体を見やった。「こっちをいらいらさせることにしたんだ。そう思わないか？」

「エリック、あなた、こんなに死体の近くにいて平気？」ジェシカは尋ねた。「死体を裏返しにするのを誰かに手伝ってもらわなくちゃいけないんだけど、あそこにいる救急隊員を呼びに行きたい？」

サンティバは首を横に振って、ジェシカにできることなら自分にもできると表情《かお》で言った。そして、もう一度風船のようにふくらんだ死体を見おろした。そのとたん、彼の大きな胸は大きく持ちあがり、ひくひくと波打って、胃液がものすごい勢いで喉に逆流した。彼はよろめきながら海に吐いた。

「あーあ、だめだわ、エリック。無理なんじゃない？」ジェシカは小さな笑みをうかべた。「浜でみんなと一緒に待ってたほうがいいかもね。わたしも、もうほとんどすることはすんだし、あなたは戻って。ロープと網を持ってくるよう、あのひとたちに言ってちょうだい」

「だいじょうぶだよ。なんでも手伝うから……」

「エリック、水に浮かんだ死体をひっくり返したこと、ある？」

「一回か二回……」

「こんなに長い時間水の中にいたことは？」

「ない。でも、そろそろこういうこともしてみないとな。さあ、いくぞ」

「ちょっと待って。こっちはまだすんでないのよ。これが終わってからね」

「ここで何か新しいことはわかったか？」

「わたしに、あなたが求めているこたえを出せなかったことがある？」ジェシカはふやけた髪をひと房袋に入れてラベルを貼った。「ええ、わかったわよ」

「あとどれくらいかかる、ジェス？　この作業のことだが」

ジェシカは潮風を吸いこんだ。「材料は十分確保しておきたいの、エリック」

「やるね、君も……」

「五分か、せいぜい十分で終わるわ。収集には時間がかかるのよ。繊維、皮膚、埋没した無機物、化学薬品、微量元素。みんな、いいものばっかりだから」

サンティバはけたけた笑った。「いいものか……」

「今ここで法医学の講義をしてる時間はないのよ、チーフ」

サンティバは死体を指さした。「これだぞ……まるでパレードに出てくる風船人形じゃないか。こんなものを見て、どうやって年齢を言いあてられるんだ？」

「次は喉と顔を見てみたいの、エリック。できたらでいいんだけど。あおむけにするのを手伝ってもらえる？」

いや、はや……そんなことをするためにここまで出てきたんじゃないんだが、さっさと片づけてしまおうと思ったら手伝うしかないか。サンティバは顔でそう言って、口ではべつのことを言った。「いいとも、そのために来たんだ……」

「よかった。これで早くすむわ」

サンティバは両手を差し出して、ジェシカの指示を待った。「どうすればいいんだ？」

「わたしが言うとおりにして。まず右腕をつかんでくれる？　手首じゃないのよ。それから右足首をつかんで。両手を縛られたままだから、それでひっくり返ると思うの。わたしは流れていかないように押さえてるから」

サンティバはふわふわした肉におそるおそる手を触れ、平気でいられるようになるまで、しばらくじっとしていた。

「いい？」ジェシカは尋ねた。

「とんでもない女だ」サンティバはつぶやいた。

「じゃ、波の動きに合わせてひっくり返して。行くわよ、一、二、三、はい」

皮膚の層は水を含んだパイ皮のような状態になっている。死んだ少女が海中で裏返しにされると、まるで生クリームが流れるように、膨張した体から組織が崩れ去った。FBIの捜査官ふたりは、枠だけになった鏡のようにすっぽり中身の抜け落ちた眼窩《がんか》をのぞきこんだ。目の組織は柔らかいので、いちばん先に崩落するか、微生物、魚、カニなどの餌になる。鼻とあご、頰、耳、そして額はひとかたまりになっていて、のっぺらぼうのお面がふくらんだような状態だ。海が造りあげたこの彫像が誰なのか、機械的に識別できる者はいない。サンティバはまた吐きそうな顔になった。が、もう出るものはなさそうだ。

「この死体、水につかっていただけじゃなくて、長期間空気にもさらされているわね」ジェシカはサンティバに言った。「一定の深さの水にずっとつかっていたんだったら、ここまで崩壊は進んでいなかったはずよ。深海では全方向から同じ水圧がかかるから、筋肉はもっとしっかりしていて、ほとんどそのまま残っていると思うの。こうなると、ちょっと触っただけでも皮膚は脱落してしまう」

死んだ少女の一部が、引き波に乗ってゆらゆらと流れ去るのを、サンティバはじっと見ていた。水にこぼれた油のような動きだった。「で……この死体がこうやって流れ着いたことで、どんなことがわかるんだ？」

鋭い質問だ。「そういうことは、もう少しいろんなことがわかってから聞いてくれる？」

「水の威力ってすごいんだな、筋肉をこんなにしてしまうなんて」声にまで恐怖の色をにじませて、サンティバは言った。

「何世紀も前の本みたいよね」ジェシカはこたえた。「軽く触れただけでぼろぼろに崩れてしまう。手を近づけただけでも危ない」最後につけ加えたひとことには、驚異の念と哀惜《あいせき》の念がこもっていた。

「君って、どうしてそこまで客観的になれるんだ？」サンティバはしまったという顔で謝り、そのまま口をつぐんでしまった。

ジェシカは彼の発言も謝罪の言葉も無視して、うねるように膨張した喉のあたりの皮膚を探り、ロープの下に何かがないかとのぞきこんだ。

失言をなんとかごまかそうとしているのだろう。サンティバが問いかけた。「年齢だとか性別まで、どうやってそこまではっきりわかるんだ？」女性の胴部、腹から胸骨までの一帯は大きな飛行船のようにふくらんでいて、元の胸がどんな形だったかなどまったくわからない。股間も識別できないほど膨張している。ようするに、とても人間だとは言えない代物なのだ。

ジェシカは首にきつく巻きつけられたロープをあえてその場でほどこうとはしなかった。しかし、ロープの下にはかなりはっきりしたあとがついているはずだ。

「これより前に発見された死体は、首にロープはついてなかったわね」

サンティバは目をしばたたいてうなずいた。「そのとおりだ」

「けさの被害者について、クードリエはロープのこと何か言ってた？」

「いや、べつに……だが、どうかな。砂浜に戻ったら聞いてみるよ」

ジェシカは首のロープをていねいにゆるめると、その下をのぞいた。喉仏のあたりに予想していたとおりのあとが残っていた。殺人者の親指のあとだ。はっきりと見える。ジェシカはまたサンティバを煙に巻いた。「これは模倣犯《もほうはん》じゃないわ、エリック。本物のしわざよ。手口が一緒だもの」

「確信はあるのか？」

「ある」

「それなら、どうして首にロープがつけっぱなしになってるんだ？　どうして犯人は手首を縛ったままにしたんだ？　ロープはほかの死体にもついていた。しかし、ひとりでにゆるんで海中でほどけてしまった。そういうことか？」

ジェシカはまさかと言わんばかりにサンティバを見やって、自分がそんな推理をしているのではないことを伝えた。

サンティバは質問をつなげた。「それとも、そのひとでなしはロープでわれわれをからかっているのか？」

「たぶん……そうよ。わたしの勘では、こっちに気づかせようとして、わざとロープをそのままにしたんだわ」

「だとしたら、われわれとのかけひきを開始したということだな。同じ日に三人の死体。わざと残した手がかり。今までのゲームには飽き足らなくなって、ルールを変えたってことか、え？」

「えっ？」

ジェシカは落ちついた口調で言った。「わたし、彼女の口に指を入れたの」

「どうして年齢がわかるんだって聞いてたでしょ」

「口の中に指を入れることで、年を言いあてられるのか？」

「わたしね、さっき、この子の口の中を指で探ってみたの。上の臼歯《きゅうし》に触れたいときは、うつぶせになっているほうがやりやすいのよ。で、手探りで歯医者にかかったあとをチェックしてみたわけ」

「そしたら？」

「親不知《おやしらず》が全部そろってた。虫歯を治療したあとはほとんどなくて、歯のあいだのすきまも小さかった。だから、若い女性よ。十代の終わりか、二十代の初め」

「親不知？」

「ふつうは十六か十七で生えはじめるの。彼女のはすっかり形ができあがっているから、当然――」

「なるほど……わかった……」

「骨格のサイズとつくりからも年齢はわかるわ。こういうのはみんなあて推量だけどね。死体解剖の結果を見てからでないと、はっきりしたことは何も言えない」

「見たところ、もっと年がいってるみたいだ……えらく大きいし」

「水死体を見るのはこれで何度目、エリック？」ジェシカはまた同じことを尋ねた。

「ほんとうのこと言うと……こんなに長いあいだ水につかっていたのはあんまり見たことがない」

「組織が通常では考えられないくらい膨張してるのよ」

皮膚の色はすっかり抜け、血の気もまったくない。まるで白皮症だ。そのぞっとするような色とふくれあがりよう。まるで、自分のものなのだから少しでもおいていってくれと海がつかみかかっているかのように、抜け落ち、流れ去っていく皮膚。サンティバはどうしても、目の前の光景を超越することができないでいる。

ジェシカはそんな彼の心中を察して、わかりやすく説明しはじめた。「糊《のり》……筋肉のいちばん外側の組織とその下の真皮《しんぴ》は糊みたいなものでくっついていてね。そのはたらきが極端に弱まると、血液が真皮からしみ出してくるの。一度にほんの少しずつ」

サンティバは焼けつくような太陽と温かい水の中で身震いした。「浸透作用みたいなものか？」

ジェシカはうなずいた。「そう。浸透作用と拡散作用……高校のとき、化学の実験でやったあれよ。ここでは殺人が原因なんだけどね」

「そうやってひとに気持ちの悪い思いをさせて、喜んでいるんだろう？」

ジェシカは弱々しい笑みをうかべた。「相手があなただからできるのよ」

「一杯飲《や》らないとやってられない」

「また吐くだけよ、エリック」

「忘れてもらっちゃ困るよ、コラン捜査官。わたしは君の上司だ。そういう口のききかたをしてると、やばいことになるぞ。酒を控えろと言われて引きさがるキューバ人がどこにいる」

「はい、はい、チーフ」

「あとどれくらいかかる？」サンティバはまた同じことを聞いた。

「わかった……いいわ。じゃ、彼女にはもう袋に入ってもらいましょ。だけど、くれぐれも気をつけて見ててね。砂浜にいる連中がロープやら髪を引っぱって引きあげたりしないように。そんなことしたら、手も頭もぽろっととれちゃうから」

「慎重にやらせるよ。わたしがちゃんと監督する」

「おねがいね。手首も首も深く食いこんだロープで切断される寸前だから」

「それもみんなに伝える」

ジェシカはサンティバの腕をつかんで引き止めた。「エリック、これをやったひとでなしは、猛スピードで被害者の体を引きずることに喜びを感じているの」

その場面がまた頭にうかんで、サンティバはごくりとつばをのんだ。「たしかそんなこと言ってたね、食事のときも」

「あくまでも憶測でしかないんだけどね、被害者のうちのひとりか、ことによるとふたりは、サメの餌食になったんじゃなくて、ロープで命を落としたんだと思うの。ロープで頭と手が切れて、殺人者もそれと知らないあいだに、つながれていた船から離れたんじゃないかしら。つまり、ロープがゆるんでほどけた死体とそうじゃない死体があるのよ」

「しかし、このロープはどこかにつないであったのがほどけたんじゃない。だろう？」

ジェシカは死んだ少女の喉につながっているロープの端を持ちあげてみせた。「ええ……これはナイフで切断されてる」

「心配するな。救急隊員にはわたしからこの事実を伝えておく」

「ほかの情報はあまりもらさないでよ。いい？」

「当然」殺人者と、彼が被害者とともに過ごしている秘密の時間についての情報の中には、報道陣や一般市民には極秘にしておかなければならないものがある。そうしないと、取調室で向かいあったときに、それが本人だと確認する手だてがない。

「搬送先をまちがえないよう念を押してね、エリック、それから――」

「だいじょうぶ。心配するな」それ以上何も聞かなくても、すべてのみこめている。サンティバは急いでみんなの待っている砂浜に戻っていった。一度だけ振り返ると、ジェシカが死体を前に祈っている声が聞こえた。

ジェシカはサンティバの視線を感じながら、まだ身元もわからない若い女性のなきがらに、思いつくかぎりの祈りの言葉を捧げ終えた。ぎらぎらと輝く太陽が水に反射するのは目が痛くなるほどまぶしいので、ジェシカは最初からずっとサングラスをかけている。かけたまま検死作業をしても、偏光レンズはほかのレンズのように色が変わって見えないのだ。激しいぎらつきも抑えてくれるので、海面下をちょろちょろ泳ぎまわって自分の足をつついている小さな魚の動きまでがよく見えた。ミニチュアサイズの魚たちは、死体にも食らいついて、未来に命をつなごうとしていた。

8

教会墓地は、ひとそれぞれの心の窓に映る絵姿と、身内を偲《しの》ぶものたちの情念であふれかえっている。

——サミュエル・ジョンソン

レインボー・ヘブン・ビーチ・リゾート

ジェシカ・コランが先にしたのと同じように、ドクター・アンドリュー・クードリエは靴とソックスを脱ぎ、ズボンのすそをまくりあげて、大西洋の潮だまりに立っていた。ふくらはぎまでつかっている脚は真っ白で、屍《しかばね》の肌の色とそう変わりはない。またいつもと同じ光景を前に、彼は腹立たしさと嫌悪感をおぼえはじめていた。統計資料にある自殺者と事故による溺死者の数では、フロリダ沿岸に今シーズン打ちあげられた死体の数はとても説明がつかない。

おまけにどの死体もみな漂白したような白さで、不死不朽をささやきかける軽やかな潮風が渡る朝のうららかさとは、あまりに対照的だ。けさは波もあるかなしかの穏やかさである。海面が、ほんの数センチやんわりとふくらむ程度だ。入り江沿いには土地開発業者が建てたリゾートホテル群。天突く建物が陽光に光り輝くさまは、魔法の国を思わせる。が、波は腹をすかせた犬がしつこくつきまとうようにクードリエのふくらはぎにすがりつくのをやめない。ズボンのすそはもうだいぶ上のほうまで水がしみてきた。そのあいだも、死体はゆらゆらと波間を漂っている。

「ゆらりゆらり。ゆっくりおやすみ」クードリエは小さくつぶやいた。押し寄せてきた波が死体を浜に運ぼうとするが、重すぎてどうにもならない。

仕事の順番がまわってくるのを待っている警官たちが遠巻きに見守る中、クードリエは死んだ少女から、ほしいものをすべて採取し終えた。その日の朝、浅瀬に死体が打ちあげられるのを目撃したのは、シャワーを浴びたあとバルコニーに出たホテルの宿泊客だった。彼は即刻警察に電話をした。関係者は色めきたった。クードリエはべつの犯行現場への道中連絡を受け、進路を変更してこちらに向かったのだった。

水につかった死体は、少しでも圧力がかかると、爪や皮膚の上皮のような重要な部分がはがれ落ちてしまう。奇跡に近いことだが、この死体にはそれがまだ少しは残っている。幸い上皮のすぐ下の皮膚層が、ずるけてはいるもののそっくりそのまま残っているから、慎重に作業すれば片方、あるいは両方の手から指紋が採取できる。クードリエはそう確信していた。指先を切断して今すぐ保存液につけておけばだいじょうぶだろう。ただ、それにはもうひとり誰かの手が要る。困ったことに彼のアシスタントふたりは、べつの溺死者のところに行っている。そちらのほうはただの溺死者らしい。ことによると、コランとサンティバが扱っている死体も、単なる溺死体ではないか。いくらなんでも、こんなに晴れた日の朝、三人も殺人の被害者があがったとは思いたくない。だが、ふたり目——つまりこの死体——がそれまでの殺人と同じ手口でやられたことはまちがいない。手首と首の傷あとがロープでこすれたものだということは、検査室に戻って調べればすぐにはっきりする。クードリエは死体に巻きついているロープの残骸をはずした。

彼は当初、これは模倣犯による殺人ではないかと思っていた。喉と縛りつけられた両手から、太いナイロンロープがぶらさがっていたからである。しかし、詳しく調べてみると、まちがいなく闇の徘徊者《ナイト・クローラー》のしわざだということがわかった。彼には確信を持ってそう言える。

首と両手首からのびたロープの端がくねくねと輪を描いていくさまは、わなにかかった黒い毒蛇のようだ。

今ここでロープを全部取り除いてしまっては、組織が水に流れ出すのを助長することになる。ある程度はそのままにしておくのが最良の策だろう。ぎらぎら照りつける太陽を反射して海面がまぶしいし、組織が膨張し、皮膚には深い溝ができていて、特徴も事実もはっきりと見えなくなっているが、それでもクードリエの目には死因は明らかだった。

「誰か来てくれ!」クードリエは顔だけ振り向いて怒鳴った。「誰でもいいから、経験者」大声を張りあげながら、こんな恐ろしいことのベテランなどいるのだろうかと、彼は思った。

長靴をはいた救急隊員のひとりが、なんの迷いもなく水をかきわけて歩き出した。「お手伝いします、ドクター・クードリエ」

ピルズベリー社の小麦粉製品のコマーシャルに出てくる主婦を思わせるその女性を、クードリエはまじまじと見つめた。ふっくら体型で頰が丸く、白い歯を見せて明るく笑ってはいるが、目は鋭く光っている。「セリーナ・ホイトラーです、ドクター・クードリエ。わたし、前にも何度か先生のところに死体を運んだことがあるんですよ。できることならなんでもしますから、おっしゃってください」

クードリエには見おぼえはなかった。といっても、もともと救急隊員と一緒になることなどめったにない。女性だからなおさらだ。ただ、今までこんな女性がいたことにも気づかなかったというのは、少し不思議だ。しかし、遠目には小太りの男性救急隊員のように見えなくもない。それでも、太っているわりに身のこなしが優美だ。そのうえ、目がきらきら輝いている。

「この手術用メスが見えるかね？」

「はい」

「心構えを確認しておきたいんだ。失敗はできないから」

「はい、先生」

「これから、彼女の指を切断する——関節のところで」

セリーナはごくりとつばをのんだが、黙ってうなずいた。

なぜ指先を切断するのかと彼女が聞いてこないのが、クードリエにはひどく嬉しかった。

「ひとつまちがえたら、指は勝手にとれて波にのまれてしまう」彼は続けた。

「何をすればいいのかを言ってください」

クードリエはうなずきながら、彼女をじっと見つめた。「うん……うん。じゃ、まず、わたしの白衣の右のポケットから大きいポリ袋を取り出して、死体の手を下から包むように広げてくれ」

セリーナは死んだ少女の両手が太い黒のナイロンロープで縛られていることに気づいた。簡単にはほどけない結びかたになっているようだ。彼女は何も言わずにクードリエの白衣のポケットに手をつっこむと、大きなポリ袋を一枚引っぱり出して、口を開いた。そして、まったくひるむ気配も見せずに、死んだ少女の両手をそっとつかみ、ポリ袋にすべりこませた。

セリーナ・ホイトラーの手元を注意深く見ていたクードリエは、彼女の手が全然震えていないことに気づいていた。「切断作業は袋の中でおこなう。そうすれば、必要なものが逃げていく心配がない。わかるかね？」

「おっしゃるとおりです」

「よし……よし……」クードリエは感心した。彼女には気骨《きこつ》がある。男性でも女性でも、これまでに使ったことのある救急隊員にこんなしっかり者はいなかった。

ふたりは作業を開始した。セリーナははさみの刃が関節にあたるたびに顔をそむけたが、切断するときのぱちんという音に耳をふさぐことはできなかった。指が一本切り落とされるごとに、手にしている袋が重くなっていくのもわかる。

「よーし、終わった」ようやくクードリエが言った。「これで全部だ」

「もう片方は切らないんですか？」彼女は尋ねた。その声は落ちつきはらっていた。

「途中で数がわからなくなったのか。もう両手全部終わってるよ。これで役に立ちそうなものはすべてそろった。あとはそのままにしておいてもいい」

　セリーナ・ホイトラーはほっとしたように息を吸いこんだ。「お役に立ててよかった」

「君が来てくれなかったら、こんなことはできなかった。ありがとう、ミセス・ホイトラー」

「ミス……ミズっていうんですかしらね、こういうの。わたし、六年前に離婚して、学校に入りなおしたんです。州立大学で二年間勉強して、救急医療の学位を取りました。それ以来、救急車に乗っています」

　太めではあるが美人だと、クードリエは思った。こんなにきらきら輝く目をした女には、もう何年も会っていない。そして、この晴れやかな笑顔は自分に向けられているように思える。その証拠に、じっと見つめると彼女は赤くなった。実際、頬を紅潮させている。

　被害者の体の小片を、セールスマンがワンダープラス・グロウ一九と呼ぶ保存料入りのバイアルにひとつずつおさめながら、クードリエは言った。「わたしもやもめなんだ、君が独身になったのと同じくらい前から。さしつかえなかったら、年齢《とし》を聞いてもいいかね？」

「もうすぐ二十九になります」

「わたしは君の父親と言ってもおかしくないくらいだ」

「ええ、知ってます、ドクター。でも、わたし、うんと年上の男のひとが好きなんです」

　クードリエは手を止めて顔を上げた。彼女はますます赤面しながらも、彼の目をじっとのぞきこんでいる。やっとの思いで微笑んだとたん、彼はかたわらの死体に蹴りつけられた。波で持ちあげられた死体が脚にあたっただけなのだが、彼には自分をめぐって女どうしが張りあっているかのように思えた。長年連れ添った妻に先立たれたとはいえ、もう孫がいる頑固じじいだ。いったいこの……この子は、何を考えているのだろう。迷わず進み出て、こんなところでわたしのために死体の手をつかんでくれたのは、そういう下心があったからだったのかね？

クードリエは喉まで出かかった質問をのみこんだ。こんなところで死体を前にして女とべたべたするのはよくない。そう思った彼は、やんわりと冗談を言った。「君の職務内容には、指の切断に手を貸すなんて仕事は含まれていないんじゃないか？」若いころからいだき続けてきた不埒《ふらち》な考えが頭の中でふくらみにふくらんで、現実のもののように思えてくる。が、こんなことは……死体を前に救急隊員にデートを申しこむなどということは、できない。やはり無理だ。彼はそう自分に言い聞かせた。

「わたしの仕事は、いつなんどきでも、全力を尽くして上司と市の偉いさんたちのお手伝いをすることです。私生活を優先させるなどということは、絶対にするまいと思っております」

　なかなかおもしろい。軍人のような態度と話しかたも大いに気に入った。彼は微笑んだ。

「ところで、ミズ・ホイト――ホイトラー、だったね？」

「セリーナです、はい」

「セリーナ。かわいい名前だ……それより、今夜、一緒に食事でもどうかね？」

　彼女はにっこり笑った。まるでタイミングをはかったかのように、太陽が雲にさえぎられて日がかげった。彼女は快活だ。愛嬌《あいきょう》もある……今の自分には、こんな連れが必要なのかもしれないな。クードリエは無言で自分に語りかけた。が、心の奥底からは、こんな声も聞こえた。老いらくの恋にうつつを抜かすほどのばかはいない。それから、またべつの声が聞こえてきた。みすみす彼女を逃がすなんて、それこそばかだ……

「何時にどこへ行けばいいのかを言って下さい、ドクター」

「アンドリュー……アンドリューでいい」

「わかりました。アンドリューですね。ほんとうのこと言うと、わたし前からずっと、そうお呼びしたかったんです」

「そうか……嬉しいね」少し極端すぎはしないかと、クードリエは首をかしげた。彼女はいったいどこまで情熱的になるのだろうか。熱くなってくれるのは嬉しいが、怖い気もする。

「もうほかにわたしにできることはありませんか、アン……ドリュー？」きれいな緑色の瞳が、またきらりと光った。

「うん、うん……じゃ、死体を陸《おか》にあげるのを手伝ってもらおうか」

「ああ、それでしたら、パートナーがいますから、わたしたちがここから運びあげます、先生。みんながいるところでは、これからも先生かドクターって呼ぶことにしますね」

「どうもありがとう、セリーナ。それじゃ、君の電話番号をおしえてもらえるかな。あとで電話するよ」

彼女は住所と電話番号が印刷された名刺をさっと取り出して、クードリエに渡した。「おかしいですね……残忍な殺されかたをしてここまで醜くなったひとに、仲をとりもってもらうなんて。あら、ごめんなさい。醜いだなんて言っちゃいけませんよね」彼女は自分たちのすぐそばでゆらゆら揺れている膨張した死体を指さした。「だけど、見ているとあまりに……不気味で……」

「医学部どころか、検死官の養成コースですらあまり話題にしないのが水死体なんだよ、セリーナ。漂流水死体ほど醜く変形した人間はいないんだ。だから、そんなに恐縮することはない」

「でも、こんな悲惨な目にあったひとを利用していい思いをするなんて、わたし……」

「自分にはまだ感情があるということに感謝していればいいんだよ。こういう仕事をしていると、素直な感情を失わないでいるのがむずかしい」

たしかにそうだ。彼女はうなずいた。「わたしの知っている運転手や救急隊員の中にも、もうすっかり燃え尽きているひとがいます。ストーバーっていう男のひとなんか――」話が長くなりすぎていることに気づいて、彼女はそこで言いやめた。

がっしりした体格のセリーナのパートナーが向かってくるのと入れ替わりに、クードリエは砂浜に引き返した。すれちがうとき、ふたりの男は大きくうなずきあった。クードリエは革ひもで首からぶらさげている小さな医療用品袋をしっかりと握った。中には犯罪の証拠品が詰まっている。この現場で死体から採取できる証拠はすべて手に入れた。あとはモルグでの徹底分析を待つしかない。明るい照明と自分の顕微鏡のある、乾いた検査室での作業だ。温かいコーヒーを飲み、クラシック音楽を聞きながら仕事をしようか。なんでもいいから、少しでもこの不快感をやわらげてくれるものがほしい。

「めったとないチャンスじゃないか」砂浜にあがったクードリエはひとりごとを言った。振り返ると、セリーナが勇ましく死体を引っぱっているのが見えた。相方のほうは手を貸すどころか、後ろからついて歩いてくる始末だ。どうやら彼女はそうとうな豪傑らしい。ことによると、自分の手には負えないかもしれない。魅力的だが、深入りしてしまったらどうなるかを考えると不安でもある。気をもたせるようなことを言ってしまったのはまずかっただろうか。しかし、今こうして見ていても、セリーナにはどこか引かれるものがある。クードリエは水をかきわけて歩く彼女をじっと見守った。心の奥底から、この気持ちは大切にしたほうがいいという声が聞こえた。今のおまえの人生に何よりも必要なのは刺激だ。それが得られるだけでも収穫ではないか。身勝手な理屈のようだが、ここまで年を重ねると、身勝手でけっこうと開きなおれるのが強みだ。

「連絡が入っています、ドクター・クードリエ」制服警官が耳打ちして、検死官を現実の世界に引き戻した。「わたしの車でとりますか？　こちらにどうぞ」

クードリエはその警官のパトロールカーの助手席に座りこみ、最新型の無線機に向かって声を張りあげた。「はい、クードリエです。ご用件は？」

「わたしです、ドクター・クードリエ、パワーズです」

「ああ、君か、オーエン。連絡を待っとったんだ。で、ライトハウス・ポイントのほうはどうだった?」クードリエはココナッツ・グローブ公園のにぎわいを頭に思い描いた。小さな公園だが、そこには歴史建造物——フロリダでもっとも古く由緒ある灯台のひとつ——がある。見おろせば、川の両側にはこのあたり独特の丈の低いヤシの木をはじめとするさまざまな植物。反対側は真っ白な砂浜。そのはるかかなたには大西洋の水平線。近くにはピーコック公園もある。マイアミでいちばん古い建物バーナクルで有名なところだ。一九〇八年に建てられた家は、かなり以前から博物館として公開され、ひとびとがフロリダの歴史に触れる場を提供している。海が一望できる広い敷地は、ぶらぶらと散策するにはもってこいだ。たまに野生のアルマジロやアライグマに出会うこともある。なにせ、カフェとギフトショップとビーチがひとところに集まっているのだから、地元のひとびとにも観光客にも人気のスポットだ。朝が早いとはいえ、そうとうな人出だろう。赤煉瓦《れんが》の灯台はもう使用されてはいないが、名所としての役割は大きい。三百二十数段あるというらせん階段を歩いてのぼったり、海の景色の中でパーティーをしたりと、訪れるひとの楽しみかたはいろいろだ。

あの海で死体を検分するなどということがあっていいのかと、クードリエは考えた。最悪だ。フラミンゴ・ヒルトン・ビーチ・リゾートの無数の窓の下での作業よりまだひどい。灯台には小さな子どもがいる。犬やフリスビーを追いかけたり、砂の城を造ったり、ウニをとったりして遊んでいる。しかし、ここも同じだ。クードリエはあたりを見まわした。ホテルのプールにはもう子どもが出てきた。バケツと色とりどりのシャベルを手に、砂浜におりてくるのが待ち切れないようすの子どももいる。

「どうだ、オーエン……君たちが見たのはなんだった？」

クードリエは祈るような気持ちだった。刺殺された死体か、溺死したサーファーか、なんでもいいから、闇の徘徊者《ナイト・クローラー》の犠牲者以外だという返事がほしかった。

「テッドもわたしも同じ見解です。闇の徘徊者《ナイト・クローラー》のしわざにちがいありません」

「くそっ！　絶対にまちがいないか？」

「絶対にそうです。残念ながら、どこをとってみても」

「両手は前で、黒いナイロンロープで縛られていたか？」

「はい。首にも同じロープが巻きついていました」

「なるほど……ハットトリックを狙ったってことか……」

「ハットトリック、ですか？」

「ホッケーだよ、ドクター……ホッケー、おぼえてるだろう？　大量殺人だと言っとるんだ。コランの死体も同じだとしたら、一日で三人被害者があがったことになる」

「ああ、アイスホッケーの……ハットトリックね……わかりました、ドクター・クードリエ」

「いやはや……」

「じゃ、そっちの被害者は……ロープで縛られた裸の女性で、同じ縛りあとがついていて、水中にいた時間も同じだったんですか？」

「まったく同じだ。ただ、水につかっていた時間は前の被害者ほどは長くない……」

「そこのところはいつもとちがいますね」パワーズは言わなくてもいいことを言った。

「同じ日に被害者がふたり、ことによると三人だぞ、パワーズ。ばかか、おまえは。これがいつもとちがわなくてどうする。それより、死体からは何か採取できたか？」

「採れるものはあまりありませんでした。通常の試料《サンプル》を採取するのは不可能ですから。でも、とにかくできるかぎりのことはしました」

「なんとかもちこたえられたか？」

「はあ？」パワーズは困惑した。

「君とソーンのことを聞いとるんだ、耐えられたかどうか」

「ああ……はい、まあ。ですが、正直言って、いやですね、水死体というのは。水の中で裏返しにしたときは、ソーンなんかもうすっかりうろたえてましたよ」

「採取したものはすべて検査室に運んで、待っていてくれ。わたしもすぐ行く。記者連にはまだ何も言うな。とくにロープのことは。いいな？　うまく扱わないとまずいことになる。広報担当者にまかせたほうがいい」クードリエは若い検死官との交信を切って、車の外で待っている警官に、第一の現場を呼び出してくれないかと頼んだ。

「例のＦＢＩの権威、ジェシカ・コランか、上司のサンティバと話がしたい」

警官は無線でサンティバを呼び出した。「そっちでは何がわかりましたかな、サンティバ捜査官？　コランは闇の徘徊者《ナイト・クローラー》のしわざだと考えているんですか？」クードリエははらはらしながら返事を待った。

「そうなんだ。で、あんたは今どこにいる？　そっちはどうなってるんだ？」

「どうやらこれは、ろくでなし野郎からの求愛のしるしみたいですな、サンティバ。三つも贈り物が届いたんだから……それも一度に。やつはまるで猫だ。殺したネズミを見せびらかしにかかってる」

「三つ？　たしかなのか？　ほんとうに被害者は三人とも同じ人間に殺されたのか？」

「やつはわれわれに何かを伝えようとしている。そう思いませんか？」

三体の死体が民間人によって発見され、それがみな闇の徘徊者《ナイト・クローラー》の犠牲者だと判明したというニュースは、海辺のリゾート地を駆けめぐり、野次馬と三文マスコミの記者連中を右往左往させた。ラジオのトークショーの無神経な一司会者は、「クジラかと思いきや、浜に打ちあげられたのはなんとかわい子ちゃん！」などと、とんでもないたとえかたをした。被害者の家族が聞いているかもしれないのに、そんなことはまったく念頭にないようだ。商工会議所と市長、助役の面々はさっそく応急処置を講じて、美しい市のイメージを支えにかかったが、ときすでに遅かりしだった。痛手は大きかった。

テレビと新聞、雑誌のニュースは、警察が発表するわずかな詳細を視聴者と読者に伝えられるだけ伝えた。警察の広報担当班は、死者の数を最小限にとどめ、闇の徘徊者《ナイト・クローラー》の動きを止めるために、警察が全力を尽くしていることを最大限にアピールするようにという指示を受けていた。

トリプル殺人は市内で活躍する精神科医たちによって分析された。それは、捜査当局に対する挑戦行為であると同時に、法執行機関の面々とオーランド・エベレット警察署長に対する批判でもあった。ジェシカをはじめとする関係者は、行く先々でマイクをつきつけられ、カメラを向けられ、意味もない質問を浴びせかけられた。

「警察は何をしているんですか？」

「FBIはどういうかたちで捜査に協力しているんですか？」

「どうして何もしないんですか？」

「責任者は誰なんです？」

「犯人はまたすぐやるんでしょうかね？」

「ひとりか、ことによるとふたりは模倣犯によるものだということですが、ほんとうですか？」

「一体はほかの二体ほど長期間水につかっていなかったというのは事実なんですか？」

ジェシカとサンティバはノーコメントで人垣をかきわけ、報道関係者立入禁止になっているドアに突進した。そして、六時と七時のニュースではさぞかしふがいない姿をさらすことになるだろうと思いながら、ドアを抜けて閉めた。

ふたりが通されたのは、またべつのドアを抜け、通路を進んだ先にあるドクター・クードリエの検査室だった。すぐ隣はモルグだ。これからジェシカは海中の現場から採取して持ってきた証拠品を日誌に記入しなくてはならない。ここではまず、日付と番号を打った札《タグ》に品目を表示し、サインをすることになっている。それがすむまでは、証拠品の検査と分析にとりかかることはできない。

　証拠品保管室はすぐにみつかった。ジェシカは集めてきた証拠品ひとつひとつについて、必要事項を記録用紙に記入する作業にとりかかった。しばらく時間がかかりそうだと見ると、サンティバは近くの自動販売機まで行き、発泡スチロールのカップに入ったコーヒーを持って戻ってきた。朝食抜きで出てきていたので、ジェシカは喜んでそのコーヒーを受け取った。

「いったいどういうひとでなしがやってるのかしら？」ジェシカは事務手続きを終えながら、返事を期待するでもなくサンティバに問いかけた。「記者連は次があるとしたら、いつ、どこでおこるんだなんて聞いてくるけど——そんなばかげた質問ってないわよね」

「まあたしかに、われわれにはひとの心は読めないし、先のできごとをのぞき見られるわけでもない」サンティバはこたえた。「しかし、そうはいってもこっちはその道の達人だ。ほかに聞く相手はいないだろう？」

「じゃ、やっぱり新聞社とは手をつないだほうがいいのかな？　約束どおり、『ヘラルド』とだけでも」ジェシカはすっかり冷めてしまったコーヒーを、ごくりと飲みほした。

「そういうことはわたしにまかせろ。君は証拠の分析に集中していればいい」

　証拠品すべてについて所定の手続きが終わると、制服姿の係員はジェシカに礼を言い、これで何も問題はなさそうだと伝えた。ジェシカは係員にねぎらいの言葉をかけ、空《から》のコーヒーカップを捨ててから、サンティバについてくるよう合図した。そして、モルグに向かった。

報道関係者は自分にまかせて分析作業に集中しろというサンティバの言葉は命令のように聞こえたので、ジェシカはそれ以上その話題には触れなかった。しかし、サンティバのほうはもう少し説明する必要を感じているようだ。公共機関の建物独特の灰色の廊下を歩きながら、彼はジェシカのほうを向いて言った。「市民がうろたえるのは当然だ。平気でいられるほうがおかしい。なにせ謎だらけだからな。みんな、とにかくなんらかのこたえがほしいんだ。こっちもそろそろ、少しは情報を提供することを考えないと、エベレット署長以下全員と一緒にわれわれもつるしあげられかねない」

ジェシカはうなずいた。まだ潮水のしみついたジーンズにシャツといういでたちのままで、髪は後ろにまとめてポニーテールにしている。「市民はどうして今ここでこんなことが——自分たちの身におこっているのかを、なんとかして知りたいと思っている。問題は誰にもそのこたえがみつからないっていうことなんだけど、ね、エリック、わたし、気になっていることがあるの。今までにも同じことがおこってるんじゃないかな。もしかするとこの事件、どこかべつのところでおこった奇怪な事件とつながっているんじゃないかな」

「複数の被害者が一度に遺棄される事件がか？」

ジェシカは望みなきにしもあらずという顔になった。「コンピューターで、何か関連がありそうな事件探してみた？」

「ないね、まったく同じというのは。ロンドン警視庁はつながってる可能性があるかもしれないと考えているが、わたしにはそうは思えない」

「犯人、わたしたちに何が言いたいんだと思う、エリック？　一度に三人もの死体をつきつけてくるなんて」

サンティバは肩をすくめると、ドアを押しあけてジェシカを先に通した。「さあね。まあ、これはあてずっぽうだが、犯人は最初のころほど自分の行動を規制していない」

「軽率になってる。それはたしかね」

「軽率とまではいかないまでも、不注意にはなっている」

「わたしたちには有利だけど、早く行動をおこさないと」ジェシカはいきなり立ち止まって、サンティバの目をじっとのぞきこんだ。「犯人は今までやってきたゲームに飽き足らなくなってきた。そうでしょ？　その線で進めようと思ってるのね？」

「やつは夢の世界での行動パターンを変えつつある。とりあえず、そういうことにしておこう。もし仮に、けさの被害者が三人とも計算ずくで陸揚げされたんだとしたら、やつは今までよりわたしたちのことを……気にしはじめたというか……」

「いやだ。それじゃ、犯人はわたしたちが捜査に乗り出したのを新聞で読んだのが直接のきっかけで、殺人ゲームをバージョンアップしたってこと？　事件を目立たそうとして？　だから、今まで以上にマスコミに迎合しているわけ？　そうだとしたら、これからの殺人日程はさらにこみあってくる？」

「その可能性は大いにあるぞ、ジェス」

ジェシカは視線を落とした。「そうなんだ……だから、ちょっと加速をつけようってわけね。でも、なんのために？」

「よりいっそう手のかかる、刺激的で危険な事件にするために」

ジェシカはうなずいた。「なるほどね」

ふたりは廊下を歩き続けた。そしてマイアミ＝デイド郡の犯罪検査室の前までやってきた。全米でも屈指の施設である。その日の朝打ちあげられたほかのふたつの遺体についても、ジェシカが検分をおこなえるよう、クードリエはすでに手配を整えていた。

闇の徘徊者《ナイト・クローラー》が三人分の死体を一度に寄こしたという話を耳にしたジェシカは即座に、いちばん新しい遺体についてもっと詳しく知りたいと申し出た。それがたまたま、クードリエが扱った遺体だったのだ。もっとも最近に殺された死体からは、これまで以上のことがわかる可能性がある。

「機会があったので、フラミンゴ・ヒルトン・ビーチ・リゾートであがった死体を再度調べてみたんですがね」ドクター・クードリエはジェシカとサンティバに言った。「水につかっていたのは一週間ちょっと、長くてもせいぜい十日です。しかし、彼女には子どものころから長年にわたる投薬で抑えられた持病――アジソン病があった。皮膚にむくみが現れる病気です。水による組織の膨張と同時に、薬が切れたことによるむくみが生じていたんだ。おかげで、彼女からは指先が採取できましたよ」彼は小さな肉塊が保存用ジェル剤につかっているバイアルを持ちあげてみせた。「タミー・シェパードの指先です。これだけで十分、行方不明届けの中から彼女を特定できた。ひととおり、証拠を見ますか？」

　ソーンはしりごみした。が、パワーズがそそくさと進み出て、長骨《ちょうこつ》のX線写真を見せた。左の大腿部とひざである。「被害者のものです。ここ、ひざのすぐ下を見ると、一度複雑骨折したことがあるのがわかります。それから、ここにも単純ねじり骨折のあとがありますね」彼はボールペンでその箇所を指し示した。「三人目の死体の身元割り出しには、この二点が大いに役立ちました」

　すぐにソーンが口を出して話をつなげた。「ドクター・コランが担当された死体については、識別の材料になるものが何もみつかりませんでした。内側にも外側にも、なんのあとも残っていないんですよ」

「で、三人とも首を絞められていたの？　繰り返し？」ジェシカは尋ねた。「肺の中には水が――」

「あふれんばかりにたまっていました、ええ。それから、裂傷と絞めあとも複数残っていました」

「――喉と手首まわりに。その点は、ほかの被害者と同じです。それから、この情報は報道関係者にはリリースされていません」パワーズが言い添えた。

「つまり、どれも模倣犯による殺人の可能性はないということか」サンティバが推測した。

「事実上、その可能性はゼロ……」クードリエが握りしめていたバイアルをそばにおいた。表情に暗いかげりが見える。

「身元が判明した被害者の両親が、今こちらに向かっています」というパワーズの声を最後まで聞かずに、ジェシカは死体解剖室に入っていった。そこには三人の被害者がシーツをかけられて横たわっていた。それぞれの解剖台のあいだにはガラスの仕切り壁があるだけ。まるで三つの死体の端にそれぞれ鏡が立てかけられていて、そこに映った像が奥へ奥へと永遠に続いているかのような光景だ。

三人いっぺんに、ひとり、またひとりと、犯人は被害者を縛っていたロープを切断した。まっすぐ当局のもとへと流れ着くことが確実な地点で。ジェシカとサンティバが到着し、特別捜査班が編成されたことを、彼はテレビかインターネットで知ったのだろうか。それがもとで、突然頭に血がのぼったのだろうか。いずれにせよ、三人はみな、打ちあげられるずっと前に死んでいた。これでは、狂気に彩られた悪事を描く芝居の途中で、暗い劇場に足を踏み入れたも同然だ。ジェシカはしばらくその場に立ちつくして、無言で死体を見守った。それぞれの解剖台をじっと見ていると、改めてことの異常さが身にしみた。三人の被害者はみな、闇の徘徊者《ナイト・クローラー》の手で殺された。それまではおそらくなんの共通点もなかったであろう三人の若い女性が、今はあらゆる点で似通っている。

「口がきけたらいいんだが」クードリエがジェシカの耳にささやきかけた。

最初の解剖台のシーツをめくりあげて、ジェシカはそれがさっき現場で検証した若い女性の遺体だということを確認した。それから、ふたつ目の仕切りに入っていって、べつの被害者のふくれあがった顔をのぞきこんだ。この子は顔の造作がまだ残っている。クードリエの被検者だ。たしか彼はタミー・スー・シェパードと呼んでいた。ジェシカは少し時間をかけて死体を観察した。自分が担当した被害者よりずっと状態がいいことは一目瞭然だった。

まるでお気に入りのペットかおもちゃを見せたくてうずうずしている子どものように、ソーンとパワーズはジェシカを三人目の死体へと導いた。ふたりが現場で受け持った被害者である。

「これを見てください」と言って、パワーズが、膨張し乾きかけた死体にかぶせてあるシーツをはぎ取った。めがねがひょいとはねあがった。この死体の左半身にはえぐられたような切り傷がある。位置は胸郭《きょうかく》の真下だ。

「サメに食われたんでしょうね」ソーンが言った。

「大型のサメにしては傷は浅いですが、小さいやつにやられたのかもしれません」間髪を入れず、パワーズがつけ加えた。

ジェシカは頭の中であれこれ可能性を探っていた。自動車の衝突事故で負った傷は、ときとしてすさまじい。が、こんなに大きく胴部から筋肉片が脱落していることはめったにない。肉切り包丁のような手斧型の刃物で切られた傷はこれまでも見てきたが、そういう場合は切りあとがきれいだ。こちらはぱっくりふたつに裂けている。「単なる転倒や衝突ではこんなにならないわね」ジェシカは同調した。「それに、切り口はかなりぎざぎざになってる」

「やっぱりこれはサメの歯形でしょう」信用を失うまいとしているかのように、ソーンがあわてて守勢をとった。

「船外モーターじゃなかろうか」ドクター・クードリエが言った。「このあたりでは船外機で切断されるケースをよく見かける。人間やマナティーがモーターに巻きこまれると、そうとう大きな肉片がえぐり取られるぞ」

「船舶用ロープが水夫流に結ばれていたことから見ても、船が殺害の場になっているという線は濃厚だな」サンティバが言った。

「死体は海流に乗ってかなりの距離を漂流してきたのかもしれない。もしそうだとしたら、スピードを出している船にぶつかられたということも考えられますな」クードリエが注意をうながした。

ジェシカも同感だったが、口に出しては言わなかった。「することはいろいろありそうね、エリック。わたし、シェパードの死体を重点的に調べてみることにする」

サンティバはうなずいた。「聞くところによると、身元確認のために両親がこっちに向かっているらしい。それまで、切り取るのはちょっと――」

「もう手遅れですな」クードリエは採取した指先のことを思い出していた。「しかし、心配はいりません。窓ごしに見ればわからないようにはからいますから」

「親ごさんにはわたしから話をしよう」サンティバが言った。「彼女が姿を消した日の夜、若い女性がふたり一緒だったことがわかっていてね。そのふたりとも、きょうこれから会うことになってるんだ。何かわかるかもしれない。あとで連絡するよ」

「ええ。がんばって」

サンティバはうなずいて、廊下の先に姿を消した。パワーズが案内役だ。行き先には市民、とくに親たちが、役人の登場を待ち受けている。

「FBIが捜査に乗り出したことで、被害者の身内の不安がうそのように消えてなくなるのはまちがいない」クードリエが嘲笑《わら》った。

「残りのふたりの遺体についても、身元割り出しに必要なだけの情報は公開しました」ジェシカはクードリエに言った。「しばらく時間はかかるかもしれませんけど、当面はテレビその他のメディアが味方についていますから――」

「あんまりあてにしなさんな。いつまで続くかあやしいもんだ」

「今回の三人はみんな、アリスン・ノリスとまったく同じ死にかたをしています。わたしの勘では、被害者はまだ増えるでしょう」

「では、始めますか、ドクター?」

ジェシカはうなずいた。そして、白衣と手袋を身につけた。縁起をかついで、自分のメスもドクターバッグから取り出した。何年も前に父にもらったメス、シカゴでマシュー・マティサック事件に終止符を打つのにもひと役買ったメスである。冷酷無情な闇の徘徊者《ナイト・クローラー》の犯行を食い止めるためには、運も腕もフルに活用しなくてはいけないことを、ジェシカは知っていた。

まだ身元のわからない若い女性ふたりの死体解剖の結果は、すでに判明していることを裏づけたにすぎなかった。ふたりとも、同じ犯人の手で、同じ殺されかたをしていた。タミー・スー・シェパードの殺害方法もまったく同じで、空想の世界で死の儀式をとりおこなったものと見られた。

しかし、それを疑いの余地のないところまでたしかめるには、七時間におよぶ徹底的な検死作業が必要だった。検死官たちは互いにコミュニケーションをとりながら、同時進行で三体の検死をおこなった。そのあいだ、ジェシカは立ちっぱなしだった。すべての作業が終了するころには、みなぐったり疲れていた。

サンティバがひょっこり姿を見せたのは、午後六時過ぎのことだった。「君に見せたいものがある。今すぐ会ってほしいひとも連れてきた」

「エリック、わたし、もうくたくたなの。あしたじゃだめ？」ジェシカはすがるように言った。

「殺人者からまた手紙が来た」

ジェシカは引きちぎるようにしてゴム手袋を脱いだ。そして、検死にしても証拠収集にしても、その各段階でゴム手袋を新しくはめなおさなくてはいけないなんてばかげていると思いながら、屑入れに放りこんだ。「やっぱりね。予想どおりじゃない」心臓がどきどきしているとは思えないくらい、声は落ちついていた。

「これがそのコピーだ。読んでみろ。廊下で待ってるから、出てきてくれ。目撃者が今ひとつ協力的じゃないんだ。同じ女性どうしだから、君にだったら話してくれるかと思ってね」

ジェシカは手をひらひらさせて言った。「もう、エリックったら、着替えくらいさせてよね。手をごしごし洗って、顔に冷たい水を浴びてからでないと。そのあいだに、おいしいサラダを買ってきてくれない？」

「ジェス、そんなことしてる場合じゃないんだ」

ジェシカは大きく息を吸いこんで白衣を脱ぎ、かごに投げ入れた。そして、殺人者の手紙のコピーを手に、そばのロッカールームに入っていった。中では女性の内科専門医と検査技師が着替えをしていた。トリプル検死のあと、ドクター・クードリエ以下の男性検死官たちはあっというまに姿を消し、死体を冷凍庫に片づける作業は技師たちにまかされていた。

サンティバが女子ロッカー室に飛びこんできて、ジェシカの背後で言った。「立ちっぱなしだったのは知っている。もう体力の限界だってこともわかっている。しかしな、ジェス、タミー・スー・シェパードの友だちとは話をしておいたほうがいい。その子は、タミー・スーがうちに帰らなかった夜、一緒に姿を消した男のことをおぼえているんだから」

女性の検査アシスタントが、体にタオルを巻きつけながらシャワールームから出てきた。サンティバの姿に気づくと、彼女ははっと息をのみ、出ていけと大声で叫んだ。ジェシカは一緒になって悪態をつき、サンティバを追い出しにかかった。

「変態！　さっさと出ていって！」大声を出すと、気持ちがすっとした。それからジェシカは腰をおろして、殺人者からの奇妙な短信を見つめた。エディングズの予言どおり、そこにはe・j・ヘラリングの詩の続きの節が記されていた。

tは返す
少女たちをみな

海に
いい機会……
機会あらば
ただひとときを
最高のときを
tの娘と
彼になったつもりで

9

誰か、見知らぬひとが道義を熱く説くのを
見たことがあるか？
鏡が汚いと大声で叫ぶのは
汚したおまえだ

――ファナ・イネス・デ・ラ・クルース

どこでどうやって手に入れたのか、サンティバはプラスチックの皿に盛られたグリーンサラダを持ってきて、廊下でジェシカに差し出した。仲直りのしるしである。「話をしてくれるか？　相手はジュディ・テンプラーという名前の子だ。彼女、もう二回も、おぼえていることを全部警察に話してはいるんだが、隠していることがある。タミー・シェパードを最後に見たとき一緒にいた男の特徴が思い出せないらしい。思い出したいのに記憶が遮断されているみたいなんだ。自衛本能かな。正直言って、わたしにはよくわからない。会ってみて、君の感想を聞かせてくれ」

「その子、意図的に記憶を遮断してるの？」

「意図的というんじゃなくて、心理的な安全弁がはたらいているんだろう。友だちが死んで、気がとがめているんだと思う。どんな死にかたをしたのかを聞かされて……殻に閉じこもってしまったのかな」

「事情聴取にはどれくらいの時間をかけたの？」

「三時間。なかなかつかまらなくてね。買い物に出かけていたんだが、何も買っていない。誰かと一緒でもなかった。へたなうそをついているのか、友だちがいないのか、どちらかだろう」

「彼女、モンタージュ係に何か話した？」

「言ってることがいいかげんであやふやで、面談はくたびれもうけだった」

ジェシカは小さな軽食室をみつけた。どこにでもあるようなテーブルと固い椅子に、気持ちがほっとする。ジェシカが椅子に腰かけてファスト・フード店のサラダを半分ほど食べているあいだ、サンティバはそのへんをうろうろ歩きまわっていた。

「さあ、それじゃ、その子と話をしてみましょう。でも、もうわかっていること以外に何かが聞き出せるかどうかはわからないわよ」

立ちあがると、ジェシカは食べ残しをごみ入れに放りこみ、廊下に出た。そして、上階にある警察署のほうに向かった。急ぎ足でついてきたサンティバが尋ねた。「死体解剖では、何か新しいことか役に立ちそうなことはわかったか？」

「思ってたとおりだったわ。手口も同じ。同一犯よ」

「三人とも……驚いたな。まったく、見さげはてたやつだ」

「そう思わせるのが狙いかもしれない——ちょっと視点を変えてみるといいわ、エリック。わたしたちがどう見られているのか、考えてみて」

「おいおい、わたしに言いがかりをつける気か。われわれは与えられた仕事をしている。それだけのことだろうが。海のかなたから嵐が近づいている。わたしたちが嵐をおこしたわけじゃない。わたしたちはその行方を監視し、場所をたしかめ、みんなに警戒を呼びかけて、なんとかして散らすしかない」

「みんなに警戒を呼びかける？　わたしたち、警察関係者以外に警戒を呼びかけてきた？　いったいいつ、一般市民に大嵐の注意報を出すの？」

「しかるべきときが来たら出す。君が心配することじゃない」

「わたしが心配することじゃない？　何言ってるの、エリック、わたしたちにとっては、それがいちばんの問題じゃない。あなた、見たでしょ、クードリエの検査室にいた女の子たちがどんなに若いか。もういいかげんで、多少の情報は公開するべきよ」

「というのが、犯人の意向だ。やつは新聞にでかでかと載り、テレビ、ラジオで話題になることを望んでいる。ワイドショー番組でも取りあげてくれないかと思っているんじゃないかな」

「それなら、望みをかなえてやりましょうよ。情報を公開して。いつまでも隠しておくことないわよ」

「よし、じゃ、こうしよう。君が上階《うえ》にいる女の子の口を開かせて、殺人者の正体を聞き出してくれたら、情報公開に踏み切る――この際だから、全国規模で流そう。どうだ？　きまり？」

ジェシカはエレベーターの前で立ち止まった。ドアがあいて、医務スタッフが数人おりてきた。エレベーターに乗ると、ジェシカは廊下に残っているサンティバのほうに向きなおった。そして、「きまり」と言いながら閉ボタンを押した。ドアはすぐに閉まりかけた。サンティバがあわてて怒鳴った。「六号室だからな、取調室は」

エレベーターをおりると、セイマナウがウォータークーラーの前にいるのが見えた。クインシーは机に向かって電話をしている。セイマナウが中途半端な笑みをうかべ、調子はどうかと声をかけて、ジェシカを驚かせた。

「六番取調室にいる女の子からなんにも聞き出せないのはどうしてなの？」ジェシカはセイマナウに問いかけた。

「記憶が中断しているんじゃないですかね。いい子なんですけど、恐怖心と罪悪感でいっぱいみたいで」

「サンティバもそう言ってたわ」

「精神分析医を連れてきて話をしてもらってもいいんですが、専属の医者はフロイト派だから、こういう事態は扱い慣れていないんですよ」

ジェシカはうなずいた。「で、あなたは元気にやってるの？」

「わたしですか？　クインスからも警部からもこっぴどく怒られましたけど、その後は元気にやってます。おかげで首もつながりました。態度をあらためなかったら殺人課から風俗犯罪取締班に転任だって言われてます。まあ、どこかでなんとか使ってもらえるでしょう」

彼は急に変わった。上司に大目玉を食らっただけだとは思えない。ジェシカは首をかしげながら、彼のあとについて六番取調室のドアの前まで来た。彼は愛想よく言った。「中の子と話をするんでしょう？　サンティバに聞いてます」

「その子については、わたしに自由裁量権があるの？」

「わたしたちが保証します」

「その子に捜査妨害だなんてばかな罪を押しつけてない？」

「指示があればそうしますが」

「いいえ、その必要はないわ」

ジェシカは取調室のドアをあけた。中ではジュディ・テンプラーが悲しげなようすで辛抱強く待っていた。室内はがらんとしていて、寒かった。控えめな言いかたをしても、ひとの温もりというものが感じられない。模様替えされたばかりで、カーペットと調度品は新しいし壁のペンキも塗りなおしてあるのに、長い年月のあいだに積もり積もったたばこと葉巻のにおいはいかんともしがたい。古かろうが新しかろうが、吸いがらは吸いがらである。安物のブリキだった灰皿が、〈ウォルマート〉の陶器製のものに替わったとはいえ、吸いがらは今もたまり放題だ。おまけに、発泡スチロールのカップからはバッテリー液のようなものがしみ出している。ここで長い夜を過ごしたひとびとのおき土産である。そんな中におびえきった少女がぽつんとひとり。話を聞いてもらおうと、彼女は自発的に――これで二度目になる――やってきたのだった。ひと目見て、ジェシカは場所を変えたほうがいいだろうと判断した。

ジェシカはまず、ジュディ・テンプラーに自己紹介をした。握手をすると、おののきがじかに伝わってきた。「来てだいぶたつんでしょう？　ご両親はあなたがここにいることをご存じなの？」

「どうして？　親は関係ないわ」そばかすはないが、なんとなく女優のモリー・リングウォルドに似ていると、ジェシカは思った。ふさふさとした赤毛がきれいだ。しかし、アイシャドーも何もつけていない。

少女の声の調子から憶測したことを、ジェシカは声に出して言った。「うちのひとに……言われてるんでしょ？　黙ってなさい、警察には近づきなさんな、って」

「いいえ……そういうんじゃないの」

「少しでも関わりを持ったら殺人者の標的にされるかもしれない。みんな、それが怖いのよね？」

「みんな、怖がってる。わたしも怖い……あたりまえでしょう？　警察がなんにもできないでいるうちに、タミーがみつかっちゃって、ほかにふたりも……ふたりも――」彼女は言葉に詰まった。息が止まって声が出ないのだ。

「あなた、おなかすいてない?」

「気が動転してて、食べるどころじゃないの」

「タミー・スーが連れ去られて以来、だいぶやせた?」

「ふらふら。食べられないし……眠れないし」

ジェシカは立ちあがった。「ねえ、表に出ましょうか? カプチーノかアイリッシュコーヒーかエスプレッソ、どう? いいお店、知らない?」

「知ってる。〈カフェ・プロムナード〉。すぐ近くよ」

「じゃ、連れてってくれる?」

「そんなに簡単に出ていけるの?」

「ここのひとたちには、あなたを拘束する権利なんてないのよ、ジュディ、誰にも」

彼女はほっと肩の力を抜いた。「どんな目にあってるか、わたしがどんな気持ちでいるか、誰もわかってくれない。問題が……あまりにも大きすぎて……どうしたらいいのか」

「そのことについて、話さない?」

「学校で読んだことがある本みたい。スタインベックの『真珠』っていう本。男のひとが真珠をみつける話。それが家族みんなに富と幸せをもたらしてくれるだろうという期待に反して、悲惨なことしかおこらないのよね。わたし、なんだかあの本に出てきた男のひとみたいな気分なの。真珠をみつけたわけでもないし、お金持ちになったわけでもないんだけど、タミーを殺したひとでなしをあんなに近くで見たわけでしょ。今、こうやってわたしたちが向かいあっているのと同じくらいの距離で。みんながわたしから奪い取ろうとしている真珠は――その情報なのよ。だけどわたしには……わたしには思い出せない。あのときに戻ってべつの行動をとることもできない……」

「わかるわ、その気持ち。ほんとうに」

少女は鼻をすすりあげて涙をこらえた。「そこんとこだけ、記憶が……途切れてしまってるの。それなのに、みんなが真珠をほしがっている。でも、わたしにはないものはあげられない。ね？」

「うん……うん……わかる。わたしもいやな思い出は封じこめてしまうほうだから」ジェシカはかかりつけの精神科医ドナ・レモンテに思いをはせた。身のすくむほど恐ろしい記憶、罪悪感、心の内と外にひそむ幻影と悪魔。そういったものとまともに向きあえたのは、彼女のセラピーのおかげだ。ジェシカはふと、ドナ・レモンテに話をして、マイアミに来てもらおうかと考えた。そうすれば、ジュディ・テンプラーの助けになるし、結果的には事件捜査にも役立つだろう。

「心配することないわ、ジュディ、わたしはうそは言わない。あなたの中のどこかに隠れている真珠には心引かれるけど、わたしが何よりも気にかけているのは、あなたが安心していられるかどうかよ」

「そりゃそうよね……」その声には、お上《かみ》に反抗する若者独特のしらけた響きがこもっていた。

「ジュディ、あなた、このことについては今まで誰にも話をするチャンスがなかったんでしょう？」

なかった。彼女は身ぶりでそうこたえた。見る見る目に涙がたまった。

ジェシカはティッシュを手渡した。「初めて警察の呼び出しを受けたとき、あなた、何もおぼえていないってこたえたわね。あれは、うそだったの？　それとも、今と同じで、ただ頭が混乱していただけ？」

「思い出せなかったの」

「このことについて、家族や友だちとは話してみた？」

「してはみたわ。だけど、そんな話を聞きたがるひとなんてひとりもいなかった。それに、わたし……わたし、すごく落ちこんでたから、みんながなぐさめてくれたの。わかるでしょ。ママにも『早く忘れなさい』って言われて、それで……それで……」

「ジュディ、あなたを動揺させようっていうんじゃないんだけどね、わたし、さっきまで七時間ずっと、あなたのお友だちのジュディのそばにいたの」

少女は顔をゆがめて目をそらした。

ジェシカは慎重に言葉をつなげた。「わたし、あなたと同じことを心配してるのよ。わたしたちは仲間。わたしは警官じゃなくてね——」

「FBIでしょ。知ってる」

「まず第一に検死官。それより前に女よ、ジュディ。ストーカーの標的になったこともある。それも相手は狂人。あのときは、骨の髄まで凍りつくほどの恐怖を味わったわ。だからね、あなたのことが他人《ひと》ごととは思えないの」

大きく見開かれた涙でいっぱいの目に、期待の色がうかんだ。「助けてくれる?……なんとかできると思う? わたし、もう気が変になりそうなの」

ジェシカは取り調べ用のテーブルの向こう側にまわって、ジュディ・テンプラーに手を差しのべた。彼女は腰を上げてジェシカの心からの抱擁を受け止めた。ジェシカは母親になったような気持ちで腕を広げ、しっかりと彼女を抱きしめた。親しみがわいてくる。こうしてじかに触れあうことは、自分にとってもいいことだ。ジェシカは瞬時にそう悟った。

ジュディの肉親はともかくにも彼女の行動を妨げにかかった。現実におこったことから身をひそめていることを、彼女に勧めた。だから、彼女と事件との関わりが中途半端なかたちでうずもれてしまっているのだ。ジェシカは背後のガラス壁ごしにそそがれる視線を感じた。内側からは見えないようになっているが、マイアミ市警の刑事たちとエリック・サンティバがこちらを見ながら自分たちのやりとりに耳を傾けているのは、まずまちがいない。

「さあ、行きましょう。カプチーノでも飲みに。ね、ジュディ」

ジュディは素直に応じた。ジュディの持ち物をひとまとめにすると、ジェシカは彼女を連れて冷たい部屋をあとにした。こんなところにいたのでは、よけいに後ろ暗い気持ちになるだけだ。サンティバと刑事の前を素通りして、ふたりはすたすたとドアのほうに向かった。

エリック・サンティバが声をかけた。「ミズ・テンプラーの事情聴取はまだ終わっとらんよ、ドクター・コラン」それから彼はジェシカを脇に引き寄せ、ジュディにまだ心細い思いをさせておいてから、小声で言った。「いったいどこへ行くつもりなんだ?」

そのわざとらしいとげとげしさに、ジェシカはすぐぴんときた。彼は自分が悪役になってジェシカの株をあげ、ジュディ・テンプラーがジェシカとの結束を強めるようしむけようという作戦らしい。うまく考えたものだ。ジェシカは感心しながら、サンティバに鼻をつきつけるようにして返事をした。「あなたの知ったことじゃないわ、サンティバ捜査官! かわいそうだと思わない? どれだけいじめたら気がすむの!」

ジェシカはさっさとジュディを表に連れ出した。ジェシカの思いやりと勇気に、ジュディは礼を言った。

「どうも虫が好かないのよね、あのひと」ジェシカはいかにも本心を吐露しているような口ぶりでジュディに言った。「本人はアインシュタインとメル・ギブソンのいいとこ取りのつもりみたいだけど」

ジュディはやっとのことで笑い声をあげた。いい兆候だ。フロリダの日暮れどき。西の空にはまだわずかに日の光が残っている。が、ふたりが見つめているのは東方向にのびる道だ。ここはワシントン・アベニューで、十一番通りと十二番通りの真ん中あたり。ちょうどエスパニョーラ・ウェイのすぐ先になる。オーシャン・アベニューとマイアミの白い砂浜からも二ブロックしか離れていない。

「その〈プロムナード〉っていうお店、どっちのほうなの?」ジェシカは尋ねた。夕方の心地いいそよ風が頰をなでる。

ジュディ・テンプラーは潮の匂いのする空気を胸いっぱいに吸いこんだ。ジェシカはつられて同じことをした。いや、そう見えることを意識して、ジュディのまねをした。彼女は言った。

「遊歩道《プロムナード》と海が見おろせるところにあるの。ここから一ブロックほど東に行ったところ。ついてきて」

ふたりは、旧市役所——現在はマイアミ・ビーチ警察と裁判所が同居している——の縞《しま》大理石の階段をおりはじめた。裁判所のほうの建物はきれいだ。白い壁に赤い瓦《かわら》屋根の、スペイン風の造りになっている。あとで増築された建物は高層ビルと駐車場で、そこに新しい犯罪研究所がある。この合同庁舎の敷地は、ゆうに一ブロックを占有する広さだ。

歩くのは気持ちがよかった。カフェまでの道のり、ふたりはほとんどずっと無言だった。

「タミーのこととか、彼女についてあなたがどう思っていたかとか、最後の夜のこととか、なんでも話していいのよ、ジュディ」

「今までも、話そうとはしたんだけど……何も出てこないの」

「どんなことでもいいから、おしえて。それで命拾いする女の子がいるかもしれないのよ」

「わかってる……わかってるんだけど……」

カフェに着いた。屋外にもテーブルと椅子のあるさわやかな店だ。今どき珍しく、客の数よりウエーターの数のほうが多い。ひとつのテーブルをふたりが受け持って、客がゆっくりくつろげるよう交代で気を配っている。暮れなずむ空に先のとがった入道雲が浮かぶ海の景観は見事だ。店と海とにはさまれた遊歩道を行き交うひとびとのおかげで、景色には動きもある。

カプチーノをふたりぶん注文し、少し間《ま》をおいてからジェシカは尋ねた。「わたしの友だちに、あの日の夜のことを思い出す手助けをしてくれるひとがいるんだけど、会ってみない？」

「どういうこと？　精神分析のお医者さん？」

「信頼のおける、とってもいい友だちで、わたしのかかりつけの精神科のお医者さん。彼女にならできるわ、あなたの時間を逆転させて……」

「あの日の夜に戻れるかどうか、わたし、自信がないの」

「今戻らなかったら、永遠に戻れないのよ」ジェシカは若いジュディに言い聞かせた。「わかるわ……わたしも同じ経験をしてきたから。ほんとうよ、ジュディ――」

「絶対、そうしたほうがいいと思う？」

「思う」

「親の意思には逆らうことになるんだけど……」

「あなた、年齢《とし》はいくつ、ジュディ？」

「でも、お医者さんの費用は誰が払うの？　わたしにはそんな――」

「費用はFBI持ち。あなたはその気になるだけでいいの」

「権利放棄の書類みたいなものに署名することになるの？」ジュディは尋ねた。「あとで訴訟騒ぎにならないように。そうなんでしょ？」

湯気の立った熱いコーヒーがふたりの前におかれた。ウエーターはほかに何かいるものはないかと尋ねた。「なんでもお持ちしますよ」ジュディは今それどころではないのだが、彼の声にはどことなく異性を意識しているような響きがあった。

ウエーターが最初はジュディを、次に自分をじろじろとながめまわしていることに気づいて、ジェシカはもう何もいらないときっぱり断った。そして、彼が立ち去るのを待ってから、再度ジュディに語りかけた。「ドナ・レモンテがどんなひとかを話しておくわね……」


陸では、マイアミの街の灯《あか》りがぽつぽつとつきはじめた。西の空では、荘厳な天空のドラマが繰りひろげられている。水平線の下に沈んだ太陽が真っ赤な光線を放射状に放って、一帯をたとえようのない濃いオレンジ色に染め、ちぎれ雲の下のほうだけが、紫の濃淡をぼかしたような穏やかな色合いを見せている。ウォーレン・タウマンは吹きはじめた風を受けようと、手際よく帆を上げた。自家用の帆船は馬力のあるスクーナー級の大型で、スピードは出るし耐久力もある。

前日の夕方、彼はフロリダ・キーズに向かって南南東の方角に進むコースを海図に記入した。そして、時間を繰りあわせるために、陸が見えないところまで船を出して、激しい海流に乗ってみた。

気持ちのいい風が出てきた。天気予報によると、これから風は強さを増すらしい。前兆だ。そろそろ先に進む時機だ。それに、高速で海を渡っていると不安と鬱状態が緩和される。

気が滅入る材料はたくさんあった。計画が途中までしかうまくいかなかったのだ。パトリック・アランになりすまして獲物を誘惑する手腕は文句なしだった。が、総合計画はどうなっているのか。自分を存分に満たしてくれる計画、信頼を寄せている神タウトを喜ばせる計画のほうは？　実際には、計画は実行できなかった。もうひとつべつの、大きな邪魔が入ったのだ。

麻縄をしっかりと結び、熱帯風を最大限に利用できるよう準備しているあいだも、彼は何度も何度も失敗したことを思い出していた。その結果は下の船室《キャビン》に残したままになっている。少女は、穴のあいたところが目立たないよう、できるかぎり生きているように見えるよう、細心の注意をはらって壁にかけてきた。彼女は聖母マリア——若い盛りの〈マザー〉……

彼はボートを旋回させて舳先《へさき》を沖に向けた。見ていると、マイアミの街がゆっくりと遠ざかり、やがて視界から消えていった。

顔と体に吹きつける風に向かって、彼は大声を張りあげた。「もうこんなところはまっぴらだ！　おれを捕まえられると思ってるのか。おれのことが理解できると思ってるのか。ＦＢＩもマイアミ市警も世のあほうどもも、みんなくたばっちまえ」

捜査の手はのびてこなかった。そのことに、彼は失望した。あいつらを相手にするのは時間とエネルギーの無駄だ。ほかのところへ行けば、もっとマスコミの注目を集められるかもしれない。それなりに尊敬され、すごいやつだと思ってもらえるかもしれない。なんといっても、自分は死神の化身なのだから。

風がうまいぐあいに吹いて、船はもうかなり沖に出ていた。デビルズ・トライアングルの夜はきれいに澄み渡っていて、気持ちがなごむ。推進装置を調整すると、彼は最後の獲物をもう一度じっくりながめようと下におりていった。

少女は背筋をフックで射抜かれて、壁に引っかけられていた。前から見るとどこもおかしいところはないが、悪臭だけはどうすることもできない。口や耳その他の開口部には相当量の吸収パッキン材を詰めこんでおいたのだが、それでもありとあらゆる穴から体液がにじみ出ている。気がつくと背中からも液体がしみ出していた。あれほど気をつけてフックを刺し、傷口は保存剤と焼き石膏で固めておいたのにと思うと口惜しい。たしかに、全身を保存するという試みはこれが初めてだ。しかし、ほかの少女たち同様、この子も断固として保存されるのを拒否した。これでは、みんなと同じように船から投げ捨てるしかない。

「君にはがっかりさせられたよ、マデリーン」彼はつばの広い舞台用の帽子をかぶった若い美女の写真に語りかけた。目の前にぶらさがっている少女によく似ている。「君はすごくよく似ている……今までの誰より、〈マザー〉に似ている。実際、若いころの〈マザー〉の写真にそっくりだ。でもね、混ぜたものが、いや、その量の割合かな、それがなかなか思うようにいかないんだ」

彼は向かい側の壁から鏡を持ってきて、死んだ少女の前においた。硬直した両の腕を前に突き出し、足の裏は彼が床に固定した金属棒で支えられていて、まるで生きてポーズをとっているかのようだ。彼は以前、そうとう目方のある虎が同じことをされているのを見たことがある。だから、小柄な彼女でできないはずがないと思ったのである。

少女は裸だ。「自分の姿を見てごらん。きれいだ。ねえ、〈マザー〉、それなのに、なんでぼくのところに来てくれないの？　そんなにぼくが怖いの？」

パトリック・アランことウォーレンは、マデリーンと呼ばれていた死んだ少女から顔をそむけて、鏡の中をのぞきこんだ。彼女はまばたきをして目をあけ、すぐにつむりなおして、彼をからかった。指をぴくぴくひきつらせて、生き返ろうとしている。が、これも鏡の中だけのことだ。

〈マザー〉はなんとかして自分のところに帰ろうとしていた。必死になって、がんばっていた。だが、鏡にはもう静止画しか映っていない。そこには、何ひとつ動きはない。

「こんちくしょう！」彼は鏡をカウンターにたたきつけた。ひびは入ったが、鏡は割れなかった。「ちくしょう！　いたぶりやがって。さんざいじめやがって！　〈マザー〉！」

彼の怒りは激しさを増した。船が大きなうねりに巻きこまれて揺れた。彼は死んだ少女にしがみつくと、フックにかけ、強力接着剤で肩と背中を壁に張りつけていた体を力まかせに引っぱりおろした。そして、硬直した体を引きずって階段をのぼっていた。手足が段にぶつかって、かたかたと鳴った。

「月がほしいと言ってるわけじゃなし、高望みなんかしてないだろうが。ただ、内臓を全部抜かないで人間の体を保存したいだけじゃないか！」

葬儀屋のやりかたをまねてみたが、うまくいかなかった。あれでは長く保《も》たないのだ。次に彼が試みたのは剥製《はくせい》師の用いる方法で、釣り人が魚を記念に保存するときに使う薬品を注入するというものだった。その手順は、達人のもとで見習いをしておぼえた。極意はすべて学び取ってきた。それなのに、なぜ失敗するのだろう。人間は魚とはちがうからだ。常識で考えるとそういうことになった。ひとの内臓は、それぞれ異なった速度で腐敗が進む。腐るまでの時間もちがう。いっそ内臓を抜いてしまったほうがいいのかもしれない――が、それではもぬけの殻になってしまう。〈マザー〉が現れて生き返ろうとしても、そこには棲《す》めない。力を尽くしてあれこれ試してみたが、ここで行き止まりなのだろうか。

彼はこれまで、神に言われたとおりにしてきた。みずからの母親の亡霊を幾度となく捕らえ、それまで夢に見たこともないようなひどい仕打ちをしてきた。数え切れないくらい何度も、彼女が自分にすがりつき、命乞いをするのを見た。再三再四彼女に屈辱を与えて、楽しみもした。繰り返しレイプしたが、それでも彼女は彼のもとに来るのをやめなかった。相も変わらず、彼の戦利品であり続けたのである。

苦心して死体を甲板に引きあげながら、彼は悪態をついた。「あんたに道徳心があったら、道徳心のかけらでもあったら、もうとっくの昔にこんなことやめてたんだ。来てくれないから、罪もない相手を餌食にし続けなくちゃいけないんじゃないか。この腐ればばあが!」

その前に彼は三人の死体を同時に解放して、悪魔の神に生けにえとして捧げていた。だから、いいことがあると心底期待していた。彼女が来てくれると思っていた。ところが、丸一昼夜たっても、彼をかりたてる欲求は満たされることがなかった。そして、それからまた一日が過ぎたというのに、誰ひとり殺す機会はない。神には辛抱するよう忠告された。待てばそのうちすぐに好機は訪れると言われた。が、何もしないでいる――何もなしとげられない――くらいもどかしいことはない。狭い空間に閉じこめられていると、自分がけちで役立たずで無能で、短気で後ろ向きな人間に思えてくる。そして、あげくの果てには、死んだ三人——そのうちのひとりは、連れてきてまだ日も浅かった——をいっぺんに切り離したのは、愚かな行為だったのではないかという気がしてくる。ウォーレンの気持ちはふさぐいっぽうだった。

とはいえ、彼が行動を急《せ》いたのにはそれなりの考えと理由があった。彼は自分をつき動かす神の声に、全幅の信頼をおいている。実際、あの行為には二重の目的があった。力を証明するために当局をけしかけるのもひとつの狙いだが、それだけではない。それまでつなぎとめていた腐乱死体を解き放つことによって、彼は是《ぜ》が非《ひ》でももっとほかの獲物を手に入れなければならない状態に自分を追いこんだのである。失ったものは補充する……より高いレベルに到達するために。そして、〈マザー〉を返してくれる神にもっと近づくのだ。そうすれば、永遠に彼女を痛めつけられる。

身代わりではもう満足できない。

この段階に至るまでの道すがら、彼はずっと正気だったわけではない。飽くことのない欲求を満たすための餌食を、三人まとめて放出するという決断をくだしたときもしかりである。実際のところ、ロープを切ったことはほとんどおぼえていない。ロープを死体にぶらさげたままにしておこうと決心した記憶にいたっては、まったくない。ただし、手首と喉にロープが巻きついたままになっていたことは思い出せる。あれは意図的にやったことだったのか？ 言ってみれば、当局に味見をさせるようなもの？ どんなことをしてでも自分を捕まえて犯行を阻止しようと、当局がやっきになっているのは彼も知っている。だが、自分がどんな人間で今どこにいるのかを突きとめたり、行動を妨げたりということが彼らにできるとは思っていない。そういう意味では、三人ぶんの死体を一度に放り出したのは、やつらをひとまとめにして、横面に平手打ちを食らわしたようなものである。一体ではなく三体くれてやって、考えこませる。自分の思いつきだとしたら、天才的手腕だ。が、これはきっとタウトに託された計画にちがいない。

やつらがFBIを捜査に引き入れたと知って、ウォーレン——いや、彼の心に棲むタウト、彼の神だったかもしれない——はもっと遊んでやろうと心に決めたのだった。残虐行為を野放しにしているも同然の連中をもっと困らせ、悩ませ、悪夢にうなされるようしむけるためには、一人殺すより三人殺したほうが効果的だ。新聞もテレビも取りあげずにいられなくなる。その他大勢も、無視していられなくなる。

しかし、やつらは無視しているに等しいくらいの取りあげかたしかしなかった。チャンネル3が放送した時間はわずか一分二十九秒。『ヘラルド』紙は事件の記事を二ページ目に載せ、一面では、大統領がどこか途上国への武器輸出を禁止したこと、日本とのあいだに大規模な貿易協定が結ばれたこと、地元の政治家が自殺したことの三点を報じていた。

「だがな、今に見てろよ」彼は大海原に向かって言った。マデリーンの体はやけに重い。ものすごい重力がかかっていて、まるで鉛のかたまりを引きずっているみたいだ。ふと彼は、〈マザー〉が下から引っぱっているのではないかと思った。まったく、どこまでいじめたら気がすむのか。

彼は船の脇から海を見おろし、航跡の勢いを見て、かなりのスピードが出ていることに気づいた。早く操舵室《そうだ》に戻って、舵《かじ》とりにかからなくてはいけない。風まかせにしたらどこに行き着くのか、運試しのつもりで舵は南向きにセットしておいたのだ。吹きはじめたときにはゆるやかだった熱帯風が、いつのまにか強い南東の風に変わっている。Tクロス号は帆をぱんぱんにふくらませて、ジグザグに進んでいった。そんな中で、彼は神がささやきかけるのを聞いた。そろそろ、もっと南のほうの地域に戻るころではないのか。方角を変えたらどういうことがおこるか、運を天にまかせてみるがいい。もうおまえは自由の身なのだから。

「過去から解放されたっていうのか?」苦心して死体を船の右舷《うげん》側のへりにひっかけながら、彼は自問した。「まだ、全然……〈マザー〉があんたたちを連れに来てくれるまではな」硬直した死体に話しかけているあいだも、彼はその体を手すりの上に持ちあげようと四苦八苦していた。

手すりの向こう側に落としかけたとき、死体が彼に話しかけた。「わたしからは絶対に解放されないわよ、ウォーレン」重みで手が離れかけた。が、彼は背中のフックをつかんで、かろうじて落下を食い止めた。死体は今にも落ちそうになりながら船べりにぶらさがって、彼を道連れにしようとした。

「〈マザー〉! 卑劣でけがらわしい商売女だよ、あんたは!」子どものころから心理的に監禁され、それに耐えるしかなかった辛さを思って、彼は屍に怒声を浴びせた。

彼女は抜け殻のくぼみから、さも満足そうな猫なで声を出して、ロンドンなまりでこう言った。「わたしから逃げようだなんて、そんなことできっこないでしょう……とりあえず、もうしばらくは無理……」死人がぺらぺらとしゃべっているあいだ、彼はまばたきで目に入る海水のしぶきと涙を振りはらった。ますます高くなる波で、船が激しく上下に揺れる。

ひょっとすると……彼は思った。自分には一生自由がないのだろうか……自由になれないのだろうか……

「ないわね、死ぬまでは」彼の頭の中で、屍が言った。

「〈マザー〉、あんただったのか！　やっぱり！　ようやく来たんだ……」彼は気が狂ったように海に落ちかける死体をつかみ、力まかせに引っぱった。そして、不意に大きく傾いた船にしがみついた。母親を、せっかく手に入れた獲物を、ここで海にさらわれては一大事だ。彼は死体にしがみついて悪態をついた。「ちくしょう、逃げられてたまるか。やっとのことで捕まえたんだからな。離さないぞ！」

あと少しというところで、死体もろとも海に落ちるのは免れた。少女の背骨に引っかかっていたフックが、ゆがみはしたものの、突然持ち手代わりになったのだ。そして次の瞬間、ウォーレン・タウマンとマデリーンは甲板にたたきつけられた。ふり出した雨の中、ふたりはまるで魚のように傾きながら床をすべった。

彼は天をあおいで絶叫し、何度も何度も〈マザー〉をののしった。「ブス！　化け物！　くそばばあ！　捕まえたぞ！　もう逃がすもんか！」

彼は甲板に寝転がった。固い床にぶつかった衝撃で額がぱっくり口をあけていた。苦闘にうち勝ったと見るや、彼は笑いを抑えることができなくなった。

海は彼の味方をするのをやめ、船はまるで風に舞う木の葉のように潮の渦にもまれていた。嵐に突入していたのだ。ふり続く雨が、〈マザー〉と一緒に甲板に横たわる彼にたたきつける。

それからすぐ、彼は操舵室におりていった。そして、針路を修正し、自動航行にセットしなおしてから、甲板の死体のところに戻った。死体は右に左にと転がっていた。〈マザー〉を安全なところに移さなくてはならない。「今度ばかりは、そう簡単にぼくから逃げられないからね、〈マザー〉」彼は死体に話しかけた。それから、抱きあげて船室《キャビン》に運び戻した。

10

汝《なんじ》は小鳥が巣のありかをあかすように、秘密をもらしてしまった。けんめいになって隠そうとすることで。

——ヘンリー・ワッズワース・ロングフェロー

「なかなかやるじゃないか、君も。こんなにいいタイミングでドクター・レモンテを呼び寄せるなんて」サンティバが言った。「いったいどう動いたんだ、ジェス？」

ジェシカ・コランとエリック・サンティバは、マイアミ市警が特別捜査本部準備室と呼ぶ、狭い、むさくるしい部屋で向かいあっていた。ジェシカを取り巻く壁には、闇の徘徊者《ナイト・クローラー》の被害者と、現時点ではまだ行方不明でしかない若い女性たちの、大きく引き伸ばした写真が貼ってある。すでにジェシカは、その中の何人かは単なる行方不明者で、捜査の対象ではないと目星をつけている。明らかに犯人の好みのタイプではないのだ。金髪や真っ黒の髪、ごくふつうの茶色の髪をした女性は、ターゲットになっていない。ジュディ・テンプラー——彼女の髪は金褐色か赤毛というよりは、茶色に近い――が命拾いをし、金褐色に近い髪のタミーが連れていかれたのは、おそらくこのあたりにあるのだろう。加えて、ジェシカには若い女性ならではの共通点がひとつ見えている。ジェシカはそのことを内緒にしているし、ほかの誰かが気づいているようすもないが、胸騒ぎのする共通点である。

「ドクター・レモンテはわたしが買収したの」ジェシカはエリックに言った。

「買収？　どうやって？」

「費用は全額FBIの負担よ」

サンティバは咳払いをした。「覚悟しろということだな」

「そりゃそうでしょう」

「ほかには何を保証したんだ？」

「マイアミ満喫《まんきつ》の一週間」

「おい、おい、その費用もこっち持ちか？」

ジェシカはうなずいた。

「君とドクター・レモンテは友だちだと思ってた」ふたりのあいだにはビデオのリモコンがおいてある。クインシーとセイマナウの到着を待って、ビデオに撮ったドクター・レモンテとジュディ・テンプラーの面談のもようを見ることになっているのだ。

「わたしたち、友だちよ」ジェシカはこたえた。

サンティバはおかしそうに笑った。

「なんだかんだいっても、彼女、ジュディ・テンプラーに会いに来るのに、予約の患者さん全員に診察日を延期してもらわなくちゃいけなかったんだから」

勢いよくドアがあいて、入ってきたクインシーがどっかと椅子に腰をおろした。いつもながら、堂々とした身のこなしだ。彼が座ると、ゆったりした椅子がきゅうくつに見える。後ろから、のろのろとセイマナウが現れた。うつろな目をして首を垂れているところを見ると、また落ちこんでいるようだ。この周期的な気分の変動はなんだろうという思いが、ジェシカの胸をよぎった。

いきなり本題に入って、ジェシカはなぜテープを見るのにみんなに集まってもらったかを説明した。「ジュディ・テンプラーは闇の徘徊者《ナイト・クローラー》を見ていて、頭の中にはその人相が残っていると思うの。今、ドクター・レモンテと警察の似顔絵画家が人相書きを作成中なんだけど、そのあいだに、みなさんにはこれを見て、聞いて、パトリックについてわかることを――」

「パトリック?」クインシーがびっくりしたように眉をつりあげた。

「自称、ね。少なくとも、ジュディ・テンプラーが知っているのはその名前」

「名字はないんですか?」セイマナウが鋭い顔になった。

「そうなのよ」

「いわゆる目撃者の中にもうひとり、パトリックっていう名前の男を見分けられる人間がいなかったかな、マーク?」記憶の糸をたぐりながら、クインシーは相棒の充血した目をのぞいた。

「さあ……いたかもしれないな……うん、何百人っていう、いわゆる目撃者の中にひとり」セイマナウがいやみをこめて言った。

「おれが言ってるのは例の、おまえがなんとしてももう一度捜し出すんだってがんばってる子のことだぞ、マーク」

そう言われると、セイマナウは顔をしかめた。そして、ゆっくりとことのいきさつを話しはじめた。「その子、ものすごい美形の男に誘拐されたって言うんです。ボートに乗せられて、暴行四、五日身動きできないよう縛られていたらしい。そのあいだ、繰り返しレイプされて、暴行されて、首を絞められたということでした。気を失ったふりをして逃げ出さなかったら、生きては帰れなかったとも言ってました。百メートルほど泳いで陸にあがったんだそうです」

「いつの話なの、それ？　そんな目撃者がいるのに、どうしてわたしたちに話してくれなかったの？」

「彼女、消えちゃったんですよ。もうフロリダにはいませんが、簡単な陳述書はあります」

「それ、持ってきて——これを見てからでいいから」ジェシカはビデオとテレビのスイッチを入れた。画面に映し出されたのは沈痛な面持ちの少女と、品のいい服を着た、あかぬけした雰囲気の精神科医ドナ・レモンテだった。彼女の髪はつやつやしていて、カールもきれいで、まだ美容院でセットしたてのように見える。

男性陣にビデオを見せておいて、ジェシカは席を立った。自分はもう三回も見ているのだ。コーヒーを取りに行く途中、ジェシカはジュディ・テンプラーが描写した場面を最初から頭に思いうかべた。催眠術にかかっているようなジュディ・テンプラーのまだるっこい話し声が、耳の奥で聞こえるような気がした。

親友のタミー・スー・シェパードが埠頭《ふとう》の先に姿を消し、命を落としたあの夜の記憶を、ドクター・レモンテはジュディから、かなり詳しく聞き出していた。

ジュディは催眠状態におかれているので、三人称でしゃべっている。これは、ドナ・レモンテがジェシカにもよく使うテクニックで、患者が現時点から自分を切り離すのに役立つそうだ。

午後三時。疲れが出てきたのを感じながら、ジェシカはコーヒーを手に面談の声に聞き入った。これで四回目だ。先端技術などなくても、脳に組みこまれたインターネットで前景が開けてくる。

少女たちは〈マジック・ワンド〉にいた。サウス・マイアミ・ビーチの先端、海と合流する直前の川をまたぐようにして建てられたバー&グリルである。

ジュディが怒ったふりをして顔をゆがめ、パトリックの名前を繰り返して、冗談とも本気ともつかない調子でタミーをあざ笑った。「つづりにKの入らないパトリック、つづりにKの入らないパトリック」その声は次第に、酔っぱらいの繰り言のようになっていく。

シンシアは深々と椅子に身をうずめていた。三杯目のブラディ・メアリーで自分をなぐさめているものの、むっつりとした表情で気分もさえない。ジュディは立ったまましばらく、嬉しそうなタミーの後ろ姿を見送っていた。タミーはひっかけたばかりの男のあとをいそいそとついていく。スキップせんばかりの足どりで板張りの埠頭沿いに並んでいるボートのほうに向かった彼女は、やがて巨大な水上都市へと姿を消していった。彼女を乗せたボートの索具と白い帆と高いマストが、潮風と波の子守歌に合わせて、気持ちよさそうに上下に揺れている。このあたりは内陸大水路が上げ潮とぶつかって、風と波で船のポールとロープが巨大なチャイムに変身するところだ。

ジュディはあきらめたように大きなため息をついて、シンシアのほうに向きなおった。「ボートの名前、なんだったっけ?」

「どのボート?」

「シンシアったら! タミーが乗ってるボートにきまってるじゃない。彼女、なんていうボートだって言ってた?」

「さあ、知らない……そんなことどうでもいいじゃん」シンシアはあられもないかっこうでラウンジチェアに寝そべった。

だしぬけに、ジュディは大声でタミーに呼びかけた。好奇心をそそられると同時に、ジュディは多少の不安をおぼえていた。いくらハンサムで男らしくても、金持ちでも、見ず知らずの男に二度もついていくのが分別ある行動なのかどうか。その前にも彼は、タミー・スーを近くのレストランに誘って、ワインと貝料理でしつこく彼女に迫ったのだった。

「もういいじゃない」シンシアが言った。「行っちゃったんだから。彼が戻ってきたとき、わたし、てっきり……というか、もしかすると……たぶん……ほら、わかるでしょ……」

「全然」ジュディはすっかり酔いのまわっている友だちをじっと見つめた。「わかるって、何が?」

「わたしたちも一緒にどうって言うかと思ったの」

「一緒にどうって、何を一緒にするの？」

「ジュディ、あなたって救いようがないくらい中流階級の型にはまってるのね」

「そんなことないわよ……酔ってもいないし、シン――」

「いい男よねえ、それにしても……」

「あなた、本気なんだ。わたしたち三人で彼をものにすることを考えてたわけ？」

「ちがう！　やっぱり、そう！　どうなんだろう……考えてたのはわたしじゃないわ。彼の目がほのめかしてたの。ねえ、見なかった、あの目つき？　タミーと腕を組んでいるのに、彼ったらあなたとわたしを目で裸にしてたのよ」

「ええっ、だけど、シン……あなた、そんなことするつもりだったの？」

「するとは言ってないでしょ」

「一対三！　いやだ、シン、ばかじゃないの、あなた」

シンシアは両手を宙にふらふら泳がせた。「わたしはただ、もしかしたらタミーが気をきかせて、わたしたちのことも誘ってくれるんじゃないかなって思っただけ。ほら、わたしたちだって、もう少し彼と親しくなりたいだろうって」

「まさか、わたしはタミーにそんなことおしえたおぼえはないわ、シン」

シンシアは顔をしかめただけで、空《から》になったグラスを振りまわした。

ジュディが思いついて言った。「ボートが出ていくところを見に行こうよ。コールナンバーを見ておかないと、念のために」

「コールナンバー？　コールナンバーって、飛行機にはあるけど船にはないわよ」

「ボートにも登録番号があるの。法律で決まってるんだから」

「知らなかった」

「やっぱり。あなたはインディアナ育ちだものね」

「でも、ふたりのあとをつけるのは無理じゃない？」

「埠頭の先まででいいのよ。タミーが言ってたけど、彼、カリブ海まで連れていってくれるんだって」

「今夜？」

「さあ、どうなんだろう……今夜じゃなくて、そのうちってことじゃないの」

「あらら、どんどんよくなってくるじゃない、彼。で、カリブ海のどこ？」

「たしか彼女、カリブ海の……ケイマン島って、カリブ海にあったっけ？」

「わたし、地理は昔から苦手なの」シンシアはこたえた。

「もし仮に、彼女がイエスって言って、あの豪華なボートで姿を消して、二週間ほど帰ってこなかったら、どうする？　タミーの両親から電話がかかってきたとき、なんて言えばいいの？」

「きっと腰を抜かすわね。見ものだわ」

「だから、行きましょ。とにかく、ボートが出ていくところだけでも見ておかなくちゃ」

「だけど、そんなことするの、おかしくない？　彼女きっと、わたしたちがねたんでるんだと思うわ」

「何言ってるの、シンシア、わたしたち、たしかにねたんでるじゃない」

「まあね、でも、それをわざわざ彼女に知らせることないと思うけど」

「シンシア、シンシア……彼女はもうそこまでは知ってるの」

「それなのに、行って喜ばせるの？　いやよ、そんな！」

「ふうん。わたしはあのふたりが出ていくのを見てくる」

「その前にポケットの奥に手をつっこんでいって」

「えっ？」

「今度はあなたのばんでしょ、ドリンクのお金を払うの。忘れたの？」シンシアは空のグラスを、今度は旗を振るように振った。

「ああ、そうだったわね……いいわ……」

ジュディ・テンプラーは必要なだけの現金とチップを取り出すと、それをテーブルの上においてから、立ち去りかけた。が、すぐあと戻りしてきて、最後にもう一度シンシアを誘った。

「ほんとうに来ないの？」

「うん……わたし、ここで座ってる」

「そんなこと言わないで、シン……ほかのボートを見てるみたいな顔してればいいのよ。彼女にはわからないって。どうせ、つづりにKの入らないパァアトリックしか目に入ってないんだから。ほら、早く、シン……シン……」

「もう、わかったわよ。わかったから、そうやって泣き声を出すのやめて、しょうがないわねえ……」埠頭のほうに向かいかけたとき、ふたりは同い年か少し年下の若い男ふたりに声をかけられた。一緒に踊らないかという。ジュディは悟りきったようなことをシンシアに耳打ちした。「こういう場所っておかしいわよね。わたしたちにはいつも必ず、もてない男が近づいてくる。あぶれましたとでも背中に書いてあるのかしら？」

バンドメンバーのひとりがまちがえておかしな音を出した。それで初めて、ジュディはミュージシャンがそこにいて、客が何人か踊っていることに気がついた。

ジュディが何を言ったのかよくわからないまま、シンシアはささやき返した。「こういう場所って、なんなのかしらね。集まってくるのはお酒の飲めない未成年と、わたしにドリンクをおごってもくれない金欠男ばっかりじゃない？」

ふたりはくすくすと笑った。おもしろがっているのがわからないようにと手で口を覆うのだが、なかなかうまくいかない。やっとの思いで真顔になると、ふたりはどうしたものかと恋人志願の少年たちをじろじろ見た。

ようやく、ジュディ・テンプラーが言った。「ごめんね。わたし、お散歩に行くところなの」

シンシアは言った。「わたしは踊る」

そんなわけで、少年たちのうちのひとりはジュディについてボートのそばまで歩いてきた。

彼はトッド・サイモンと名乗った。父親は地元で金物店チェーンの〈トゥルー・バリュー〉を経営《や》っている。自分は近くのシーブリーズ高校に行っていて、この六月に卒業したあと、秋にはタラハシーにあるフロリダ州立大学に進学することになっている。そう話したあと、今までに出会った女の中では〝まあ〟いちばんきれいな部類だと、彼はジュディをほめた。

しかし、ジュディはいいかげんにしか聞いていなかった。それよりも気になるのはタミーが乗ったボートのことだ。ジュディはきょろきょろ見まわした。ようやくどれかがわかったときには、ボートは巧みに操縦されて埠頭を離れ、水路へと出ていくところだった。もうかなり遠くに行ってしまっていて、船尾に書いてある名前も船首の下部についているナンバーも判読できない。

ジュディはそのとき、ある意地悪を思いついた。タミーのロマンチックな夜を台なしにするくらい、簡単なことだ。港湾パトロール隊か沿岸警備隊に、パトリックは出航したとき酒を飲んでいたと思うからチェックしたほうがいいと言いつければいいのだ。ボートの名前とナンバーが読み取れたら、これくらいのいたずらはわけない。しかし、細かいことがわからないのでは、ボートの特徴を説明するのはたいへんだろう。とはいっても、すばらしく立派な帆船だ。あんなボートはこのあたりではめったに見かけない。今すぐ行動をおこせば……

明かりがともってますます魅惑的になったボートをじっと見つめながら、ジュディはまたしても、タミーを連れ去った男に対する不信感がどっと押し寄せてくるのを感じた。どうも気持ちが落ちつかない。言いようのない胸騒ぎをおぼえる。コールリッジだったかキーツだったか、高校時代にハーグレイブ先生にしつこく読まされた詩の一節までが、頭にうかんだ。たしか、こんな詩だった。『荒涼としたところ！　神聖で魅惑的な。欠けゆく月の下には幽霊が出る。悪魔の恋人を求めて泣き叫ぶ女の幽霊が！』

たぶん、これはタミーに対する嫉妬心だ。自分は今夜のできごとを、思った以上に根に持っているのだろうか。こういうところは、シンシアより性格が悪いかもしれない。

「ばかみたい」ジュディは声に出して言って、〝デートの相手〟に自分が動揺していることをおしえた。

思い過ごしよ。ジュディは自分に言い聞かせた。彼女とはライバルどうしではない。ジュディもそうだが、今までにもタミーはバーで知りあった相手とどこかに行ってしまったことがある。それなのに、何をひとりで空騒ぎしているのだろう。どうもひっかかるのは、『うそみたいにいいことは、ほんとうにうそだと思いなさい』と、いつも母に言われているからだろうか。

ジュディはどんどん遠くに離れていくボートをじっと見つめ続けた。あのボートにはどこか不安をかきたてるものがある。が、それがなんなのかはわからない。さっき、タミーとシンシアと三人、ぼんやりとマドラーでドリンクをかきまわしているとき、ボートが近づいてくるのは見えていた。太陽が沈む直前の、ちろちろと揺らめく夕陽を浴びて、ボートはまるでおとぎ話の世界から抜け出してきたみたいだった。三人とも、そのボートからおりてきた男が自分たちのそばに来るなどとは思ってもみなかった。が、彼はやってきた。三人、とりわけタミーに、彼はしきりと色目を使い、全員にドリンクをごちそうしてもいいかと尋ねた。そして、まもなく、タミーだけを巧みに引き離したのだった。

ボートが接近してくるのを見ていたジュディは、目に飛びこんできた名前に首をかしげた。が、それがなんだったのか、今は思い出せない。おかしな名前だと思ったが、考えてみたら、自家用ボートに個人的な名前をつけるひとは多い。マネーピット号、レックレス・ナーブ号といった調子で、何かを暗示していたり、どうとでもとれるあいまいな語をあてたり、なんでもありなのだ。だが、それにしても、あの名前は一風変わっていた。

夕闇の迫る中、港の明かりの下に立って食い入るようにボートを見つめるジュディには、もうひとつ、気にかかってならないことがあった。バウスプリットと船尾からぶらさがっていた太い黒のナイロンロープ。あれはいかにも場違いな感じで、要らないもののように思えた。太いナイロンのロープは最近みんなが使っているが、何本か並んだあのロープは、どことなく異様だった。

「ボートをつなぐのに、いったい何本ロープが要るの？」ジュディは声に出して自問した。かたわらの少年トッド・サイモンはぽりぽり鼻をかいて肩をすくめた。

それからようやく、彼は返事をして、ジュディに自分の存在を思い出させた。「なんの話をしてるんだ？」わけがわからないまま、彼はジュディのそばに立って、遠くを行き交うボートの明かりをじっと見つめた。

ジュディには不思議でならなかった。何年も前のことだが、彼女はヨットの操縦講習を受けたことがある。帆船にはたくさんロープが使われるのはたしかだ。しかし、あのロープの数は、通常よりだいぶ多かった。ボートにはそれ以外にも妙なところがあった。どことなく異様だった。それでも、ジュディには水につかっていたあの数本のナイロンロープのことが気になってしかたがない。ロープは、まるで誰かを待っている蛇のように、ボートのへりにまくれあがっていた。

一本ではないから、錨《いかり》をつなぐロープではありえない。ただ忘れられてぶらさがったままになっていたのなら、水に浮かんで漂っているはずだが、そうではなかった。暗くて距離もだいぶあるが、それでもジュディの目には光を反射する三本のつやつやしたナイロンロープが見える。もしかすると、彼はあそこにビールを隠しているのかもしれない。でも、考えてみたら、ボートには収納庫つきの厨房《ちゅうぼう》があるではないか。ジュディはこれ以上トッドに問いかけないよう注意して、自問自答した。

ロープに目の焦点を合わせると、それぞれ先に何か重しになるものがついているのがわかった。が、それでもまだ好奇心は満たされない。

ばかなことしてる。ジュディは思った。大学時代にボートの操縦を少しかじったことのあるジュディは小首をかしげた。なぜわざとあんな邪魔なものをぶらさげているのだろう。

湾の反射光に包まれて彼に抱きしめられているタミーのシルエットも見えた。ふたりはボートの上で口づけを交わし、踊り、仲睦《むつ》まじく身を寄せあっている——まだ今のところは、その程度の愛撫にすぎない。ボートが港の真ん中にとまったままでいるところを見ても、パトリックはタミーをあまり遠くに連れていこうとは思っていないようだ。

タミーは大人よ。ちゃんと気をつけて行動してるわよ。最終的に、ジュディは自分にそう言い聞かせた。

「おれ、ダンスも好きなんだ」トッド・サイモンがジュディの耳もとで言った。「まあ……桟《さん》橋《ばし》のあたりをぶらぶら歩くのも悪くないけどね」

「ダンスしたい？」いきなり大きな声を出して、ジュディは年下の少年をぎくりとさせた。「じゃ、いらっしゃい。踊りましょう」なんとかしてタミーとパトリックのことを忘れなくては。つまらないことにこだわっていたら、自分が傷つくだけだ。つづりにKの入らないパトリックを独り占めしてしまったタミーがうらめしい。忘れなさい……忘れなさい……彼のことは忘れるのよ。ジュディは自分を叱りつけた。

それでも、〈トゥルー・バリュー〉サウス・マイアミ・ビーチ店の跡取りとダンスしているあいだずっと、ジュディは運が開けてきたタミーのことばかり考えていた。言葉になまりのあるパトリックは大きなボートを手際よく操って、ほんの数分のあいだに港を出てしまった。ほんとうにきれいな船だった。誰もが一度は所有したいと夢に見るような船だった。東インド会社の大型帆船と同じチーク材が使われた船体はきれいな金茶色で、ニスを塗ったばかりのようにつやつやしていた。

おまけに、パトリックの目はものすごくきれいで魅惑的だった。そして、聞き慣れないあのしゃべりかた。オーストラリア人なのだろうか。いや、イギリス人の可能性のほうが強い。ロンドンなまりも少し……

すごいじゃない、タミー。ボブ・マーリーのお粗末な物まね演奏に合わせて桟橋の上をくるくるまわりながら、ジュディは考えた。あなたって、超ラッキー……

「彼女、実際にその男を見たのか?」クインシーは仰天した。「彼女とその友だちはふたりとも、男と彼が使っていたボートを見てるのか?」

「見たどころか、話までしている!」サンティバが言った。

ちょうどジェシカが部屋に戻ってきたとき、マーク・セイマナウがうなった。「あほ女が。どうしてそのときすぐ警察に通報しないんだ、え?」

「したわよ」ジェシカが言った。

「えっ? いつ?」

「どうしておれたちに伝わってこなかったんだ?」

刑事ふたりは不快感をあらわにした。

「彼女、行方不明者捜索願いを出しているんだ」サンティバがふたりに言った。

「マイアミで?」

「第十五管区が二週間以上前に彼女の通報を受けつけている。ところが、どこでどうなったのか、人為的なミスで、その通報はコンピューターに入っていなかった」

ジェシカは部屋の中を歩きまわりながらつけ加えた。「彼女ね、タミー・スーの捜索が進んでいるかどうかをチェックしに来たの。そのときになって初めて、行方不明者捜索課は彼女が誰かってことに気づいて、わたしたちのところに連れてきたわけ」

　サンティバが腹立たしげに言い添えた。「闇の徘徊者《ナイト・クローラー》に関するありったけの情報をまとめよう、ネットワークを作ろうというこっちの努力は、百パーセントじゃなかったってことだ。ジュディ・テンプラーが言ってることについて、そのシンシアという子から、少しでも確証が得られるかどうか。どうやってその子を捜し出せばいいのか。君が言ってるもうひとりの目撃者は誰なのか。わかるか？」

「彼女に関する記録は全部わたしが持っています。エアリエル・モンローという子でした。自分のパソコンにはあれからも気づいたことをいろいろ書きこんでいるんですよ」セイマナウが打ち明けた。「彼女、ロベットという名前を名乗っているかもしれません」

「ばかかおまえは、マーク！」クインシーがかっとなって椅子を蹴り倒し、大きな両手を握りしめてどんと机をたたいた。リモコンが二度はねあがった。「何回ポカをやったら気がすむんだ」

「ちょっと待っていてください、サンティバ捜査官。必要な情報は一時間以内に送りますから、メールで」セイマナウは請《う》けあった。

「そのあいだに、情報をくれた女の子の居所をなんとか探してみてくれ」

　必ず捜し出す。そう返事をして、クインシーは相棒よりひと足先に廊下に飛び出していった。頭からは湯気がたちのぼっていた。ふたりが出ていってドアが閉まる直前、クインシーがセイマナウをどやす声がジェシカの耳に届いた。「今度ドジを踏んだら、おまえと組むのはやめるからな、マーク。おれは新しい相棒をみつける」

サンティバはため息をついて眉根を寄せた。「ジュディ・テンプラーと似顔絵画家のようすを見に行ってみよう。友だちの友だちだというシンシアは、どうなんだ？　レモンテは彼女からも何か聞き出せると思うか？」

「わたしがジュディから聞いた話では、無理。シンシアはジュディ以上に動揺が激しくて、あのできごとのことはジュディにもしゃべれないんですって」

「当時はそうとう酔ってたみたいだが、それでも……」

「クインシーとセイマナウがもうひとりの被害者――もう少しで被害にあうところだったと言ってる子をみつけてきてくれたら、その子がたしかな情報源になるかもね。それでふたりの話が一致すれば、どちらも信用できるということよ。ちょっと時間をかけてみましょう」

サンティバはうなずいてドアのほうに歩き出した。ジェシカは重要な役割を果たしたビデオテープを回収した。階下に向かうエレベーターの中で、サンティバはジェシカに尋ねた。「テンプラーの証言、どの程度まで真に受けていいと思う？」

「わたしの直感？」

サンティバはうなずいた。

「かなりの程度まで。彼女は誠実で、ものを見る目のある子だと思うわ」

「バウスプリットと船尾からぶらさがっていたロープについて、彼女が言っていたことだが……」サンティバは途中で言いやめて考えこんだ。

「記者連が群がってこなかったら、わたしたちがきょう死体から黒いナイロンロープを抜き取ったことは、誰にも知れ渡らなかったんだけどね。それはすんだことだし……実は彼女、わたしに言ったのよ、わたしたち——当局——のところにもう一度行ってみようという気になったのは、殺人に黒いナイロンロープが使われてたという報道を耳にしたからなんだって。うそじゃないみたい。ロープのことがニュースになったことで、抑えていた罪悪感がどっと表に出てきたんだと思う」

「ドクター・レモンテは？　ジュディの言ってることはほんとうだと思っているのか？」

「まずまちがいないって言ってる」

エレベーターをおりると、ふたりはマイアミ市警の似顔絵作成室を探した。中ではジュディ・テンプラーが、向かいあっている男の質問にこたえていた。鼻について、目について。耳。あご。頬。こめかみ。額。ひげ。生え際の線。髪のようす。ドナ・レモンテがそばに立って、ジュディを元気づけている。

ジェシカはドナの手を取って両手で包んだ。ここ数年で、ふたりは親友と言ってもいいほどの仲になっていた。ジェシカは現実主義者でずけずけとものを言うドナ・レモンテを尊敬している。彼女はプロとして優秀な腕を持っているだけではなく、私生活でも大成功をおさめたからだ。ここに至るまでのあいだ、彼女は幾度も苦難を乗り越えてきた。中でもいちばん辛かったのは、息子を白血病で亡くしたときだった。恐ろしい病気は家庭崩壊を招き、それがもとで彼女は夫と離婚した。人生なかばで彼女は再起を志し、大学に戻った。卒業すると、今度は大学院で医学と精神医学を専門に学んだ。そして、精神科医になったのである。ドナほどの名医に、ジェシカは会ったことがない。

ジェシカとドナはしっかりと手を握りあった。サンティバはふたりのあいだのほのぼのとした関係を見て取った。それから、ジェシカはサンティバとドクター・レモンテを引きあわせた。サンティバは彼女のことを話には聞いていたが、実際に会うのは初めてだった。ドクター・レモンテはFBI専属ではないが、何年も前から多くのFBI捜査官を診《み》ている。一見してジェシカより十歳か、ことによると十二歳くらい年上のようだが、はっとするほどの美人だ。

「君のおかげでちょっとした奇跡がおきたかもしれんよ、ドクター」サンティバが言った。

「これでやっと、突破口ができた」

「うまくいけば、犯人逮捕につながりそうよ」ジェシカが同調した。

「よかった。嬉しいわ、お役に立てて」彼女はささやき返した。「だけど、仕事はまだ残ってるのよ。ジュディなんだけどね――」彼女はジュディに聞こえるようにわざと声をあげた。

「――細かい点について、今ひとつはっきりしないの。でも、もう一度催眠状態になってもいいって言ってくれてるから、つづりにKの入らないパトリックの顔その他の特徴については、もっと詳しくわかると思うわ。ねえ、ジュディ？」

ジュディは唇をかんだ。そして、手をのばしてジェシカの手を握った。「がんばってるんだけど、どうしてもだめなの」

「ドクター・レモンテともう一度催眠法を試してみる気はある、ジュディ？」

「疲れたけど、でも……やってみようかな」

「よかった……じゃ、用意するわね」

「ここでいいわよ。すぐやりましょう」ドナ・レモンテがジェシカの発言を打ち消した。「あなたの言ったことから、このひとが似顔絵を描いているあいだに。ね、ジュディ」

ジュディとスケッチブックを前にした係官は、しばらくじっと意味ありげな目で見つめあい、最後ににっこり微笑んだ。ジェシカはふたりが魅かれあっていることに気づいた。これで、繰り返し悪夢にうなされているジュディに何かいいことがあるかもしれない。

あっというまに、ドクター・レモンテはジュディを催眠術にかけた。そして、タミーが姿を消した夜に立ち返るよう、ジュディを誘導した。トッド・サイモン（彼はもうすでに事情聴取を受け、手がかりに乏しいということで帰されている）と並んで立っていた桟橋に戻って、海に浮かんでいるボートと、タミーを腕に抱いている男を見つめるように。そのあとドクター・レモンテは、テーブルをはさんで向かい側に座っているパトリックがタミーの耳もとでささやく場面に戻るよう求めた。

「じゃあおしえて、ジュディ」ドクター・レモンテは質問しはじめた。「彼はどんな髪をしてた？」

「真っ黒でぬれたみたいに光ってた。濃紺に近い黒。ジェルをつけてたのかもしれない。ウエーブがかかってて、後ろのほうにとかしつけてあった」

一心に耳を傾けながら、似顔絵画家は新しい紙にスケッチを始めた。

「おでこは……たとえば……たとえば……」ドクター・レモンテは言葉をうながした。

「右側には髪がふりかかっていたけど、左のおでこは広かったわ」

「肌はきれいだった？　汚かった？」

「ちょっと汚かった。おでこの髪で隠れたところに、大きなそばかすかあざみたいなものがあったわ。それが彼の唯一の欠点だった」

「目に何かとくに変わったところはあった？」

「うん、あった！　ものすごく濃いブルーなの。本物なのか、コンタクトなのか、わからなかったけど」

「眉は？」

「太いんだけど、もじゃもじゃっていうんじゃなくて、完璧な弓形」

「ほかには？」

「眉の下が深くくぼんでた」

「じゃ、耳は？」

「髪がかぶさってた。でも、特徴って言われても……つりあいはとれてたかな、大きすぎず、小さすぎず」

　ドクター・レモンテとジュディのやりとりにおいていかれまいと、似顔絵画家は猛烈な勢いで手を動かして、そのあと頰と鼻と唇を順に描いていった。彼はにこやかだったか、お高くとまっている感じだったか。よくしゃべったか、話しかけられたときだけ返事をしたか。ドクター・レモンテは尋ねた。

「彼、ほとんどタミーひとりに話しかけてた。耳すれすれのところまで口を持っていって、ささやくの。いやなやつ」

「身長はどれくらいだった、ジュディ？　どう、ジュディ？」

「そんなに大きくはなかった。百七十八センチか百八十センチくらい」

「体重は？」

「わからない」

「だいたいでいいの。どれくらいだと思う？」

「七十六、七キロかな」

ほどなく似顔絵が完成した。紙の上で生きているかのような深くくぼんだ鋭い目に、ジェシカはじっと見入った。ジュディが催眠状態から醒《さ》めるまでのあいだ、似顔絵は裏返しにしてテーブルの上におかれた。それからジュディは、画家のブレント・コンウェイが描き出した人相を見る心の準備ができているかどうかを尋ねられた。

「は……はい、だいじょうぶだと思います」ジュディはコンウェイが手をのばして絵を表に向けるのを、ちらりと盗み見た。

似顔絵を前にして、ジュディは跳びあがりかけた。「ああっ、すごい、これ――彼だ」彼女は言い切った。「このひとよ、まちがいないわ」

「お見事」サンティバがガッツポーズをしてみせた。「見事なできばえだ」

「この目で実物を見ないことには、似てるかどうかはなんとも言えませんけどね」コンウェイは本音を言った。

「わたしもそう思います」セイマナウが背後《うしろ》から言った。さっきから部屋に戻っていたようだ。ファイルフォルダーとばらの封筒を数枚両手にかかえ、指にたばこを一本はさんでいる。「もうひとりの目撃者候補の情報を持ってきました。面談で彼女、男にはおそらくイギリス人だと思われるなまりがあって、パトリック・アランと名乗っていたと言っています。ボートには名前が書いてあって、Tの文字がぱっと目についたということですが、名前ははっきりおぼえていないようです」

「あっと驚く相互比較ができそうね」ジェシカはセイマナウから書類を受け取った。

「クインシーはその子の居所をみつけたのか？」サンティバが尋ねた。

「今親類に問いあわせているところです。みつかると思いますよ。彼女についての資料はそこにみんなそろっていますしね」セイマナウはジェシカに渡した書類を指さした。

「この情報はわたしがちゃんとコンピューターに入れるからだいじょうぶよ。ほかにも一致するところや相互参照できる点がないかどうか、調べてみるわ」ジェシカはこたえた。それからジュディ・テンプラーのほうを向いて問いかけた。「そのアランという名前に聞きおぼえはある、ジュディ？」

ジュディは首を横に振った。「タミーがわたしたちにおしえてくれたのは、彼の名前がパトリックで、つづりにKという字が入っていないってことだけだから」彼女はまた同じことを言って、視線を落とした。

「ボートの名前にTという字がついていたのは、おぼえてる?」ジェシカは話を先に進めた。

「いいえ。だから言ったでしょ。わたしたち、ボートの名前なんて気にかけてもいなかったんだって。見とかなくちゃいけないかもしれないって思ったときには、もう遠すぎて読み取れなかったの」

ジェシカはジュディの手を握りしめた。「彼がこんなひどいことをしたのは、あなたのせいじゃないんだから、自分を責めるのはやめましょう、ジュディ……ジュディ……」

その場面を澄んだ緑色の目でじっと見守っていたドナ・レモンテは、顔を上げて自分の目をのぞきこむジェシカを見て、彼女はもはや患者でなく、癒《いや》しを与える側になっていることに思いあたった。今のジェシカの言葉は、何年も前、オットー・ブティーンを喪《うしな》ったときに赦《ゆる》しを求めてやってきた彼女に、ドナがかけた言葉にほかならない。オットー・ブティーンはすばらしい男性で、ジェシカが初めて本気で恋をした相手だったが、狂人マット・マティサックを追跡中のジェシカが致命的な判断ミスをおかしたがために、ジェシカの身代わりとなって命を落としたのだった。

「わたしのせいじゃない。え?」ジュディはさっと身を引いて、ドアのほうに歩いていった。「じゃ、タミーの親にそう言ってよ。彼女のきょうだいにもね。そのときついでに、シンシアのせいでもないって言っといて。頼んだわよ! よろしく!」

「ジュディ……ジュディ!」ジェシカは追いかけようとした。が、ドナがそれを制して言った。

「ちょっと時間をあげなさい、ジェシカ」

　コンウェイ巡査が似顔絵を女性アシスタントに手渡すと、いつもの要領でコピーをとって、各管区に配布するよう指示した。それから彼は、一同を押しのけるようにしてジュディのあとを追った。「ミス・テンプラーが無事帰宅するのをたしかめに行ってきます」

「とりあえずはコピーは署内にとどめておきたい」サンティバがアシスタントに言った。「各管区に配布するときは、その旨《むね》ひとこと添えておいてくれ。きょうのことはまだ、報道関係者にはもらさないように。『ヘラルド』との約束もあるからね」

「はい、わかりました」彼女は飛び出していった。

「ええっ、来たばっかりのわたしが言うのもなんだけど」ドナ・レモンテが言った。「それって、この町に住んでる女のひとの身の安全に関わる重大な情報を意図的に絶つってことじゃないの？　地元の新聞社との密約があるから？　悪いけどわたしには――」

「どんな情報でも、会議にかけてからでないと報道関係者には発表できないことになっているんだ、ドクター・レモンテ。第一……君は捜査関係者じゃないだろう。そんなよけいな心配をしてると、夜も眠れなくなるぞ」

「あなたもその捜査関係者のひとりなのよね、ジェシカ？」ドクター・レモンテは友人のジェシカに非難の目を向けた。

「『ヘラルド』にはある程度譲歩するしかなかったのよ。殺人者が『ヘラルド』にだけ手紙を送っている関係でね。前にもその話はしたでしょ、ドナ」

くつもり？」

「でも、その狂人と勝負するために、これから先いつまでこういう情報を一般市民に隠しておくつもり？」

「だから、君はそんなことを心配しなくてもいいんだって言ってるだろう」サンティバが返事をした。

ドクター・レモンテはサンティバをにらみつけた。「わたしには関係のないこと。失礼だけど、わたしはそうは思っていないのよ、サンティバ捜査官」

「いいかね、君は雇われの身、費用を受け持つのはわたしたちだ。それに、聞いたところでは、一週間滞在して太陽と海を満喫して帰ろうという予定があるそうじゃないか。そっちのほうに気持ちを切り替えたらどうだ？」

「たった今出ていったあの若い女性はおそらく、向こう何年とは言わないまでも、何カ月かは精神科医のサポートが必要になってくるわ。誰か彼女の助けになってやれるひとがいないかどうか、このへんであちこちあたってみるつもりだけどね。わたしが長距離電話で相談に乗るのは無理。それはともかく、あの子はこれで、またタミーみたいな犠牲者が出るのを防ぐ手助けができた、あなたたちが追跡している狂人から自分の身を守ることもできたと思ってるのよ。それなのに、わたしは彼女になんて言えばいいわけ？」

サンティバが血の気の多いキューバ人の本領を発揮した。「君はなんにも言わなくていい」

「一般市民には、わたしたち捜査チームがころあいを見て似顔絵を公開するわ」ジェシカが割って入って、上司と友だちをとりなした。いつのまにこんなややこしいことになったのか、自分でもわからなかった。

「それまではみんな待つ」

「ドナ」ジェシカはなんとかして友だちの気持ちをほぐそうとした。「そういう方針になってるのよ」

「理にかなわないことをするのね。方針だからって。あなたまでがこんな恥ずかしいことに加担するなんて、思ってもみなかったわ、ジェス」

ドクター・レモンテは怒って飛び出していった。ジェシカは意気消沈した。そして、ぎくしゃくとサンティバと目を見あわせてから、こう言った。「ねえ、似顔絵、今すぐ公開しない？『ヘラルド』にも、ほかの記者連にも、コピーを渡してしまえば？」

「君だってわかってるだろう。そんなことをしたら、犯人はすぐさま逃亡をはかるにきまってる」

「ええ、それはそうね」

「ハワイでコウォナを追跡したときに経験ずみだからな。それがどんなに悲惨な結末につながるかも、君にはわかっている」

「でも、わたしにはこういうこともわかってるわ。あくまでも〝もしかしたら〟の話だけどね、あのときコウォナの写真を二十四時間早く公開していたら、壁に縛りつけられて頭のてっぺんから爪先まで刀で切りつけられていた若い女性は、今もまだ生きてたかもしれない」

「とにかく、議論の余地はない。ここはわたしの判断にまかせてくれ、ジェス。パトリック・

アランなる人物のことがもっとわかるまで、野次馬にはもうしばらく待ってもらう。こっちは名前も詳しい人相もつかんでいるんだから、万全の構えだ。解決の日は近い。この際、公僕意識は捨てよう。どうせ一般大衆はわれわれの言うことなんか気にもとめないだろうし」

「いつごろまで伏せておくの？」

「状況しだいだ」

「じゃ、『ヘラルド』はいつまで待たせるつもり？」

サンティバは唇をかんだ。「わからん」

「編集長のメリックと取引をしてるのよ」

「ことは慎重に、教科書どおりに進めたい」

「教科書なんてないのよ、ここには。あるのは第六感だけ。わたしの勘では――」

「わたしは、彫刻家に頼んで似顔絵を立体化したものを作らせたいと思っている。次の段階のことについては、それから考えよう」

ジェシカはゆっくりと繰り返した。「わたしたち、メリックと取引してるのよ」

「メリックとジュディ・テンプラーとドクター・レモンテ以外にも、無視できない人間がいるんだ、ジェス」

ジェシカは折れた。そして、「ああ、わかった……そういうことなんだ」と彼をからかった。

サンティバは続けた。「そういう言いかたはやめろ、ジェス。この事件が政治的にも熱い闘いを引きおこしていることは君も知ってるはずだ。あくどい政治家どもはみんな、なんとかしてこの好機を利用しようとやっきになっている。市長と市議会が心配しているのは――」

「――観光収入の落ちこみ、でしょ。お金のことしか念頭にないんだから！」

「われわれは俗世間と離れて仕事をしてるわけじゃない。今までからしてずっとそうだ。君ともあろう人間が、そんなことがわからないはずはないと思うがね、ドクター。ワシントン記念病院で病理学部長を務めていたときに経験ずみじゃないのか？」

ジェシカは歯を食いしばり、拳を握ってサンティバから顔をそむけた。そして、これまでの事件のことを思った。前の年にニューオーリンズでおこった事件にも、政治が複雑にからんでいた。ハワイでは汚い政治のせいで罪もない若い男性が殺された。シカゴ、ニューヨーク、ロサンゼルス、ワシントンＤＣでも政治は最優先で個人の命は軽んじられ、ひとびとはわが身に何がふりかかったのかもわからないまま、気がついたときには手遅れになっているという状態におかれていた。

「そういう面は何ひとつ変わっていないんだよ、ジェス。この先も変わらない」

「あなた、ドナに言ったわね。警察が作成した人相書きを公表する時期は、チームで決めるんだって。そのチームの片割れとして言わせてもらうわ。似顔絵は『ヘラルド』紙にはきょうの夕刊にまにあうよう、『ヘラルド』以外のマスコミにもそのあとすぐ放出しましょう」

「あいにくわたしもチームの片割れでね。君の意見には同意できない。このパトリックという男みたいな人間を相手にすることにかけては、わたしは君より少しだけ経験が豊富だ。だからここはわたしの判断に従ってくれないか」

「でもね、エリック――」

「もうやめよう、ジェス。とりあえずこの問題は保留だ。似顔絵は、報道関係者には流すなという但し書きつきで法執行機関の幹部にまわす。そのあいだにわたしは、手元にある情報を持って市長のところに行ってくる。タラハシーにある知事の官邸へは、市長から話が伝わるだろう」

ジェシカの冷たく鋭い視線がサンティバの胸を射抜いた。「つまり、知事からオーケーが出るまでは、法執行機関に公開するのもさしひかえるということ？」

「もっと上がある。フロリダには元大統領とホワイトハウスの要人だった人物が何人か住んでいるし――」

「そんな話、聞きたくもないわ、エリック」

「番組のスケジュールにうまくはまれば、犯罪再現番組の『アメリカズ・モースト・ウォンテッド』でも取りあげてくれそうだということだから――」

「あなた、そこまでミーハーなの？　それとも、ただ野心があるだけ？　エロール・フリンを気取ってるのは知ってるけど――」

「まったく、なんにもわかってないんだな、ジェス。これはわたしや君やタミー・スー・シェパードの問題じゃない。アリスン・ノリス、上院議員の娘に関わることなんだ。われわれ――というか、わたしは命令されているんだ、ジェシカ……命令にそむくことはできん。ポール・ゼイネックは命令を無視しすぎたためにワシントンを追われた。彼が今どこにいるか知ってるか？」

ふと好奇心が頭をもたげた。ゼイネックがプエルトリコで気楽に暮らしているのでないことはたしかだ。ジェシカはかっとなって、「ドナの言うとおりだわ。政略なんて、下劣よ、エリック」と言うと、すたすたと部屋を出ていった。

11

悪魔が存在しないのなら、それを創り出したのは人間だ。人間がみずからの心象と似顔から創り出したのだ。

——フョードル・ドストエフスキー

フロリダ沖合の大西洋上
翌朝

はるか沖に出たウォーレン・タウマンは、空に冷たい鉛色のペンキを塗ったような雲の下で、今どんな状況におかれているのかを考えた。自分のことも、自分のしていることについても誰ひとり知らないとわかっているから、危険はないし安心だ。が、彼には話題のひとになりたいという気持ちもある。自分が何をしたか、それはなぜなのか、世界じゅうに知ってほしい。理由は、そのなぜなのかというところが重要だからである。そんなわけで、彼は自分の行動と旅を日記につけている。しかし、彼の書く文は舌足らずでぎくしゃくしていて、まとまりがない。思っているとおりのことを言葉で表現できた試しがないのだ。いつも物書きになることを夢見てきたが、これでは一生かかってもまともな作家にはなれないだろう。実力がないのかもしれない。自分がおもしろい人間でないということかもしれない。自分の書いたものに多少なりとも興味を持ってくれるのは、おそらく、お堅い警察の科学捜査班くらいだろう。錬金術師の秘法と同じで、殺人者本人の言葉はみな不可解なものになってしまうのかもしれない。

「マイアミ方面を離れるもうひとつの理由」彼は死んだマデリーンに語りかけた。「それは自分が病的なほど敏感に、消極的になりはじめたからなんだ。むろん、女どもがどんどん疑り深く慎重になって、行きずりの相手を警戒するようになったこともある。やっぱり、あそこじゃおれはよそ者だからな」

彼の計算では、ボートはもうイスラモラダ・キーよりかなり南に来ている。嵐はうまく切り抜けた。ちょっとした暴風雨で、何ごともなくあっというまに過ぎ去ってしまった。ほとんどの時間を、彼は〈マザー〉を元の壁に戻す作業に費やした。が、彼女はまたしても石のように冷たくなってしまった。しゃべりもしない。動きもしない。生き返ろうというそぶりも見せない。役立たずの死骸だ。

残りの時間、彼は舵輪《だりん》を握り、その夜の体験を逐一ノートに書き記した。〈マザー〉がとうとう姿を見せたという事実。彼をつき動かしているのは狂気でも幻想でもなく、本物の探求心であり、追い求めたものは手に入れることができるという事実。

彼は〈マザー〉の生気が戻った時間があまりにも短かったことと、マデリーンの体が期待に応えてくれなかったことを悔やんでいた。〈マザー〉は明らかに、マデリーンの体から出ていってしまっていた。もうあと少しというところまではいったのだが、成功とまではいかなかったのだ。

無風状態の海を、ボートは十一ノットの速度で南に向かっている。ウォーレンはスクーナーサイズの立派な帆船を再び自動操舵にして、マデリーンの体を船室の壁からおろしにかかった。それがすむと彼は死体をかつぎあげ、今度はさっきよりていねいに、待ち受けている海のほうに運んでいった。

船尾まで来ると、彼は平然と死人の顔を見おろした。どういうわけか、〈マザー〉がもっといい体をほしがっているのがわかる。彼は言った。「さようなら、かわいいあばずれちゃん。神様のところに、師のもとにお行き。タウトを喜ばせるんだよ。おれにしてくれたみたいに……」

屍が船腹に沿って海へとすべり落ちるのを、彼はじっと見守った。船の通ったあとに、硬くなった人形《ひとがた》が浮かびあがるのが見えた。

凝固剤と保存剤がたっぷり詰めこまれた死体は、まるで丸太のように水の上を漂っている。

「すぐにみつけてもらえるよ、マデリーン。そしたら、やつらは追跡を開始する。退屈しのぎにはもってこいかもしれないね、〈マザー〉。おもしろい追いかけっこ？　もしかすると、〈マザー〉が望んでいるのはそれかな……わたしたち、いつも〈マザー〉のしたいようにするのよね、ウォーレン……」

彼は目のくらむような太陽を見あげて顔をしかめた。

グレーター・マイアミ地区をあとにしたのが賢明だったことはわかっていた。彼はもう数え切れないほどの回数、女に見られている。その多くは、タウトのもとに送り届けた女の連れだ。警察がよく似た顔の人相書きを作るのではないかと不安になった彼は、もうあごひげをはやしはじめている。それまでの変装と化粧にレパートリーがひとつ増えたわけだ。これも〈マザー〉に感謝しなければならない。彼女はルージュ、口紅その他の化粧品の適切な使いかたをおしえてくれたのだから。〈マザー〉はときどきウォーレンを使って芝居のけいこをし、こともあろうに、彼に小さな女の子や娘や姪の役をやらせた。〈マザー〉はいつも、きれいな服を着せ、一緒にお人形ごっこをして遊ぶ女の子をほしがっていた。

舞台に立っているときの〈マザー〉はすばらしかった。無視できないほどの迫力があった。パトリック・アランというのは彼のステージネームのひとつで、パトリシア・アランという母親のステージネームから取ったものである。化粧のしかたは、劇場での生活の中で身につけた。ひとつの出演先から次の出演先へ、ロンドンからスコットランド、アイルランド、さらにその奥の地方にまで、彼女はいつも彼を連れて旅をした。そして、〝自分にできる最高の教育〟を彼にさずけた。英国の二流劇場について、化粧について、役の演じかた——それが何よりの収穫だった——について。地所はべつとして、彼に残された遺産のなかでいちばん実際の役に立ったのは、そういう知識だった。

そろそろ人生の坂を下《くだ》ろうというころ、〈マザー〉は結婚した。それは幸運でもあった。もう、美貌も人気女優になる夢も失いかけていたからである。子どもがいたために手間どってしまったからだと、彼女はよく私生児として生まれた息子ウォーレンに言った。

彼は父親のことは知らずじまいだった。誰が父親なのか、母親も知らないのではないかと思っていた。その後小利口になった彼女は、田舎の年寄り大地主を色じかけでたぶらかして彼を悩殺し、その求婚に応じた。ステージに立つ彼女を見たあと楽屋に訪ねてきた老爺《ろうや》は、片隅にウォーレンがいるのに気づいたときから、厄介なことになったと思っていたが、どうすることもできなかった。

ウィリアム・アンソニー・カーリアンという名前のその老爺はまもなく、自分の持っているものすべてを魅惑的な舞台女優パトリシア・アランに譲り渡した。そして、その直後に死んだ。死因調査の検死では〝自然死〟ということになっていた。まわりのひとびとはみな、新しい妻が毒をもったのではないかと怪しんだが、〈マザー〉ひとりはウォーレンの手で窒息させられたと薄々知っていた。

彼女がウォーレンを寄宿学校に入れたのはそのときのことである。学校で、彼は立派な教育を受けた。が、そこでも結局は孤立し、むっつりとふさぎこんでいた。ロンドン郊外の豪邸に住む〈マザー〉のところに行くたびに、彼はいつも客として来たような気持ちにさせられた。よそ者どころか、邪魔者のように思えることすらあった。〈マザー〉のそばにはいつも男がいたからである。私生活優先の生きかたは、死ぬ日まで変わらなかった。彼女は海辺の屋敷の近くにある崖から転落して死んだ。見たところ不慮の事故だった。

財産はすべてウォーレンが相続した。税金を差し引くと、思ったほどの額にはならなかった。地所は売り払うしかなく、生まれて初めて手にした上流階級の地位と特権は、その時点で失った。たまに母親を殺したことを後悔することもあったが、何年かたつうちに、もっと冷静沈着に、てきぱきと行動しなかったことだけが悔やまれるようになった。夜も昼ももっと彼女を苦しめておけばよかった——当然ではないか？　生き地獄のような暮らしを強《し》いたのは、彼女ではなかったのか。まるでペットのコリーみたいに扱って、辛い悲しい思いをさせたのは、彼女ではなかったのか。

ともあれ、彼はしかたなく、金ぴかの屋敷を売り飛ばし、現金をふところにおさめた。それ以外に残ったのは帆船が一隻。彼は船のことなど何ひとつ知らなかったが、その船が結局は彼の住処《すみか》となり、自尊心を満たし刺激を得るもとにもなった。あれから四年。そのあいだに彼は大勢の女を殺した。自分がなぜそんな行為に走るのか、最初のうちはわからなかった。わかっていたのは、どうしても殺さなくてはいけないということと、その衝動を抑え切れないということだけだった。

あの日、絶壁の上で母親を殺したのは、彼女にひとりで生活しろと言われてかっとなったからである。サザークでの学費を出してやったのに、校内でほかの少年相手にわいせつな行為をしたことを知った。もうこれ以上養っていけない。サザークに見放されては、ほかに行かせる学校がない。そう言って彼女は憤った。

「わたしが死んだらみんなあなたのものになるのよ、ウォーレン。でも、それまでにね、ウォーレン、わたしはあなたがひとり立ちするのを見たいの。試しにやってごらんなさい、ウォーレン。がんばって、ウォーレン……根性のあるところを見せてよね、ウォーレン……なんてったって、あなたには学歴があるんだから、ウォーレン。わたしが世の中に出たときよりはるかに有利よ。世の中に出てみたら……まあ、そのうちわかるけど……ねえ、自分のためだと思わない、ウォーレン？」

それが、彼女が口にした最後の言葉だった。彼の耳にこだましてきた悲鳴はべつとして、彼女の最後の声だった。

あれ以来、彼はひとを、とりわけ女を殺さずにいられない。それまでにも、小鳥や動物を殺したことはあった。サザークでは、自分に言い寄ってきたホモセクシャルの少年を虐待するという事件をおこしたこともある。ひと気のない場所に相手の少年をおびき出し、失踪に彼が一枚かんでいるのではないかと疑う者が現れるまでのあいだ、四十八時間にわたって、監禁し続けたのだ。裸にされた少年の体は、殴られたあととかみあとだらけになっていた。そのときは殺すところまではいかなかったが、もう少し時間があればウォーレンはその少年を殺していたにちがいない。

そして今もなお、彼は虐待と殺害を続けている。しかし、それには目的と理由がある。彼は若いころの母親をほうふつとさせる女しか狙わない。みんな、身持ちの悪い愚かな女ばかりだ。殺人行為は最初、ホワイト・チャペル地区のテムズ川沿いにたむろする街娼や売春婦を相手に始まった。みんな、死んだときの〈マザー〉に近い年かっこうの女だった。しかし、亡霊を追い求めて幾度となくのんだくれの中年女を殺しているうちに、彼はそんなゲームでは飽き足らなくなってきた。そして今では、彼の最大の夢は〈マザー〉の霊を殺すことになっている。彼女の霊は彼が眠っていると姿を現して、彼の心を責めさいなむ。だから、彼はタウトの前で、タウトが見ているところで、それを殺さなくてはならないのだ。

激しい怒りにまかせてひとを殺していたころ、ウォーレンはタウトのことを知らなかった。だが今は、タウトに〈マザー〉を引きあわせたいと思っている。それも、たったひとつしかない方法で。殺すなら、年が若いうちのほうがいいとも思う。二十歳になる前、彼女が彼の人生を台なしにする前に、殺してしまいたい。彼女には、まだ子どもに少し毛がはえた程度の年齢でいてほしい。殺すのにいちばん望ましいのは、自分を産む前の時期だ。

ついさっき海に放りこんだ死骸はもう視界から消えた。ごみと同じように、彼の船の通ったあとに残してきた。いちばん新しい死体を見て当局はどう考えるだろうと、彼は思案した。体内に注入された大量の薬品……背中のフック……

今回のは、ほかの死体からはそうとうかけ離れている。手とか脚とか、これまでにも部分的に少し試してみたことはあるが、ひとりの体をそっくりそのまま保存したのはこれが初めてだ。犯人を追跡している人間どもは、さぞかし混乱し、立腹することだろう。ついこのあいだの新聞にはふたりのＦＢＩ捜査官の写真が載っていた。ひとりは男で、もうひとりは女。彼らは犯人の居所を突きとめるための手がかりをけんめいに探している。と、記者は書いていた。何を大げさな、とウォーレンは思った。とはいえ、立ち去ったほうがいいと肌で感じたときには、立ち去るべきだということはわかっていた。だから彼は本能的に逃亡することにしたのだった。

彼はまた操舵室に戻り、船の舵《かじ》をとった。海は彼の舵とりに満足しているらしく、航行はスムーズだ。彼はこの世で海の恵みを受けているふたりのうちのひとり。もうひとりは彼の神である。

彼はロンドンでの最初の殺人に思いをはせた。ひとり、またひとりと殺すごとに、愉《たの》しみは増し、被害者を陵辱《りょうじょく》し、苦しめるための儀式はどんどん凝ったものになっていった。獲物に苦痛と恐怖を与えるややこしい儀式がエスカレートするにつれて、彼の興奮度と満足度は高まった。女を殺すのは簡単だったが、痛めつけるのにはそうとうな想像力が要った。そして、それで彼の想像力はたくましくなった。

十三人目を殺《や》ったあとから、彼は自分の行動――ジャーナリズムはそれを〝倒錯行為〟と呼んでいる――を記録に残すようになった。彼の日記には虐待の方法が列記されているだけでなく、獲物の中のひとりを完璧な状態で保存しようという試みが詳しく記されている。それに成功すれば殺しはやめられると、彼は確信している。なんとかして〈マザー〉の霊を捕まえ、完全なかたちで保存した彼女の代役の中に閉じこめることができたら、もうそれ以上殺さなくてもよくなる。殺す意味がなくなって、タウトとも仲よくやっていける。

殺しを始めた当初は、年齢と習癖――全員が売春婦だった――以外、女たちに母との類似点はなかった。『ロンドン・タイムズ』その他のイギリスの新聞は、彼を現代版切り裂きジャックと呼んだ。犯行の場が悪名高い切り裂きジャックと同じホワイト・チャペル地区だったからである。だが、彼は切り裂き魔ではなかった。美女を切り刻むことに喜びはおぼえなかったし、血を見るのもそのにおいをかぐのも大嫌いだった。だから身を切り刻むことはしなかった。実際、殺害行為の最初の一歩でも、首を絞め、水につけて溺れさせる以外、被害者にはほとんど手を触れていない。初めのうちはそれだけでもいやで、大急ぎでことをすませ、あわててその場から逃げていた。

自分自身が送りこんだあの世からなんとかして母親を連れ戻し、永遠に苦しめるための手のこんだ方法は、長いあいだの殺人の経験からあみ出したものである。

何かを感じ取り、自分のものとは思えなくなっていたみずからの魂と触れあおうという初めのころの試みは、重要な橋の役割を果たしてくれた。死んだ母の魂に通じる橋でもあった。ただ、あのころはただやみくもにひとを殺していただけで、手際は悪く、いいかげんで行きあたりばったりだった。替え玉の魂を使えば、母親を殺害した瞬間《とき》を再体験できるかもしれないということに思いあたったのは、タウトのおしえに出会い、それを読んで、この世のものはすべて霊界にその代役をおいているのだと理解してからのことだった。未熟だったとはいえ、最初のころの殺人をたたき台にして、彼は神との関係と死んだ母親との関係を築きあげてきたのである。

ロンドンをあとにして母親のイメージをもっと若い女に求めよ。おまえが生まれたころの彼女に生き写しの女を捜しに行け。偉大なる知者タウトはウォーレンに告げた。計算してみると、自分を産んだときの母は十六歳から十八歳のあいだだった。それで彼は、新たな一歩を踏み出し、新たな方向から自分のかかえている問題に取り組もうと、イギリスからアメリカへと海を渡ってきたのだ。そして実り豊かな国の、陽光ふりそそぐフロリダ沿岸で、探し求めてやってきたものをみつけた。幾度となく……

それでもまだ、願いがかなったわけではない。〈マザー〉が手の届かないところにいて、思いのままに彼をいじめることができるかぎり、彼は満たされることがない。

彼は自家用のセールボートを風にまかせて、キーズへの帰路のことと、その先のことを考えた。メキシコ湾とフロリダの東海岸に行ってみようか。この季節、タンパ・ベイもネイプルズあたりもきれいだと聞いている……

その日の朝のジェシカは、犯罪研究所の顕微鏡をのぞきこんでいるときもあくびをしていた。昼間のサンティバとの言い争いと夜遅くにかかってきた電話がもとでなかなか寝つかれず、前夜はほとんど眠っていないのだ。電話はドクター・キム・デジナーからだったが、殺人者は航海者で捕まえにくいという事実を確認できたにすぎなかった。超能力者デジナーの反応からジェシカは、殺人者はたちの悪い複合人格異常者だろうと見当をつけた。脳の中にいろいろな声があふれているのかもしれない。妄想にとりつかれているのは確実だ。幻覚症状が出ていることも考えられる。

「この男はみんなに、ついていってもだいじょうぶだと思わせているのよ、キム」ジェシカはデジナーに異議を唱えた。「幻覚に陥っているのに、どうやって相手を自由に操れるの?」

「わたしに見えているのは、複雑に入り組んだ人格なの――複雑に」

「どういうこと?」

「だからね、彼は獲物を相手に何をするかについての構想を練ると同時に、ものすごく腹を立ててもいるの。例のマティサックと似たようなもんかな」

「なるほど」

「それから、彼は変装の名人で、体には血の代わりに海水が流れてる」

ジェシカは電話の向こうにいる美人超能力者を思いうかべた。彼女は鋭敏で聡明で機敏だ。なんだかんだいっても、たいていの場合、彼女の勘は正しい。直感がどんぴしゃりあたるのだ。しかし、ジェシカは経験から、デジナーの言葉は慎重に受け止めるようになっている。実体が見えているのと同じくらい頻繁《ひんぱん》に、彼女には道標やシンボルが見えているので、ひとことひとことについて、何かほかの意味が隠されていないかどうかを考量しなければならないのだ。

「その殺人者は縛るものをたくさん持ってるのに、全然持ってない」

なぞかけごっこはやめてよね。ジェシカはそう言いたいのをこらえた。

「彼は自分の過去に縛られている。心の中は憎悪でいっぱい。激しい怒りに燃えている。そして、子どものころに失った何か――どうしても取り戻さなくてはならない、すばらしいもの――をみつけ出そうと、異様な方法で探しまわっている」

「失った何かを取り戻すために、若い女の子を殺している。そこまではもうニュースになってるのよ、キム」ジェシカはいやみを言わずにいられなくなった。「そんなんじゃ、的は絞れない」

「もうひとつあるの」

デジナーの声に、ジェシカは何かいいことが聞き出せそうな気がした。「何？」

「彼が署名するときのTの字なんだけど……」

「ああ、あれね、わたしたち、そのお茶《ティー》にはクランペット（イギリスの焼き菓子。性的魅力のある女の意もある）がついてくるんじゃないかと思ってるのよ」

少し間《ま》をおいてから、デジナーは言った。「鋭いわね、ジェス。なまりのことは、わたしも読んだわ。犯人はイギリス人かもしれない。あなたはある程度確実だと思っているみたいだけど、用心したほうがいいわよ。相手はプロ。わたしに言わせたら、悲劇役者よ。だから、なまりも演技のうちかもしれない」

「犯人は本物の役者だと言ってるの？」

「そう。でなかったら、かぎりなくそれに近い。それから、今言いかけたTの字の話に戻るけどね」

「何？」

「あれは実はタウ・クロスなの。Tの字の形をした十字架。同じ課のピーター・エイムズに調べてもらったのよ。彼、古代記号の専門家だから」

「で？」

「彼の話では、あの字には大昔から謎の歴史があるらしいわよ。キリスト教のしるしとしての歴史だけじゃなくて、そこから派生したタウと呼ばれる宗教も文献には繰り返し出てくるんですって」

「それで？　それがどうだっていうの？」

「タウについてはほとんど何もわかっていないんだけど、ひとつだけ、はっきりしていることがあるって彼は言うの」

「それ、なんなの、キム？」

「人間を生けにえにするという点」

「やっぱり」

「それから、もうひとつ、ジェス」

「え？」

「彼は混乱してわけがわからなくなっている動物か、傷を負わされた動物とおんなじ――ものすごく凶暴よ」

「そこまでは、わたしたちにもわかってる」

「彼は死人を相手に性行為をするの。死体性愛者」

「それを科学的に立証する方法はないわ。そういう……そういう倒錯行為の形跡は、海に洗い流されてしまってるから。女性たちがレイプされているのはわかってるんだけどね。でも、彼が……彼が死体としてるなんて、どうして断言できるの？」

「見たから」

それからの一夜、ジェシカはいい夢を見かけては悪夢の渦《うず》へと引きずりこまれた。安らかな眠りは現代版の生けにえの悲鳴で何度も妨げられた。

そして今、ぼんやりとかすんだ目でジェシカは検査室の顕微鏡の前に座り、被害者から採取した証跡をじっと見つめながら、ドクター・キム・デジナーが超能力と心理学を駆使して描いた犯人像を思い出している。自分たちがフロリダに到着した日から、捜査はまだ少しも進展していない。そのことがジェシカにはもどかしくてならなかった。

検査技師の呼び声に、ジェシカははっと我に返った。「電話ですよ。三番を押してください」東洋人の技師が言った。小柄でにこやかな女性だ。

ジェシカはそばの受話器を取った。J・Tことドクター・ジョン・T・ソープの温かい声が耳に飛びこんできた。クワンティコの検査室長で、ジェシカの友人でもある彼は、ジェシカには内緒であることを調べていたのだった。

「絶妙なタイミングでかけてくるじゃない、J・T」

「毎度のことだけどね」彼はおどけた。

「今、顕微鏡で、あなたがきのう宅配便で送ってくれたサンプルを見てるところなの」片手に受話器を持ち、もう一方の手で顕微鏡を操作しながら、ジェシカとJ・Tは闇の徘徊者《ナイト・クローラー》についての新しい奇妙な発見について話しあった。

「これ、どういうことなの、J・T？」ジェシカは何も知らないふりをして尋ねた。

「それはこっちのせりふだよ」彼はこたえた。「わたしは何かを言う立場じゃない」

「そうね。でも、これって、証拠があちこちまわされた過程でたまたま異物に触れてできたのかしら？　もしかすると、イスラモラダ・キーのひとたちがいじくった結果おこった炎症？」

「まあ、彼らは研究者だからね。検死証拠の扱いかたなんて知らなくて当然じゃないのか？」

「殺人者が意図的に何かをした結果なのか、ウエインライトかクードリエの研究室の誰かが何かのはずみでつけたものなのか、とにかく、それをはっきりさせなくちゃ」

　J・Tは不意に疑惑のこもった声になった。「ジェス、もし意図的なものだとしたら、この薬品は殺人鬼が注入した……」

「ということは？」

「やつは生身の体を保存するというような拝物愛《フェティシズム》にはまってるのでは？」

「それがまず第一に考えられるわね。彼が死体性愛者ではないかと考える根拠もある。もしそうだとしたら、死体をできるだけ長く保存しようと試みたとしても、おかしくない」

「冷蔵庫くらいじゃ不満だったわけだ」

「冷やすと皮膚は黒っぽく変色するから」ジェシカは比較電子顕微鏡の二重接眼レンズに目をこらし続けた。J・Tがクワンティコで発見したことを考えあわせると、自分が今何を見ているかがよくわかる。J・Tはジェシカがイスラモラダ・キーで発見された死体から採取した組織サンプルを、優秀な化学者に分析させていた。そしてその結果、単離した化学物質に、あるはずのない妙なものが存在することがわかったのである。

これでジェシカは確証を得たわけだ。微量化学のレベルでの捜査で事態は奇妙な展開を見せ、その結果、新しい、常軌を逸した殺人者の人物像が一気にうかびあがってきた。痕跡程度でしかないが、この化学薬品は葬儀屋が日常的に使用するものである。ことによると殺人者は一時期葬儀社で働いていたのかもしれない。それなら、組織を保存することに病的に執着するのもうなずける。「J・T、この情報はわたしたちだけのあいだにとどめておいてね。いい？」

「わかってるよ、ジェス」

「殺人と誰かを結びつけることになったときは、これが有罪かどうかの大切な決め手になるわ。殺人者がそういう白日夢にひたっていることを自白したら、こっちにはそれが真犯人だとわかる。今の時点では、三十四人が闇の徘徊者《ナイト・クローラー》だと自首してきているの。逮捕されたのもいれば、名簿に名前を記録されただけっていうのもいるわ。ほかにも、精神鑑定を受けさせられているのやら、事情聴取を受けたのやら、もう釈放されたのやら、いろいろ」

「へえ、すごいな」

「すごいって、何が？」

「こんな凶悪犯罪を自白する人間がいるってことが」

「ひょっとすると、きょうあすにでも闇の徘徊者《ナイト・クローラー》がマイアミ市警にやってきて自首する、なんていうラッキーなことになるかもしれないけど、まずそれはないでしょうね」

「うん、期待はしないほうがいい」

ジェシカは思わずうなずいてしまった。「犯人は愉しくてやめられない状態なんだもの」

「でも、手紙が来てるんだろう？　そういうのは、犯行をストップさせてくれ、自首させてくれっていう無意識の悲鳴じゃないのか？」

「今あなた、自分でも言ったでしょ。期待はしちゃいけないって。犯人の手紙は自分が愉しい思いをするためのものでしかないの。わたしたちをあざけって、もっと毒牙にかけようというだけ」

「自白で思い出したけど……このあいだ、ハワイから男の声で君に電話があったよ」J・Tが突然話題を変えた。

ジェシカは思わず息が止まりそうになった。「えっ？　ほんとうに？」気持ちのたかぶりが声に出てしまったのではないかと気になった。

「君と話がしたそうだった。電話してみたらどうだ？　なんだか、君のことが恋しそうだったぞ」

「よかった……そうでなくっちゃ」

「どうしようかと思ったんだけど、君の滞在先をおしえといたからね。そのつもりでいてくれ。彼から電話があるかもしれない」

地球半周ぶん離れたところにいるジム・パリーのことを想うと、ジェシカは会いたくてたまらなくなった。「J・T、縁結びなんかしてくれなくていいのよ。柄でもない」

彼は快活に笑うと、さよならと言って電話を切った。意外な方向に進展した事件に、ジェシカはすぐサンティバに知らせるべきかどうか思案した。しばらくのあいだ、少なくとも『アメリカズ・モースト・ウォンテッド』が放映されるまでは、黙っていたほうがいいだろうか。秘密にしておけば、将来闇の徘徊者《ナイト・クローラー》を不利な立場に追いこむのに利用できるかもしれない。

彼のところに行って、自分の考えを主張してみようか。もし仮に上司であるサンティバに内緒にしたら、どうなるだろう。報告義務を怠《おこた》ったということで、彼ともめることになる可能性はある。そのうち彼は、キム・デジナーと連絡をとりあっているかどうかも知りたがるだろう。

ジェシカは疲れた目をこすって顔を上げ、スツールの上で身をそらした。そして、四方を取り囲むガラスの仕切り壁の向こうにじっと目をやった。鏡の部屋のように検査室の端まで続く仕切り壁。順に次の壁が映り、見ていると果てしなく廊下がつながっているような錯覚に陥る。どこまで行っても終わりがないのは、科学の世界も同じ――どんな犠牲をはらっても真実を突きとめようとするのが人間である。マイアミ＝デイド郡の役所は、まさに金に糸目をつけないで、この新しい施設を造ったようだ。

幾重かのガラス壁の向こうに、ドクター・クードリエが歩いてくるのが見えた。どうやら自分を捜しているらしい。ジェシカは手を振って合図した。まっすぐジェシカのところにやってくると、彼はささやくような声で言った。「聞きましたよ。お連れさんとけんかなさったそうですな」

ジェシカは顔をしかめて彼を見あげた。「壁に耳ありなんですね」

「そういうことです。似顔絵画家の作品を公表するかどうかで意見が分かれたという話ですが」

検査台の上で動くジェシカの手は、まるで機械のように見えた。アリスン・ノリスの人体各部は、すべてその日のうちに埋葬できるようにしてくれと言われている。クードリエやＦＢＩ関係者がなんと言おうと、家族からそういう指示が出ているのだ。ジェシカには政治的に権力を持っている家族を相手にがんばる気力はない。そんなことをしたいとも思わない。第一、今となってはもう手遅れだ。

しばらくしてようやく、ジェシカはクードリエの目をのぞきこんで返事をした。「検死局が自分たちの担当した死体の証拠を管理できないというのは、悲しいことですね」

「ノリスの死体のことですか、ええ……それについては、わたしたちにはどうすることもできません。ＦＢＩのかたがたが異議を唱えたいとおっしゃるんでしたら、わたしも応援しますが、どうやらサンティバはもう折れることにしたようですな」

ジェシカは首を振った。「アリスンがわたしたちにおしえてくれることは、もうあまりないんでしょう？」

彼はうなずいた。「あの子はもう、最後の秘密も明かしてくれましたからね」

少女の手が切断されたのは実際には死亡する前のことで、その手は永久に保存しようと試みた殺人者にとんでもないことをされていたのだが、ジェシカはその事実を同僚にすら黙っていた。埋葬しようにも手がなかなかみつからなくて苦労したのも、これでうなずける。殺人者はあきらめてサメに投げてやるまでのあいだずっと、あの手をブレスレットとともに自分のそばにおいていたのだ。どういう意図で名前のついた戦利品をそのままにして――事実、ブレスレットは瞬間強力接着剤《スーパーグルー》で手首に張りつけてあった――手を捨てたのか。彼なりの理由があったのは明白だ。おそらくはジェシカか、ジェシカに近い人物に真実を伝えたかったのだろう。ひとでなしの殺人者は発言の機会をほしがっていた。自分の計画を伝えたかったのだ。

分子的なレベルでのおぞましい事実。それは、少女が生きているあいだに手が切断され、その後すぐに、切断された手に防腐剤が注入されたということである。

「それより、気になりますな。先生と上司とのあいだには、いったいどういう大問題が生じたんですか?」

ジェシカはまた顕微鏡をのぞきこんで、仕事に精出すふりをした。

「聞こえないふりをしないでください、ドクター。それとも、わたしがなんの話をしているのかわからないということですかな」クードリエは肉づきのいい手で顕微鏡のレンズを押さえた。

「わたしたちの意見の相違について、何をお聞きになったんですの?」サンティバと言い争ったことを、ジェシカは誰にもしゃべっていない。

「だから、警察の壁には耳があるんですよ」クードリエはそのときになって初めてラベルに目をやり、ジェシカが調べている一連の載物ガラスの中身がアリスン・ノリスの切断された手から採取したものだということに気づいた。ジェシカの集中ぶりを見て、彼はますます興味をかきたてられた。「これ以上何を突きとめようというんです?」

ジェシカは考えた。自分には味方が必要だ。科学的事実を徹底的に論じあえる味方となると、アンドリュー・クードリエしかいない。それに、今ここで情報を隠しても、いずれはわかることだ。「はっきりはわからないんですけど、化学成分に関してちょっとおかしな矛盾点がみつかったんです」

「ほう？　先生は化学分析官でもいらっしゃるんですか？」

「クワンティコの化学者に調べてもらいました」

「なるほど」

「どうも腑《ふ》に落ちないことがあったんですが、これでわかりました」

「何がですか？」

「イスラモラダで初めてこの検体を採取したとき、異様なにおいには気がついていました。そのときはサメの死骸に使う防腐剤のにおいだろうくらいにしか思わなかったんですけど、組織のサンプルをクワンティコにいる化学者に送ってみたら、わたしの直感を裏づける結果が帰ってきました。これがその確証です。よろしかったら、ちょっとのぞいてみてください」ジェシカは立ちあがって、クードリエを顕微鏡の前にうながした。「どうぞ。何が見えるか、おしえてください」

　クードリエはジェシカの顔を見ていた目を顕微鏡のほうに向け、もう一度ジェシカを見てから、二重接眼レンズをのぞきこんだ。「何が見えるんですか？」

「じっと見ていてください」

　クードリエは腰を落ちつけ、めがねをはずして、一心に顕微鏡を見つめた。そして、やや間をおいてから、考え考え言った。「これ、切断された手から採ったんですか？」

「はい」

「なんですか、これは？」

「わたし、ついさっきまでDCにいる同僚の化学者と電話で話をしていました。ここにある載物ガラスはみんな、彼が宅配の翌日便で送ってくれたものなんですよ」

クードリエは目を細めた。赤毛の眉が鳥の羽根のように見える。「で……これは？」

「J・Tが言うには、単離することができた化学物質からするに、明らかに保存剤か定着剤……わたしたちが検体の保存に使うのとほとんど同じものみたいですね」

「ほう。では先生は、この狂人は医療関係者……だと言っておられるわけですか？」

「必ずしもそうとはかぎりません。化学物質はどこの薬局ででも手に入るものですから。犯人は葬儀屋とつながりのある人間かもしれません。そういう意味では、生物《なまもの》を保存する業界はみんな関係がありそうですよね」ジェシカは考えこんだ。

「ジェローからワンダープラス・グロウ一九まで？　しかし、なぜ彼は手だけに保存剤を使っているんでしょうな？　検死ではそういうものは何ひとつ見られませんでした。まさか、見落とすということはないでしょう」

「ええ、体そのものには全然その形跡はありませんでした」

「ということは、イスラモラダですな。何かの拍子に保存剤の中にどっぷりつかってしまったんでしょう。論理的には、そうとしか説明のしようがない」クードリエは言った。

「かもしれません……わたしも同じことを考えました」

「考えた？　過去の話ですか？」

「だって、とてもありそうもないようなことを考えるのも、わたしの仕事のひとつですから」

「で、先生はどんな〝ありそうもないこと〟を考えておられるんです？」

ジェシカは返事をする前に慎重に思案した。実際、このことについては、まずサンティバに話さなくてはならないのはわかっている。自分でもそのつもりでいた。だが、昨夜あれほど腹立たしい思いをさせられたあとなので、その日は顔を合わせるのがいやだった。「もし仮にわたしが冷酷無情なやりかたで容赦なくひとを殺しているんだとしたら、わたしは自分のまわりになんらかの構成概念というか、論理的支えを構築しなくちゃいけませんよね、ドクター・クードリエ、自分が正気を保つための安全策として。ここまでは、わたしの言ってること、わかります？」

「わ……わかっていると思いますよ」

「で、わたしは殺して殺して殺しまくって、この世でいちばん大きな力——つまり生命そのものをひとから奪う悦《よろこ》びにひたる。みんなに命を失ってもらい、苦しんでもらうことで、わたしは満たされる。しかし、自分の残忍な倒錯行為を正当化する理由がないと困る。事実上、罪を洗い浄《きよ》めてくれる理由がなくちゃいけない」

「それと、少女の手を保存することがどう結びつくんですか？」

「戦利品として、自分へのほうびとして、永遠にそばにおいておくために。あるいは、師でもある神に捧げるために」

「神に？」

「それも、どんな神でもいいというんじゃない。わたしに話しかけてくれる神、わたしが創り出した神で、わたしの倒錯した論理をあと押しし、しっかり支えてくれる神。手はそんな神に捧げるお供《そな》えになるんだけど、できるかぎり完璧でなくちゃいけない」

「だが、手はやがて腐る。そのまま保存するのは不可能だ」

「そう、ある時点までしか保《も》たない……だから、船べりから海に捨てる。手は死体と同じときに捨てられたんじゃなかった」

「つまり、手をのみこんだサメは——」

「アリスンを襲って手を食いちぎったのではなく、手はそのときすでに切断されていた」

「だが、ブレスレットは？　犯人がはずしておくでしょう？」

「犯人は自分が神になった気でいるんですよ、ドクター。彼は正気でもなければ、わたしたちのことを恐れてもいません。ブレスレットを張りつけた箇所から瞬間強力接着剤のエポキシ樹脂の残留物が検出されています」

「ひとでなしめが……しかし、腕の切断面にサメに食いちぎられたような形跡があったとおっしゃったのはそちらですよ」

「わたしは胴体に腕がはまることを期待していました。そして、胴体と腕はぴったり合いました。希望的観測どおりになったわけです。でも、次にもう一度、もっと批判的な見かたをしてみると、前とはちがうことがわかる。わたしたちの仕事ではしょっちゅうあることですよね、ドクター」

クードリエはどうしても納得できないといった顔で首を振った。「われわれはもうこれ以上死体を預かっていられない。家族からはきのうのうちに返してくれと言われている……」

ジェシカは黙っていた。

「しかし、なぜなんです？　なぜこの狂人は手を切断して、防腐処置をほどこしたんです？考えられる目的は？」

「目的探しなんかしても無駄です。このひとでなしの目的は、本人にしかわからないんですから。本人の頭の中以外では意味を持たないんです」

「異常者の頭が勝手に作りあげた意味しか持たない……」

「そのとおり。彼には自分だけの世界があって、わたしたちの理屈は通用しません。ですが、わたしの個人的見解を言わせていただけば、手はほんの手始めですね」

「手始め？　いったいいなんの？」

「生身を丸ごと保存しようという試みの……だから、彼は死体を水につけていたんです」

クードリエは信じようとしなかったが、さすがに狼狽《ろうばい》は隠せなかった。「そんな狂気がまかり通っているのか」

「必ず捕まえてみせます」

「ときどき……神はほんとうにいるのかと首をひねりたくなりますよ。まさか地元でこんな突拍子もないことが……捜査の進めかたもおかしい。正気の沙汰《さた》とは思えないことばかりだ」

「どうすればいいか、何かお考えはありませんか?」クードリエが不意に見せた苦悩に、ジェシカは心を動かされた。

「そうですな。わたしのオフィスにはファックスもあるし、コンピューターでeメールのやりとりもできる。よかったら、いつでも使ってください」クードリエはジェシカの脇の検査台に殺人者の似顔絵のコピーをおいた。「もちろん、方針に反するということでしたら、無理にとは言いませんが」

「内情をご存じないんですね」

「知ってどうなるわけでなし。はっきり申しあげて、ドクター・コラン、わたしはいまだかつて署内の地位争いやら殺人事件の捜査に関わりたいと思ったことはありません。先生もそうでしょう。お父上のお嬢さんなんだから」

挑戦状をつきつけられたような思いで、ジェシカは似顔絵画家の描いた男の目から、柔和で落ちついていて決断力のありそうなドクター・クードリエの目へと視線を移した。きょうの彼は、生き生きと輝いている。匂いまでがいつもとちがう。人生に新しい喜びを見いだしでもしたのだろうか。「父について、どんなことをご存じなんですの?」

「どんなこと? お父上からはずいぶんいろいろおしえていただきましたよ。法医学に関する著述はすべて読みました、二回繰り返して。一度は講演を聞きました。才能が光っていましたね。じかにお目にかかったこともあります、オレゴンでの会合で」

「わたしたち……うちの家族は五〇年代の終わりごろ、しばらくオレゴンに住んでいましたから」ジェシカは言った。そしてそのとき、クードリエが漂わせているのはジャコウの香りだということに気づいた。それとも、これは彼の体から発散する匂いなのだろうか。そうだ。検死官氏はここに来る前に誰かとセックスをした。だからまだ興奮がさめないのだが、それがどうしても隠せないというわけだ。

「エリックとわたしの意見がぶつかったことは、どこでお聞きになったんですか？」

「そういう話はあっというまに駆けめぐるんですよ」クードリエは少し後ろにさがった。「それより、この極悪人がよりによって被害者の防腐処置をほどこしているなどということが一般市民に知れたら……」

「このニュースは極秘です。知っているのは先生とわたしだけということでおねがいしますね、ドクター」

クードリエはもったいぶったようすで大きくうなずいた。「あなたのほうも、せめてまちがったことはしないでくれるかね、ジェシカ・コラン？」

おや、まあ。まるで父みたいなことを言うじゃない。そうジェシカは思った。「具体的に言うと、どういうことなんですか？」

「わたしは先生とまったく同じ意見です、ドクター・コラン。殺人者の正体についてわれわれがつかんでいるあるかなしかの知識。きまったタイプの被害者に彼がもたらす脅威。そういう情報はすべて、いまだにほとんどなんの疑いもいだいていない一般大衆に公表すべきです。でないと、あしたの夜明けまでにまた大勢が殺人者の餌食になってしまう。いやはや、やつはきのう、三人ぶんの死体をわれわれに寄こしたんですからな。減ったぶんを補充しにかかるのは目に見えています」

　クードリエの言うとおりだ。殺人者はまた一から出直そうとしている。ジェシカもそう思ったが、口には出さなかった。「わたしはそういうことを許可する立場にはありませんから――」

「それはそうだがね、誰かが許可しなくちゃならんのですよ。知事だか市長だかボーイスカウトだか知らんが、いつまでも待っているわけにはいきません！」

「もうたくさん！」どうするかはよくよく考えてから決めなくてはならない。ジェシカはコンピューターで画質を高めた殺人者の絵を目の前まで持ちあげて、忌まわしい男の顔をじっと見つめた。闇の徘徊者《ナイト・クローラー》、またの名をパトリック・アラン。ジュディ・テンプラーが証言したとおり、なぞめいた翳《かげ》りのある、ハンサムで魅惑的な風貌だ。少年のように額にぱらりとかかった前髪。その奥からは、はっきりとそれとわかるあざがのぞいている。あごは細く、歯並びがいい。上唇はやや薄めで、下唇は肉感的だ。しかし、ジェシカはどこよりもその目に強く魅《ひ》かれる。狂人の目。そこには、謎が詰まっている。

「先生のところ、eメールは使えますよね」ジェシカは言った。

「はい」

「ロンドン警視庁のモイラー警部というかたと連絡をとりたいんですけど、事件のことで。こっちの犯人にはイギリス英語のなまりがあって、パトリック・アランを名乗っていることを伝えていただけます？　向こうで何かがうかびあがるかどうか、調べてみてください」

「で、こっちのほうはどうするんです？　そのほうが切実な問題でしょう」

ジェシカはふーっと大きく息を吸いこんで、サンティバとの親交と、上司である彼に対する忠義がどうなるのかを考えた。無力さが身にしみた。自分はまるでひび割れた鏡。そうでなかったら、翼のない鳥か、目の見えないフクロウか、音波探知機能がはたらかなくなったイルカか。ここで一方的な行動に出たら、荷物をまとめて帰れとサンティバに言われるかもしれない。事件の捜査からはずされ、ことによると、懲戒処分を受けることになるのではないか。しかし、クワンティコを去るには、それがちょうどいい口実になるかもしれない。ハワイにいるジム・パリーと再会するために……

「先生はロンドンにいるそのひとにわたしからの伝言を送ってください。そうしたら、わたしは警察の似顔絵をリリースしましょう。でも、最初の公表先は『ヘラルド』ですからね」

「州内各地の法執行機関のほうが先でしょう」クードリエは言った。

「それはもうすんでます」

「いや……いいえ、それがまだなんですよ」

「なんですって？　しようがないわねえ……」ジェシカはそこで、サンティバがあくまでも保守的なやりかたで殺人者を捕まえようとしているのだということを確信した。「まず最初に『ヘラルド』よ」ジェシカは一歩も譲らなかった。

クードリエはジェシカの表情《かお》を読み取った。ジェシカが危ない橋を渡ろうとしていることは、彼にもわかっていた。「わかりました。いいでしょう」
「じゃ、仕事にとりかかりましょう」

（上巻　終わり）

◎訳者紹介　**瓜生知寿子（うりう　ちずこ）**
英米文学翻訳家。訳書に、ドビンズ『奇妙な人生』、ウォーカー『女検死官ジェシカ・コラン』、ハイスミス『ガラスの独房』、ブルーム『永遠の夏姉妹』(以上扶桑社)、ワイマン『カレジの決断』(偕成社) などがある。

洋上の殺意(上)

発行日　2002年1月30日第1刷

著　者　ロバート・ウォーカー
訳　者　瓜生知寿子

発行者　中村　守
発行所　株式会社　扶桑社
東京都港区海岸1-15-1　〒105-8070
TEL.(03)5403-8859(販売)　TEL.(03)5403-8869(編集)
http://www.fusosha.co.jp/

印刷・製本　図書印刷株式会社
万一、乱丁落丁の場合はお取り替えいたします。

ISBN4-594-03400-4　C0197
Printed in Japan (検印省略)
定価はカバーに表示してあります。

扶桑社海外文庫

四年後の夏
パトリシア・カーロン　田中一江／訳　本体価格667円

殺人事件の容疑者は二人の少女。片方が嘘をついているはずなのだが、嘘がまた嘘を産み事件は未解決のままに。その解明に私立探偵が挑む。〈解説・吉野　仁〉

生者たちのゲーム
パトリシア・ハイスミス　松本剛史／訳　本体価格762円

ひとりの女性を愛した親友同士。だが、残忍な殺人が三人の関係を引き裂く——愛と友情、罪と罰を問う、ハイスミス初期の殺人ミステリー。〈解説・村上貴史〉

美人姉妹は名探偵
ジェイン・ヘラー　法村里絵／訳　本体価格800円

脚本家のデボラと姉のシャロンは会えば姉妹ゲンカばかり。でも、二人揃って一目惚れした医師が殺害されて……底抜けに楽しいロマンティック・ミステリー！

神と悪魔の遺産（上・下）
F・ポール・ウィルスン　大瀧啓裕／訳　本体価格各724円

相続した屋敷をめぐって、アリシアに迫る謎の組織。彼女は〈始末屋ジャック〉に助けをもとめた！　ホラー界の鬼才が放つアクション・エンターテインメント。

＊この価格に消費税が入ります。